Fantasy

Herausgegeben von Friedel Wahren

Ein Verzeichnis weiterer Bände dieser Serie finden Sie am Schluß des Bandes.

STEVE PERRY

CONAN
DER SCHRECKLICHE

Vierundvierzigster Roman der Conan-Saga

Deutsche Erstausgabe

WILHELM HEYNE VERLAG
MÜNCHEN

HEYNE SCIENCE FICTION & FANTASY
Band 06/5198

Titel der Originalausgabe
CONAN THE FORMIDABLE
Übersetzung aus dem Amerikanischen
von Edda Petri
Das Umschlagbild malte Thomas Thiemeyer
Die Karten auf Seite 6/7 und 10
zeichnete Erhard Ringer
Die Innenillustrationen
sind von Klaus D. Schiemann

Redaktion: Friedel Wahren

Die Originalausgabe erschien bei Tom Doherty Associates, Inc.,
New York (›A TOR Book‹)

Printed in Germany 1995
Umschlaggestaltung: Atelier Ingrid Schütz, München
Technische Betreuung: M. Spinola
Satz: Schaber Satz- und Datentechnik, Wels
Druck und Bindung: Presse-Druck, Augsburg

ISBN 3-453-08004-1

Die Hyborische Welt Conans

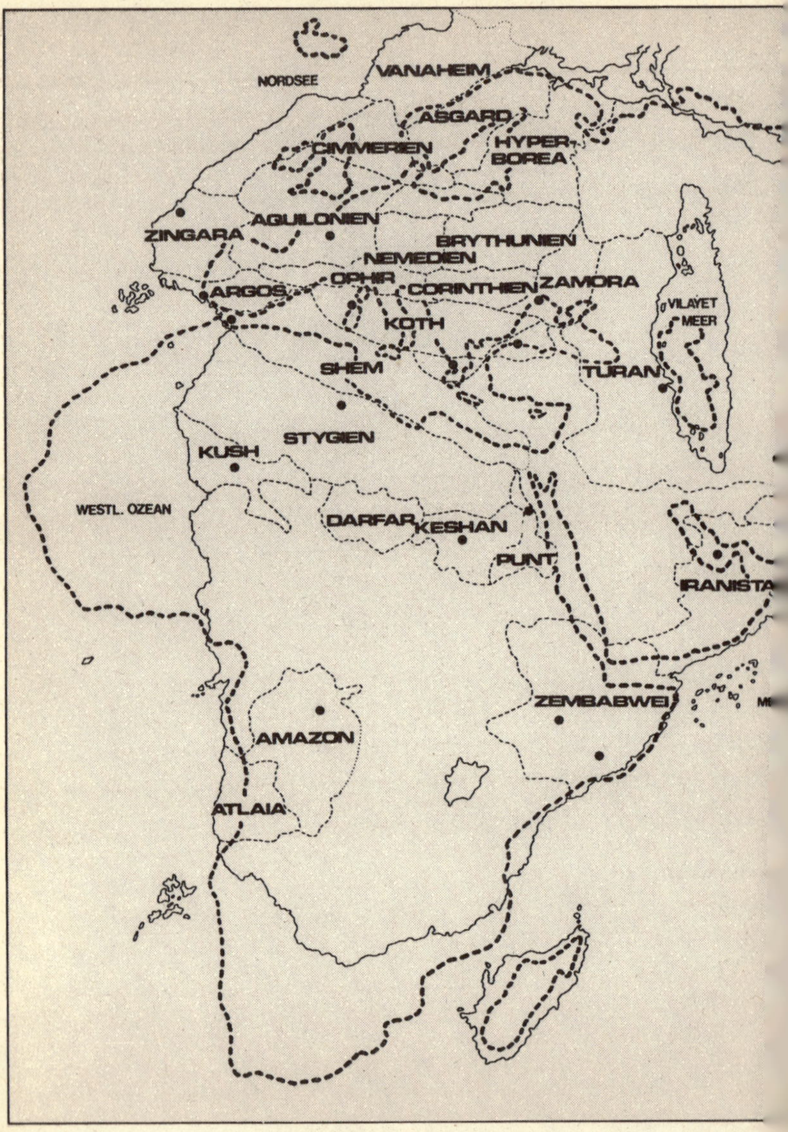
NORDSEE
VANAHEIM
ASGARD
CIMMERIEN
HYPER-
BOREA
AQUILONIEN
ZINGARA
BRYTHUNIEN
NEMEDIEN
OPHIR
CORINTHIEN
ZAMORA
ARGOS
VILAYET
MEER
KOTH
SHEM
TURAN
STYGIEN
KUSH
WESTL. OZEAN
DARFAR
KESHAN
PUNT
IRANISTA
ZEMBABWEI
AMAZON
ATLAIA

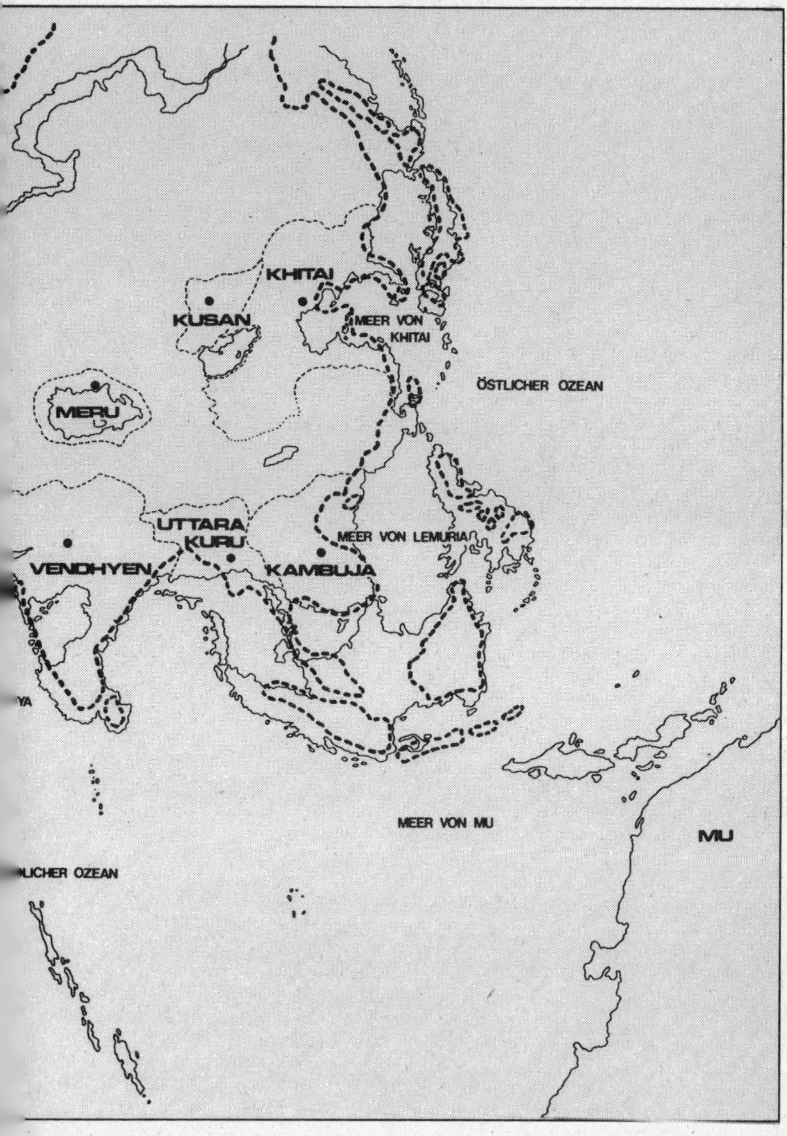
KHITAI
KUSAN
MEER VON
KHITAI
ÖSTLICHER OZEAN
MERU
UTTARA
KURU
MEER VON LEMURIA
VENDHYEN
KAMBUJA
YA
MEER VON MU
MU
LICHER OZEAN

Wer unter Toren weise erscheinen will,
wirkt töricht unter Weisen.

QUINTILIAN

CONAN

DER SCHRECKLICHE

TUNDRA
ANAHEIM
BLAUE BERGE
Brutheim
ASGARD
TUNDRA
HYPERBOREA
Paß
Gletscher
Wolfraven
Haloga
Pohiola
Sigtona
Schädeltor
GRAASKAL GEB.
Atzels Burg
Cragsfell
GRENZKÖNIGREICH
SALZMARSCHEN
Burg VARAKIEL
Edram
Kelbaza
Charnina
Wiccana Hain
MEDIEN
Lema
Ebenen
BRYTHUNIEN
Zikkurat
Hanumar
Dinander
Tempel
Paß
KEZANKIAN GEBIRGE
Piroga
Potrebia
Yezud
STEPPE
Numalia
Stadtstaaten
Burg Slott
Nezvaya
Yaralet
Mornstadinos
Paß
CORINTHIEN
Opkothard
ZAMORA
Urlaub
Zahmahn
WÜSTE
KARPASH GEB
Shadizar
Paß
Larsha
Tempel des Blutbefleckten Gottes
Vanatta
Dagoth
Hügel
Negs Burg
Arenjun
von Koth
Salzsee
Khalis
Elkad
TURAN
Shahpur
Korveka
Khauran
Kherdpur
VARETH
Tantusium
Yivga
QIRLATA
STRASSE DER KÖNIGE
Paß
Sultanap
Khoraja
Ft. Wakla
Akrel Oase
KHAROYA
Vezek
Akif
Khanyria
ZAHEEMI
ZUAGIRS
Shamla Paß
ÖSTLICHE WÜSTE
SHAN - E - SORKH
DRACHENBERGE
Nippr
Altaku
Akhlat Oase
Kizil - Bezzin
Makan - E - Mordan
Akbitana
Yukkub
Samara
Tamba - Syn
TORMA
KÖNIG

Eins

Auf der Straße, die zur berühmt-berüchtigten Stadt Shadizar führte, schritt ein junger Mann dahin. An der linken Hüfte hing ihm ein gebläutes Langschwert in einer Scheide. Er war ein Hüne mit breiten Schultern, muskulösen Armen und Beinen. Die Farbe seiner Haut ähnelte gegerbtem Leder. Auffallend waren seine strahlendblauen Augen, die hohen Wangenknochen und das energische Kinn.

Die Sonne brannte erbarmungslos auf das Plateau von Zamora hernieder. Die Luft waberte über den Rissen der ausgedörrten Ebene. Ein heißer Windstoß trieb Sandteufel dahin, die sich nach kurzem wilden Wirbeln wieder auflösten.

Dieselben Glutbrisen blähten auch die rabenschwarze Mähne des jungen Mannes. Er war stehengeblieben, um einen Schluck Wasser aus dem Lederschlauch zu trinken, den er stets bei sich trug. Das Wasser war lauwarm und schmeckte nach Eisen und Schwefel. Doch Conan der Cimmerier hatte schon schlimmere Tränke zu sich genommen. Oft war er froh gewesen, überhaupt die Kehle anfeuchten zu können. Jetzt ließ er den Schlauch sinken, und sein Blick schweifte umher.

Es gab wenig zu sehen. Auf der Hochebene wuchs nicht viel. Nur vereinzelt standen hier und da Büsche. Eine felsige Anhöhe erhob sich in der Ferne. Bis dorthin war es ein Fußmarsch von ungefähr drei Stunden. Wenn Conans scharfe Augen sich nicht irrten, standen dort oben einige Bäume, die Schatten verhießen.

Der Weg nach Shadizar war lang und sehr gefährlich. Obwohl die Sonne den jungen Cimmerier mit glutheißer Hand niederdrückte, war er froh, allein in dieser Wüstenei zu sein. Bis jetzt hatte er viele gefährliche Abenteuer bestehen müssen, hatte gegen böse Menschen und wilde Tiere gekämpft – und gegen Wesen, die noch um vieles schlimmer waren. Bis jetzt hatte er Glück gehabt und überlebt. Allerdings wünschte er sich, daß er mit mehr als nur der heilen Haut davongekommen wäre. Im Augenblick hätte er gern ein Gewand gehabt, das die bloße Haut vor der sengenden Sonne geschützt hätte. Damit wäre der Marsch angenehmer und leichter gewesen.

Der Cimmerier lachte laut auf. »Jawohl!« rief er in die Steinwüste hinein. »Ich wünsche mir ein Gewand, ein gutes Pferd und einen Sack mit Gold über einem feinen Sattel. Meist werden einem doch drei Wünsche gewährt.«

Er nahm noch einen Schluck Wasser, drückte den Stöpsel auf den Schlauch und marschierte weiter. Kostbarster Besitz war sein Schwert. Die Klinge war aus feinstem Stahl und so scharf wie ein Rasiermesser. Conan trug lederne Beinkleider, einen breiten Gürtel und einen Beutel daran, der allerdings zur Zeit leer war. Der Wasserschlauch war noch halb gefüllt. Die Füße steckten in bequemen Sandalen. Der Hüne atmete tief durch und fand, daß es einem Menschen viel schlechter gehen könnte als ihm in dieser Minute.

Conans Gott war Crom, der mächtige Krieger. Er gewährte den Menschen mit der Geburt einige Gunstbeweise: ein gewisses Maß an Kraft, Verschlagenheit und Weisheit. Danach mußte jeder Mensch selbst sehen, was er mit diesen Gaben anfing. Crom hatte für Schwächlinge nichts übrig, daher war es sinnlos, den Gott um Hilfe anzuflehen.

Conan hatte Crom einmal von Angesicht zu Angesicht gegenübergestanden. Er lächelte, als er an diese Begegnung zurückdachte. Ja, es lag an dem Mann selbst, etwas aus den Talenten zu machen, die ihm der Gott bei der Geburt mitgegeben hatte. Conan wollte in die Stadt der Diebe, um sich dort durch das Diebsgewerbe ein Vermögen zusammenzustehlen. Ja, er wollte ein reicher Mann werden. In wenigen Tagen würde er die Metropole erreichen. Sobald er genügend Juwelen und Goldmünzen aufgehäuft hätte, wollte er den wohlverdienten Luxus mit Saufgelagen und losen, aber ausgesucht hübschen Weibern genießen.

Doch bis dahin mußte er zu Fuß weitermarschieren.

Als die Nacht den Schleier der Dämmerung über das Land breitete, wurde die Luft etwas kühler und angenehmer. Conan hatte die Anhöhe erreicht. Jetzt wand sich der Weg nach Shadizar durch immergrüne Nadelhölzer und dichte Büsche. Er sah die Spuren kleiner Tiere und beschloß, einige Schlingen auszulegen, um sich ein schmackhaftes Abendessen zu fangen, ehe er das Nachtlager aufschlug. Er hatte weder einen Mantel noch Pelze, um den harten Boden weicher zu machen; aber in wenigen Minuten konnte er aus den aromatischen Fichtennadeln und ein paar Zweigen ein Lager bereiten. Die Nächte waren in dieser Gegend ziemlich kalt, obgleich er den Eishauch der hohen Berge bereits hinter sich gelassen hatte.

Der Cimmerier wand gerade die dritte Schlinge aus Lianen, als sein scharfes Gehör Geräusche wahrnahm, die bestimmt nicht von Erdhörnchen stammten.

Jemand hatte geniest. So nieste kein Hase! Außerdem folgte dem Niesen deutlich ein unterdrückter, aber eindeutig menschlicher Fluch.

Conan tat, als hätte er nichts gehört, und widmete sich weiter der Schlinge. Er legte die zusammengedrehte Liane über einen niedergebogenen jungen Baum und drückte die Pflöcke mit den Kerben, welche die Falle spannten, in den Boden. Dabei war er jedoch in Alarmbereitschaft und lauschte angestrengt in die Dämmerung hinein.

Unmittelbar vor ihm verlief ein Wildwechsel über die Straße und verschwand in einem Dickicht aus Dornenbüschen. Links lag eine kleine Lichtung mit dürrem Gras. Auf der anderen Seite standen Tannen mit dichtem Unterholz. Von dort her war das Niesen gekommen.

Conan war mit der Falle fertig. Jetzt hörte er Eisen gegen Leder schaben – ein Kurzschwert oder Dolch war aus der Scheide gezückt worden. Dann klirrte leise ein Kettenhemd, Leder knarzte, wieder Niesen und leises Fluchen, dann die geflüsterte Mahnung, still zu sein. Der Mann benutzte die Landessprache Zamoras, sprach aber mit schwerem Akzent.

Aha! Er hatte unsichtbare Gesellschaft bekommen. Sie steckten drüben im Wald und hatten mit Sicherheit keine lauteren Absichten. Freundliche Reisegefährten hätten ihn offen begrüßt, nicht aber sich im Gebüsch herumgedrückt, Waffen gezückt und einander ermahnt, still zu sein.

Conan musterte noch einmal scharf die Umgebung. Ja, wenn er sich mit dem Rücken zum Dornengebüsch aufstellte, konnte ihn niemand von hinten anfallen.

Gedacht, getan! Der Cimmerier schlenderte zu der Dornenhecke, zog sein Breitschwert und blickte zum Wald hinüber. Noch hatte die Nacht den Kampf mit dem Tag nicht ganz gewonnen. Die sinkende Sonne glitzerte auf dem Stahl. Conan hielt die Waffe mit beiden Händen, rechts über links, und schwang sie durch die Luft, um Schultern und Handgelenke zu lockern.

»He, ihr räudigen Hunde der Nacht! Kommt heraus und sagt, was ihr wollt!«

Nach zehn Herzschlägen brachen die Banditen lautstark durchs Gebüsch und nahmen auf der harten Lehmstraße Aufstellung. Es waren sechs finstere Gestalten, zweifellos Straßenräuber. Bekleidet waren sie mit allerlei militärischen Ausrüstungsstücken: Kettenhemden, Panzerhandschuhe und schüsselartige Rundhelme aus Messing. Vielleicht hatten sie in irgendeinem Heer gedient, vielleicht aber auch arme Soldaten überfallen und bestohlen. Zwei Männer trugen kurze Krummschwerter, zwei Holzspeere mit dolchartigen Spitzen. Ein Mann hielt zwei breite Messer. Der sechste hatte einen Morgenstern über der Schulter: An einem Holzprügel, so lang wie Conans Arm, baumelte eine dornenbesetzte Eisenkugel. Ein feiner Haufe!

Der Mann mit dem Morgenstern trat einen Schritt vor. Er war untersetzt, aber kräftig und beinahe kahlköpfig. Er trug keinen Helm. »Kein Grund zur Beleidigung, Barbar! Wir sind keine räudigen Hunde der Nacht, sondern … äh … arme Pilger.«

Conan lachte laut auf. Wollte der Kerl ihn dazu bringen, das Schwert wegzustecken? »Ha, Pilger!«

»Ja, und deshalb sind wir sehr knapp bei Kasse. Würdest du die Münzen, die du wohl bei dir trägst, unserer edlen Sache spenden?«

»Nein, ich habe auch kein Geld.«

»Aha, aber das Schwert, das du so gefährlich schwingst, ist bestimmt etwas wert. Wir könnten es verkaufen.«

»Ich bin nicht in der Stimmung, es zu spenden.«

Der Mann deutete mit dem Morgenstern auf seine Kameraden. »Wir sind zu sechst. Du bist allein. Gib uns das Schwert und was du sonst noch an Wertsachen bei dir trägst, dann lassen wir dich ungeschoren weiterziehen.«

»Verzeiht mir, wenn ich euch nicht traue und daher diesen Vorschlag ablehne.«

»Aber es steht immer noch sechs gegen einen.«

»Das kann man ändern.« Conan grinste und zeigte die weißen Zähne.

Der Mann mit dem Morgenstern wandte sich an die Männer. »Nun denn, die Götter haben es bestimmt, daß wir für unsren Lebensunterhalt arbeiten müssen, Brüder. Los, tötet ihn!«

Die sechs schwärmten aus und näherten sich dem Cimmerier. Conan behielt sie im Auge und schätzte ihre Stärke ab. Die Speerträger waren fett und langsam. Er traute ihnen nicht zu, besonders gut mit Waffen umgehen zu können. Die beiden mit den Krummschwertern waren jung. Allerdings hinkte der eine, und der andere wechselte ständig nervös den Griff an der Waffe. Wenn der Bandit mit den zwei Messern mit nichts als diesen Klingen viele Kämpfe überlebt hatte, mußte er schnell und fähig sein. Der Anführer mit dem Morgenstern hatte seine Stellung wahrscheinlich dadurch errungen, daß er sämtliche Herausforderer erschlagen hatte. Alle sahen aus, als hätten sie schon oft getötet; aber der Anführer und der mit den Messern schienen Conan die gefährlichsten zu sein.

Die Schurken erwarteten, daß der Cimmerier das Dornengebüsch als Rückendeckung benutzte und so ihren Angriff abwehrte. Das wäre die klügste und wahrscheinlichste Art der Verteidigung gewesen.

Deshalb formten sie einen Halbkreis. Doch da stieß der Cimmerier einen gellenden Kampfschrei aus und sprang auf die Räuber zu.

Die beiden Speerträger standen ihm am nächsten. Verblüfft wichen sie zurück und wollten gleichzeitig die Speere schleudern. Beides gelang ihnen nicht. Conan schlug den Speerschaft des ersten Mannes blitzschnell beiseite. Dann schwang er die Klinge kreisförmig über dem Kopf, ehe er sie auf den Messinghelm hinabsausen ließ. Sie drang tief in den Schädel des Mannes ein, so daß dieser sofort zu Boden sank.

Der andere Speerträger wollte fliehen, aber schon hatte der Cimmerier das Schwert herausgezogen und ihm seitlich hineingerammt. Schreiend ließ der Mann den Speer fallen und griff nach der Wunde, aus der Blut spritzte. Er verlor vier Finger, als Conan die Klinge herausriß und damit auf den nervösen Schwertträger losging, der versucht hatte, sich von hinten anzuschleichen.

»Sets Gemächt…!« fluchte er. Doch er beendete den Fluch nicht; denn da traf ihn Conans Fuß in den Bauch und stieß ihn nach hinten, dem Mann mit den Messern in die Arme.

Dieser war so überrascht, daß er instinktiv zustieß und beide Klingen bis zum Griff im Rücken des jungen Schwertträgers versenkte. Als dieser zu Boden stürzte, riß er ein Messer mit sich.

Jetzt griff der hinkende Mann mit dem Schwert Conan an. Doch er rutschte aus und fiel aufs Gesicht. Als der Cimmerier ihm auswich, stolperte er über den ersten toten Speerträger.

»Crom!«

Der Messerstecher stürzte sich auf Conan, um ihm den Bauch aufzuschlitzen, doch der Cimmerier packte die Klinge, obwohl er auf dem Rücken lag, und rammte sie dem Gegner in die edelsten Körperteile. Der Mann schrie auf, ließ das Messer fallen, hielt sich den Leib und taumelte davon.

Jetzt kam der hinkende Schwertkämpfer wieder hoch und griff den auf dem Boden liegenden Cimmerier an – aber er pfählte sich selbst auf dem hocherhobenen Breitschwert. Im Todeskampf fiel er über Conans Beine und umklammerte sie. Der Cimmerier war einen Augenblick lang hilflos.

»So, Bursche, in der nächsten Sekunde wirst du vor

deinem Gott stehen!« schrie der Anführer und holte mit dem Morgenstern aus, um dem Cimmerier das Gesicht zu zerschmettern. Conan wollte sich aus der tödlichen Umklammerung seiner Beine befreien. Aber er wußte, daß er zu langsam war.

Da zischte etwas durch die Luft. Es klang wie ein Pfeil, nur lauter. Plötzlich ragte ein Zaunpfahl aus dem Rücken des Anführers. Der Morgenstern fiel und bohrte sich in den toten Banditen auf Conans Beinen.

Conan konnte es nicht fassen! Das war kein Zaunpfahl, der den Mann durchbohrt hatte, sondern ein Speer! Aber welch ein Speer! Die blattförmige Klinge war länger und breiter als Conans Hand und der Schaft so dick wie sein Arm.

Conan löste die verkrampften Finger des Toten von den Beinen und stand auf. Dann starrte er den Anführer der Räuber an. Welcher Arm konnte einen so dicken Speer mit derartiger Kraft schleudern, daß er glatt durch einen Mann hindurchging?

Suchend sah Conan sich nach seinem Schwert um. Da näherten sich drei Gestalten. Sie kamen vom Wald her. In der Abenddämmerung sah er, daß es sich um zwei Männer und eine Frau handelte. Sie trugen einfache Gewänder aus Leder und Wolle. Die Männer hatten die Speere noch in der Hand. Das bedeutete, daß die Frau den Räuber getötet und damit Conans Leben gerettet hatte. Erstaunlich.

Conan musterte sie achtungsvoll. Sie sahen wie alle anderen Menschen aus, denen er auf seinen Reisen begegnet war. Es gab da nur einen winzigen Unterschied. Selbst die Frau, die kleinste der drei, war anderthalbmal so groß wie der Cimmerier und wog bestimmt doppelt so viel wie er.

Riesen. Drei Riesen kamen auf ihn zu.

Zwei

Trotz seines Staunens nahm der Cimmerier das Schwert auf und wischte mit dem Hemd eines toten Straßenräubers das Blut von der Klinge. Wenn ein Mann nicht pfleglich mit seiner Waffe umging, verdiente er sie nicht.

»Ich schulde euch mein Leben«, sagte er zu den Riesen.

Die drei redeten langsam in einer Sprache miteinander, die Conan nicht verstand. Dann wandte sich die Frau an ihn. Ihr blauschwarzes Haar fiel über die Schultern. Sie war eine Riesin, aber zweifellos weiblich, wie die üppigen Formen verrieten. Sie sprach den Cimmerier mit der Landessprache Zamoras an, welcher er sich auch bedient hatte.

»Du hast gut gekämpft. Du gehörst nicht zu den Männern der Stämme in dieser Gegend.«

Ihre Stimme war tief, aber weiblich. Auch ihr Gesicht war anziehend. Conan hatte schon Menschen gesehen, die angeblich Riesen waren. Doch diese waren irgendwie seltsam verwachsen, hatten dicke Brauen und wulstige Lippen, oder Hände und Füße waren irgendwie verformt.

»Ich bin Conan und komme aus Cimmerien, einem Land weit im Norden«, erklärte er. »Ich bin auf dem Weg nach Shadizar.« Er prüfte die Klinge und stellte freudig fest, daß keinerlei Scharten zu sehen waren.

Nach einer kurzen Pause redete die Frau wieder mit

ihren Gefährten in der Sprache, die er nicht verstand. Dann nickten die drei entschlossen.

»Unser Dorf liegt nicht weit von der Straße nach Shadizar«, sagte die Riesin. »Vielleicht möchtest du uns besuchen?«

»Sind noch mehr Menschen in eurem Volk so ... groß wie ihr?«

»Mit Ausnahme der Kinder sind wir alle von der gleichen Größe.«

Conan überlegte. Ein Dorf voller Riesen! Das mußte ein fesselnder Anblick sein! Shadizar hatte bis jetzt gewartet – da spielten zwei oder drei Tage auch keine Rolle mehr.

»Ja, ein Besuch eures Dorfs wäre bestimmt lohnend.«

Ein Riese zog den Speer der Frau aus dem Leichnam des Anführers. Ohne Mühe entfernte er den Schaft und reichte die Waffe der Frau.

»Das war ein hervorragender Speerwurf«, sagte Conan.

»Ich heiße Teyle«, sagte sie. »Man nennt uns das Volk der Jatte. Damit treffe ich meist das Ziel.« Sie stampfte mit dem Schaft auf den Boden. »Dennoch habe ich nicht viel Kraft im Vergleich zu den anderen.«

Conan betrachtete die Wunde in der Brust des Räubers. In das Loch hätte er leicht die Hand stecken können. Der stärkste normale Mann hätte Mühe gehabt, diesen Speer zu schleudern, und die Riesin behauptete, schwach zu sein. Was den Jatte an Schnelligkeit fehlte, machten sie eindeutig mit Stärke wett.

»Hast du etwas zu essen dabei?« fragte Teyle. »Wir haben Wein, Käse und Fleisch. Das teilen wir gern mit dir.«

»Ich stehe bereits in eurer Schuld«, sagte Conan.

Teyle betrachtete die toten Banditen. »Das waren Aasfresser«, sagte sie angewidert. »Die haben den Tod verdient. Bei fünfen hast du uns die Mühe abgenommen, sie zu beseitigen.«

Nun, das stimmte, auch wenn Conan aus eigennützigen Motiven gehandelt hatte: um sein Leben zu retten. Aber nach dieser Arbeit verspürte er einen gesunden Hunger.

»Wein, hast du gesagt?«

»Ja.«

Conan schlief fest und ruhig. Der Wein hatte köstlich geschmeckt – und hatte ihn nichts gekostet – und seine Träume beflügelt. Außerdem war es beruhigend zu wissen, daß drei kräftige Riesen das Nachtlager mit ihm teilten. Diese drei wollten ihm kein Leid antun; denn sie hätten ihn mit Leichtigkeit zusammen mit dem Anführer der Straßenräuber töten können.

Als die Morgendämmerung am klaren Himmel heraufzog, erhob sich der Cimmerier. Er fühlte sich frisch und gestärkt. Ein neues Abenteuer lockte; aber verglichen mit den letzten, schien dieses nicht gefährlich zu werden. Ein Dorf mit Riesen brauchte sich vor Feinden nicht zu fürchten, und er war Gast dort.

Nach einem kräftigen Frühstück brachen sie auf. Teyle war die einzige der drei, die sich mit dem Cimmerier unterhalten konnte. Sie erzählte Conan beim Gehen etwas über die Geschichte der Jatte.

»Ein Magier erweckte unsere Vorfahren vor dreihundert Jahren zum Leben, weil er für den Bau seines Schlosses kräftige Menschen benötigte. Er war ein wohlwollender, gütiger Zauberer. Als das Werk vollendet war, schenkte er den Jatte die Freiheit. Seit dieser Zeit leben wir mehr oder weniger friedlich in dem Dorf, wo alles begann.«

Conan hatte den Eindruck, daß sich Teyles Gesicht beim letzten Satz etwas verdüsterte; aber er drang nicht in sie.

Danach marschierten sie mehrere Stunden lang schweigend dahin, da Teyle sich nicht die Mühe machte, dem Cimmerier die langsam geführten Gespräche der Jatte untereinander zu übersetzen.

Gegen Mittag kamen sie an einen engen Pfad, der sich nach rechts durch einen Felsspalt wand. Conan folgte den drei Riesen zu einem Bach, der parallel zum Weg verlief. Weiden und Schilf säumten das Ufer. Nach einer weiteren Stunde wurde die Vegetation noch üppiger, und wieder eine Stunde später gelangten sie an einen Sumpf. Der Boden war trügerisch, und die Bäume wuchsen so hoch, daß ihr Dach an vielen Stellen die Sonne abschirmte, die noch gestern so erbarmungslos auf den Cimmerier niedergebrannt hatte. Insekten summten über den Wasserstellen.

Es gab schon lange keinen Pfad mehr; aber die Riesen wußten anscheinend, wohin sie treten konnten, um nicht im Sumpf zu versinken. Conan wäre diesen Weg ungern allein zum ersten Mal gegangen. Überall gab es tückische Treibsandstellen und tiefe Schlammlöcher. Schlangen glitten mehr als einmal vor ihnen dahin. Manche Reptilien waren so dick wie Conans Beine und dreimal so lang wie er. Doch solange er den Riesen folgte, machte er sich keine Sorgen. Wo diese ihre großen Füße hinstellten, ohne bei dem Gewicht einzusinken, konnte auch er beruhigt hintreten.

Bei einer kurzen Rast auf einer verhältnismäßig trockenen Stelle im Sumpf hörte Conan seltsame quakende Laute in der Ferne. Es klang beinahe wie Frösche nach einem starken Regen.

Auch die Riesen hatten die Laute vernommen. Der größere der beiden Männer spuckte auf den Boden. »Varg!« stieß er hervor.

Conan blickte Teyle fragend an. »Varg?«

Die Frau nickte. »Sumpfbewohner. Sie sind wie Jatte, aber kleiner. Sogar kleiner als du. Ihre Haut ist grün und gefleckt. Sie feilen die Zähne ganz spitz. Varg sind schlimm wie wilde Bestien. Sie laufen in Rudeln und … fressen Jattefleisch.«

Conan überlegte kurz. Ein Wesen, das Riesen verspeiste, verschmähte wohl auch Menschenfleisch nicht. Unbewußt griff er an sein Breitschwert.

»Die Varg sind feige«, fuhr Teyle fort. »Sie greifen nur an, wenn ein Dutzend von ihnen auf einen von uns trifft. Ich glaube kaum, daß sie es heute wagen.«

Conan nickte. Dennoch beschloß er, Augen und Ohren offenzuhalten.

Sie folgten weiter einem unsichtbaren gewundenen Pfad durch den Sumpf. Mehrmals warnten seine Gefährten den Cimmerier, vorsichtig zu sein, wenn sie eine besonders tückische Stelle zu überqueren hatten. Ihm war klar, daß man das Dorf der Riesen bestimmt nicht zufällig fand. Der Weg dorthin war sehr gefährlich. Conan hatte ein scharfes Auge für Einzelheiten. Dank dieses guten Ortsgedächtnisses konnte er sich lange an Wege erinnern, die er einmal gegangen war. Aber diesen ginge er ungern allein.

Es war schon spät am Nachmittag, als sie endlich den Sumpf hinter sich gelassen hatten und das Dorf der Jatte vor ihnen lag.

Der Anblick war beeindruckend.

Die Häuser waren aus Holz gebaut und hatten Reetdächer. Selbst das kleinste war nach menschlichem Maßstab sehr groß. Conan sah einige Jatte bei der Arbeit. Frauen zerstießen Getreide zu Mehl. Männer zersägten Bäume zu Planken oder spalteten Feuerholz. Kinder tobten und spielten Krieg. Der Cimmerier kam sich so groß wie ein Kind vor. In der Tat war es hier auch so. Selbst die Jugendlichen übertrafen ihn bereits an Körpergröße. So etwas hatte er noch nie gesehen.

Einige Dorfbewohner ließen die Arbeit ruhen und kamen herbei, um die drei zu begrüßen und neugierig

Conan zu mustern. Dann schnatterten sie in ihrer Sprache. Conan hörte, wie Teyle mehrmals seinen Namen nannte.

Dann führten ihn seine Gefährten zu einem großen Haus im Dorfkern. Neben dem Eingang standen ein Junge und ein Mädchen. Beide waren etwas größer als Conan. Er schätzte sie auf ungefähr dreizehn Winter. Sie trugen handgewebte Hemden und kurze Röcke. Die Füße steckten in gefleckten grünen Lederstiefeln, die halbhoch waren und bis zu den Knien reichten. Ihr Haar war ebenso schwarz wie das von Teyle. Sie sahen ihr ähnlich.

Teyle zeigte auf den Jungen. »Das ist Oren.« Der Junge lächelte freundlich. »Und das ist Morja, seine Zwillingsschwester. Sie sind meine jüngeren Geschwister.«

Conan nickte den Kindern zu.

»Ein feines Exemplar«, sagte der Junge.

Conan blickte Teyle an. »Exemplar?«

»Ich habe ihnen etwas von der Sprache beigebracht, die du verwendest. Aber sie sind darin nicht geübt.«

Das leuchtete Conan ein.

»Mein Vater ist drinnen«, sagte Teyle. »Er wünscht, dich kennenzulernen.«

»Wie kann er von meiner Ankunft wissen?«

»Die Zwillinge haben es ihm erzählt.«

Im Innern des riesigen Hauses war es nicht besonders hell, obwohl es einige Fensteröffnungen in den Wänden gab. Ein besonders hochgewachsener Riese, doppelt so groß wie der Cimmerier, stand in der Mitte des Raumes neben einem Ding, das Conan an einen Käfig erinnerte. Tische und Stühle standen um diese Umzäunung herum. Außerdem sah er noch einige große Körbe aus Schilf.

»Ho, Teyle!« rief der Riese.

»Ho, Vater!«

Conan und die Frau ließen die anderen beiden am Eingang zurück und gingen auf Teyles Vater zu. Sein dunkler Bart zeigte graue Stellen. Er war nackt bis auf einen Schurz aus gegerbtem Fell, den er um die Lenden geknotet hatte und der ihm bis zu den Knien reichte. Brust, Schultern und Arme waren muskelbepackt. Seine Haut war dunkler als die des Cimmeriers. Conan hatte den Eindruck, daß dieser Gigant ihn ebensoleicht in der Mitte durchbrechen könnte wie er einen Besenstiel.

»Das ist der Mann Conan«, erklärte Teyle. »Er hat fünf Banditen auf der Anhöhe in der Hochebene getötet. Und das ist mein Vater, Raseri, Häuptling der Jatte und auch der Schamane unseres Stamms.«

»Fünf Banditen, nicht schlecht!« rief Raseri. Seine Stimme hallte laut im Raum wider. »Ausgezeichnet, Tochter. Du hast mir ein wirklich gutes Exemplar gebracht!«

Da war wieder das Wort! Diesmal glaubte Conan nicht, daß Raseri es zufällig oder aus Unwissen benutzt hatte. Plötzlich überfiel ihn ein ungutes Gefühl. Er drehte sich zu Teyle um.

In diesem Augenblick kam schon ihre Faust auf ihn zu. »Tut mir leid«, sagte sie.

Ehe seine sonst so blitzschnellen Reflexe ihn schützen konnten, wurde die Welt um ihn herum rot und gelb und dann schwarz. Conan hatte das Bewußtsein verloren.

Drei

Über den schneebedeckten Paß, auf dem die Hohe Corinthische Straße nach Zamora führte, rollte schwerfällig ein Wagen in der eisigen Kälte dahin. Das Gefährt war aus Holz gebaut, mit hohen Seitenwänden und einem spitzen Zeltdach als Schutz gegen die Unbilden der Witterung. Die sechs großen Wagenräder waren mit Eisenringen beschlagen, die Radnaben dick mit schwarzem Fett eingeschmiert, grüne Kupferbänder waren zur Verstärkung um die Speichen gewickelt. In das unterste Brett waren schneckenförmige Ornamente geschnitzt, wie am Kapitell ionischer Säulen, die allerdings Wind, Regen und die erbarmungslos herabbrennende Sonne ebenso gebleicht hatten wie das übrige Holzwerk. Dieses Ungetüm von Wagen konnte nur auf größeren Straßen fahren, und selbst da erzielten die sechs Zugochsen keine nennenswerte Geschwindigkeit.

Vor dem mit Leinwand abgeschirmten Wagenkasten saß der Kutscher auf dem Bock. Er hatte die Kapuze tief herabgezogen, so daß man sein Gesicht kaum erkennen konnte. Er hielt die Zügel des Ochsengespanns zwischen den Händen, die in Handschuhen steckten.

Jetzt tauchte neben ihm eine zweite Gestalt aus dem Wageninnern auf und setzte sich. Das Haar dieses Manns war so hell wie frisches Stroh, sein Gesicht glatt rasiert und recht hübsch. Sein graues Gewand aus rauher Wolle ähnelte dem des Fahrers. Er schlug dem Kameraden kräftig auf die Schulter. »He, Penz! Dake will, daß du anhältst, damit wir eine Futterpause einlegen können!«

Als Antwort kam unverständliches Knurren unter der Kapuze hervor.

Der blonde Mann grinste. Er hatte prachtvolle Zähne. »He, haariger Bruder, du bist viel zu mißmutig! Du mußt lernen, das Leben mehr zu genießen!«

Dann riß er die Kapuze des Gefährten nach hinten, so daß man das Gesicht des Manns sah, den er Penz genannt hatte.

Penz knurrte und versetzte dem Blonden einen solchen Fausthieb, daß dieser rücklings vom Bock in den Schnee fiel. Dann zog Penz schnell wieder die Kapuze über den Kopf. Aber inzwischen hätte jeder, der dazu Gelegenheit gehabt hätte, den Grund seines Unwillens sehen können.

Penz hatte das Gesicht eines wilden Tiers: eines Wolfs. Anstelle von Nase und Mund hatte Penz eine spitze Schnauze. Wenn er vor Wut die Zähne fletschte, sah man lange spitze Hauer, wie geschaffen, um Fleisch herauszufetzen. Bis auf Augen und Schnauze war das Gesicht von ruppigem Fell bedeckt.

Als die Ochsen anhielten, wollte Penz vom Bock springen und sich auf den im Schnee liegenden Mann stürzen. Aber eine mächtige Stimme durchschnitt die eisige Luft wie ein Peitschenknall.

»Penz! Halt!«

Der Mann mit dem Wolfsgesicht erstarrte, als hätte ihm jemand mit dem Hammer auf den Kopf geschlagen.

Ein dritter Mann schob sich durch die Leinwand hinter dem Bock. Er war das Gegenstück zu dem Mann im Schnee. Seine Haut war dunkel, das Haar schwarz wie Rabenschwingen. Ein langer Schnurrbart hing über das viereckige Kinn herab. Trotz des weiten Gewands sah man die kräftige Gestalt. Als er jetzt die Hande zu Fäusten ballte, war das Muskelspiel seiner Unterarme beeindruckend.

Der Blonde war inzwischen aufgestanden. »Ich schlag dir die Schnauze platt, Penz!«

Der Dunkle warf dem Blonden einen zornigen Blick zu. »Schweig, Kreg!«

Der wutschnaubende Kreg funkelte ihn an, gehorchte aber stumm und wischte sich den Schnee vom Gewand.

Dann sagte der Dunkle zu Penz: »Du hast nicht das Recht, Kreg zu schlagen. Ich allein bestrafe, verstanden? Ich bin der Meister!«

Penz nickte.

»Sag es laut!«

Der Wolfmann gab sich Mühe, verständlich zu sprechen. »Dake ist unser Meister!«

»Gut!« sagte Dake. Dann holte er aus und schlug Penz mit der mächtigen Faust gegen die Brust, woraufhin dieser vom Bock auf den grinsenden Kreg fiel. Dem Blonden verging das Lachen, als der Wolfmann ihn wieder in den Schnee zurückstieß.

»Und *du* läßt Penz in Ruhe, verstanden?« Dake kehrte in den Wagen zurück und ließ die beiden Männer im Schnee liegen.

Der Wagen war im Innern geräumiger, als man von außen angenommen hätte. Es gab Sitzbänke und Einbauschränke an den Seiten. Ein Dutzend großer Männer konnte hier schlafen. Tro, die Katzenfrau, und Sab, der Vierarmige, saßen nebeneinander und blickten Dake mißmutig an, als er zu der gepolsterten Bank trat, die allein für ihn bestimmt war. Er warf ihnen einen strengen Blick zu. Niemand in ganz Corinthien oder Zamora, nicht einmal in Koth, hatte eine Sammlung von Mißgeburten zu bieten wie er; dennoch war Dake nicht zufrieden. So wie Penz einem Wolf ähnelte, so glich Tro einer Katze. Unter dem Fell war ihr Körper jedoch sehr weiblich. Viele Männer hatten schon für das Privileg bezahlt, sich mit der Katzenfrau zu vergnügen. Dake hatte sie auch ein paarmal genossen; aber in letzter Zeit hatte er wenig Begierde nach ihr verspürt.

Sabs zweites Paar Arme war kleiner als das erste; aber alle vier dienten ihm auf hervorragende Weise. Die Menschen zahlten bereitwillig, um seine Fähigkeiten zu bestaunen. Letztlich waren es jedoch weniger geworden. Dake wußte, daß er etwas Neues, Besseres bieten mußte, um das zahlende Publikum anzuziehen. Und vielleicht etwas Größeres.

Dake konnte von seinen kleinen Zaubertricks und seiner Sammlung Mißgeburten leben, aber sein Ehrgeiz ging weiter: Zu gern wäre er irgendwo der Meisterunterhalter eines Königs gewesen, mit ausreichenden Mitteln, um sich den Lieblingswunsch zu erfüllen: seltsamere und riesige Geschöpfe zu züchten, ein Meister der Groteske zu werden, mit Dutzenden, vielleicht Hunderten von Monstern und Dingen, welche noch kein menschliches Auge gesehen hatte. Er wußte, daß es Magier gab, die solche Wesen mit einer Handbewegung hervorbringen konnten; aber seine Zauberkunst war bescheiden. Er hatte nicht das Zeug dazu, zu den Höhen dieser Großen aufzusteigen und derartige Wunder zu vollbringen. Nein, er würde nie ein großer Magier werden, aber er könnte ein großer Sammler werden.

Es ging das Gerücht, daß irgendwo in der Nähe der Straße nach Shadizar Riesen lebten. Außerdem hielt sich angeblich in derselben Gegend auch ein Zwergenvolk auf. Die Erwachsenen sollten nicht größer als Kinder sein. Zwerge waren ziemlich verbreitet, aber man erzählte sich, daß diese Winzlinge so grün wie Laubfrösche seien. Wenn Dake je ein Exemplar der Riesen und der Grünlinge seiner Sammlung hinzufügen könnte, würden seine Aussichten auf einen großzügigen Gönner steigen. Aus diesem Grund fuhr er auf der Straße zur Stadt der Diebe. Er verfügte sogar über eine rohe Skizze der Gegend, die er einem betrunkenen Landstreicher in einer üblen Kaschemme in der Stadt Opkothard abgekauft hatte. Der Mann hatte sich nur noch Treberwein leisten können. Und für eine Flasche dieses Gesöffs hatte Dake seinen Schatz erstanden. Für ein paar Kupfermünzen besaß Dake jetzt die Karte einer Gegend, in der er vielleicht Mißgeburten fand, die ihn reich machen würden. Natürlich bestand immer die Gefahr, daß die Karte eine Fälschung und das Schaffell nicht wert war, auf das sie gezeichnet war; aber Dake glaubte das nicht. Er hatte ein feines Gespür für solche Dinge. Die Karte, die im Lauf der Jahre hundertmal ausgebreitet und wieder zusammengelegt worden war, sah echt aus. Wenn das stimmte, war sie einen ganzen Weinberg wert, und er hatte sie für einen Spottpreis erstanden.

Der Gedanke, wie er einen anderen – auch wenn dieser ein völliger Narr gewesen war – in einem Geschäft übers Ohr gehauen hatte, und die Möglichkeit, einen reichen Mäzen zu finden, versetzten Dake in bessere Laune. Ja, das Leben war in der Tat lebenswert!

Er lächelte die Katzenfrau an und wies auf das große Bett, das nur er allein benutzte – es sei denn, er lud sich jemanden ein, wie jetzt.

Tro seufzte und ging zum Bett.

Dake lachte, als er sah, wie Sab das Gesicht abwendete. Der Vierarmige liebte die Katzenfrau und diese ihn ebenfalls. Beide glaubten allerdings, daß Dake dies nicht wisse.

Pech für die beiden! dachte Dake, als er sich zu Tro legte. Es spielte keine Rolle, was sie wollten. Sie waren keine Menschen, sondern Mißgeburten. Wichtig war nur, was Dake wollte. Schließlich war er ihr Herr und Meister!

Nachdem die Sonne zweimal den Himmel durchlaufen hatte und auch der Mond die Welt zweimal mit seinem sanften Schein erhellt hatte, erreichte der Wagen die Stelle, wo Dake und seine Bande die gute Straße verlassen mußten.

Der Wolfmann, Dake, Penz und Kreg standen nebeneinander. Alle betrachteten den gewundenen Pfad, der sich über einen felsigen Hang zu einem Fluß hinabschlängelte.

»Dort!« erklärte Penz und zeigte nach Süden.

»Bist du sicher?« fragte Dake.

»Ja. Seht ihr das dichte Grün in der Ferne? Das muß der Sumpf sein.«

Dake entrollte die Karte und blickte noch einmal darauf. Er hatte noch ein zweites Exemplar eigenhändig angefertigt, falls dieses verlorenginge oder beschädigt würde. Offenbar hatte Penz recht.

Der dunkle Mann nickte. »Gut, dann müssen wir einen Platz finden, wo wir den Wagen verstecken können. Das Waldstück, das wir vor einer halben Stunde durchfahren haben, wäre geeignet.«

»Und was ist mit den Ochsen?« fragte Kreg.

»Die lassen wir frei. Weit laufen sie nicht, und wenn ich sie rufe, kommen sie sofort.« Dake brauchte nur mit erhobener Hand zu winken, um sie herbeizuholen. Ein Zauber, um Haustiere anzulocken, war keine magische Meisterleistung; selbst Dake war dazu imstande. Er war nicht als Magier geboren worden, hatte aber im Lauf der Jahre erlebt, daß auch Magier verarmten und dann den einen oder anderen Zauber verkauften, wenn die dafür gebotene Summe hoch genug war.

»Sollten wir nicht jemanden als Wache beim Wagen lassen?« schlug Kreg vor.

»Nein, nicht nötig!« Dake belegte den Wagen mit einem Abwehrzauber. Sollte jemand in die Nähe geraten, würde er unweigerlich zu kotzen anfangen. Dieser Abwehrzauber war gegen eine Hexe oder einen Zauberer wirkungslos; aber Dake hielt es für unwahrscheinlich, daß ein richtiger Magier diesen Wagen brauchte oder haben wollte. »Nein, wir gehen alle gemeinsam den Pfad hinab. Vielleicht brauche ich eure Talente, um unsere neuen Gefährten einzufangen.«

Penz stieg auf den Bock und fuhr zurück in das Versteck. Dake betrachtete noch einen Moment lang die Bäume, deren Wurzeln im Sumpf ruhten. Es war schon viele Jahre her, seit er Shadizar mit seiner Anwesenheit beglückt hatte; aber er wußte, daß dort reiche Menschen lebten, denen es Genuß bereiten würde, als Mäzene für Dakes Menagerie bewundert zu werden... besonders wenn Dake seiner Sammlung einen echten Riesen und eine neue Zwergenart hinzufügen könnte.

Bereits jetzt war Dakes Phantasie durch die Möglichkeit aufgeheizt, Kreuzungen zu züchten: einen riesigen Katzenmann oder eine Katzenfrau? Einen winzigen Wolfmann mit grünem Fell? Es gab zwar die Schwierigkeit, daß manche Arten sich mit anderen nicht kreuzen ließen; aber es gab Zauber, welche derartige Paarungen ermöglichten. Dake kannte einige der leichteren Formeln und verfügte über genügend Gold, um stärkere zu kaufen.

Er lächelte.

Das Leben bot so viele Möglichkeiten und konnte wunderbar aufregend sein.

Vier

Als Conan aufwachte, befand er sich in einem Käfig.

Der Cimmerier hatte furchtbare Kopfschmerzen, und alle Muskeln waren verkrampft. Letzteres kam vom Liegen auf dem Boden irgendeines Käfigs. Conan brauchte einige Minuten, um wieder klar zu denken. Dann fiel ihm ein, wie er in diese Zwangslage geraten war. Diese Erinnerung war keineswegs angenehm.

Das Riesenweib hatte ihm einen Faustschlag versetzt, während seine Aufmerksamkeit auf etwas anderes gelenkt war. Die Riesin hatte behauptet, schwach zu sein; aber davon war Conan nicht überzeugt. Kein Mann hatte ihn je so hart getroffen.

Seine Situation sah nicht gut aus. Er setzte sich auf und rieb die schmerzende Stelle am Kopf. Dann schaute er sich um. Sein Schwert war samt Scheide weg; aber man hatte ihm seine Kleidung, den Gürtel und den Beutel gelassen. Er besaß Feuerstein, Stahl und Zunder. Daher konnte er Feuer machen. Die Riesen hatten einen schwerwiegenden Fehler begangen, das zu übersehen.

Jetzt musterte er den Käfig genauer. Das Gestänge war aus einem harten weißen Material, das er auf den ersten Blick nicht zu benennen vermochte. Die seltsam geformten Stangen waren unterschiedlich dick und merkwürdig miteinander verknüpft. An den Verbindungsstellen sah er eine Art grünlichen Klebstoff. Weder mit dem Fingernagel noch mit dem Feuerstahl ließ sich dieses Zeug ankratzen. Als er mit dem Fingerknöchel gegen die weißen Stangen schlug, klang es metallisch, als hätte er gegen Bronzestäbe geschlagen.

Knochen.

Conan konnte es nicht fassen. Der Käfig war aus Knochen gebaut! Und wenn er die längsten Exemplare betrachtete, stammten einige von Geschöpfen, die sehr viel größer als er gewesen waren.

»Aha, aufgewacht, wie ich sehe.«

Conan drehte den Kopf. Da stand der Riese vor ihm, den Teyle ihm als ihren Vater Raseri vorgestellt hatte.

»Ich wüßte gern, ob du eine Ahnung von deiner jetzigen Situation hast«, sagte der Gigant.

Conan fühlte sich eigentlich nicht übermäßig gesprächig; aber der andere befand sich eindeutig im Vorteil. Es war vielleicht nicht klug, einen Riesen zu reizen, in dessen Käfig man saß. »Ich bin in einem Käfig, der aus Knochen gebaut ist«, antwortete er. »Und diese Knochen sind ungewöhnlich hart und groß. Daher nehme ich an, daß sie von deinen Leuten stammen. Warum ihr den Käfig aus Knochen gebaut habt, weiß ich natürlich nicht. Vielleicht seid ihr Kannibalen.«

Der Riese lachte tief und dröhnend. »Ausgezeichnet! In bezug auf den Käfig hast du recht. Unser Schöpfer wußte, daß wir einen besonders starken Knochenbau brauchen würden, wenn wir für ihn nützlich sein sollten. Daher gab er uns stärkere Knochen als euch Menschlein. Deine Theorie, daß wir Kannibalen sein könnten, ist unter diesen Umständen verständlich, aber falsch. Im Gegensatz zu den Varg sind wir keine Wilden. Nein, wir sind eher Anhänger der Naturphilosophie.«

Conan kannte diesen Ausdruck nicht, schwieg aber. Je mehr ihm Raseri verriet, desto größer wurden die Fluchtmöglichkeiten.

»Aus deiner Miene schließe ich, da du mit unserer Lehre nicht vertraut bist. Naturphilosophie ist das Studium der Welt und all dessen, was in ihr ist. Wir bemühen uns, alles über alles zu lernen.«

Der Riese trat so nahe an den Käfig heran, bis ihn nur eine Körperlänge von ihm trennte. Dann schaute er auf den Cimmerier herab. »Wenn wir in einer Welt überleben wollen, in der Menschen, die uns hassen und fürchten, weit in der Überzahl sind, müssen wir alles über unsere Feinde wissen. Deshalb bist du jetzt unser Versuchsgegenstand.«

»Ich bin kein Gelehrter und kann euch wenig berichten«, meinte Conan vorsichtig.

»Ja, aber du bist auch nicht der erste deiner Art in diesem Käfig. Wir haben... diese Exemplare, die du Gelehrte nennst, bereits studiert. Wir wissen, daß es viele verschiedene Arten von kleinen Menschen gibt, wie bei uns auch. Was uns fehlt, ist ein Krieger, vor allem einer aus einem fernen Land.«

»Ich muß aber nicht in einem Käfig sitzen, um Fragen zu beantworten.«

»Doch, ich fürchte, das muß sein. Einige unserer Fragen betreffen den Körper, manche sind schmerzhaft.«

Conan musterte Raseri. Die eisblauen Augen des Cimmeriers verschleierten sich kurz und wurden grau wie blitzender Stahl. Die Riesen hatten die Absicht, ihn zu foltern. Na schön! Sobald sie die Käfigtür öffneten, sähen sie schon, wozu ein Cimmerier in Weißglut fähig war. Er wußte, daß er viel schneller als diese Giganten war. Und wenn er irgendwie sein Schwert in die Hände bekäme... Ha, dort drüben lehnte es an der Wand, unmittelbar hinter Raseri! Ja, dann fände er heraus, wie hart das Fleisch der Riesen war, wenn es mit einer scharfen Klinge in Berührung kam. Lieber den sicheren Tod mit dem Schwert in der Hand vor Augen als elend an der Folter verenden. Crom hieß tapfere Krieger willkommen, hatte aber für Männer, die nicht kämpften, wenig übrig. Da Conan wohl seinem Gott bald gegenübertreten würde, wollte er so viele Feinde wie möglich mitnehmen. Es gab Schlimmeres als das Sterben: einen Tod in Schande!

Die Vegetation im Sumpf war üppig. Dichtes Blättergewirr verbarg die dunklen Wasserstellen. Jeder Schritt auf diesem tückischen Boden war gefährlich. Nur an wenigen Stellen drangen die Sonnenstrahlen durch die grünen Wipfel. Selbst mittags herrschte unheimliche Dämmerung.

Vielleicht lag es an dieser Beleuchtung, daß Kreg vom engen Pfad abkam, den Tros sichere Füße für die Gefährten trampelte. Der blonde Mann sank plötzlich ein.

»Hilfe!«

Dake schüttelte angewidert den Kopf. »Hol ihn raus!« herrschte er Penz an.

Der Wolfmann nickte nur kurz und nahm das aufgerollte Seil von der Schulter. Sorgfältig legte er ein Ende zur Schlinge, nahm sie in die linke Hand und machte sich bereit, das Seil zu Kreg hinüberzuwerfen.

»Beeil dich, du haariger Narr!« Kreg steckte bereits bis zu den Schenkeln im Morast. Je mehr er strampelte, desto tiefer und schneller versank er.

Dake seufzte. Kreg war ihm treu ergeben, aber seine Intelligenz war mehr als bescheiden. Es zeugte von seltener Dummheit, wenn ein Mann, der im Treibsand oder Sumpf unterging, seinem Retter Beleidigungen entgegenschleuderte. Hätte Dake dem Wolfmann nicht befohlen, Kreg herauszuholen, hätte Penz den Blonden genüßlich versinken lassen. Natürlich schätzte niemand, wenn ein Helfer zu gescheit oder zu ehrgeizig war, weil er dann eine mögliche Gefahr darstellte; aber im Augenblick fragte sich Dake, ob Kregs Ergebenheit seine unsägliche Blödheit wettmachte.

Penz warf das Seil. Da Kreg sich nicht weit weg befand, entrollte sich das Seil nicht ganz, und die Schlingen trafen den Unglücklichen an Kopf und Brust.

»Au! Set verfluche dich!«

Dake sah das Gesicht des Wolfmanns nicht, da es von der Kapuze verborgen war; aber er war sicher, daß Penz wölfisch grinste.

Überall im Sumpf schwirrten Insekten. Dann hörte man ein schmatzendes Geräusch, als Penz den Blonden aus dem Morast herauszog. Als Kreg halbwegs befreit war, ruckte Penz plötzlich am Seil, und Kreg fiel vornüber in den Morast, daß es nur so spritzte.

Tro und Sab standen hinter Dake. Alle lachten laut.

Kreg kroch auf den Pfad. Er schäumte vor Wut. »Du hast mich mit Absicht umgeworfen, du Schwein!« brüllte er Penz an. Dann riß er den langen Dolch aus dem Gürtel. »Dafür schneide ich dir die Ohren ab!«

»Steck den Dolch weg!« befahl ihm Dake.

Kreg war zu blöd, um die Gefahr zu erkennen, die ihm drohte. Wütend blickte er seinen Meister an. »Du hast doch gesehen, was er tat!«

»Ich habe auch gesehen, daß du nicht geradeaus gehen kannst. Beim nächsten Mal lasse ich dich bis zum Mittelpunkt der Erde versinken.«

Seelenruhig rollte Penz das Seil wieder auf.

Kreg schäumte vor Wut, aber er steckte den Dolch in die Scheide.

Dake wendete sich ab. Eines Tages würden die beiden ernstlich versuchen, sich umzubringen. Penz war zu wertvoll, als daß er ihn verlieren wollte. Und wenn Kreg nicht lernte, seine Wut zu zügeln, mußte er verschwinden. Man bekam leicht einen neuen Assistenten, wenn auch keinen Wolfmann. Es war traurig, aber Treue wog nun einmal nicht alles auf.

Aber vorher gab es Wichtigeres zu tun. Er mußte grüne Zwerge aufspüren und Riesen einfangen.

Wie als Antwort auf diese Gedanken hörte Dake

plötzlich seltsame Laute aus dem Sumpf. Es war ein Singsang, wie ihn der Zauberer noch nie vernommen hatte.

»Was ist das?« fragte Kreg.

»Gehen wir vorsichtig weiter und schauen nach«, sagte Dake.

Tief im Sumpfgebiet, wohin sich bisher nie ein Mensch gewagt hatte, geschützt durch tödliche Treibsandfallen und Bäume, die dicht wie Palisaden standen, lag das Heim des südlichsten Stamms der Varg. Auf der Lichtung neben dem kalten Teich zog sich Fosull, der Stammesführer, mit den scharfen Fingernägeln ein Stück Fleisch aus der Lücke zwischen den spitzen Vorderzähnen. Dann kaute er nachdenklich darauf herum. Er war der größte seines Stamms und maß knapp ein Viertel der Größe eines Jatte. Er konnte schneller laufen und klettern als Varg, die halb so alt waren wie er. Seine gefleckte, grüne Haut wies an einigen Stellen bereits Falten auf. Seine Augen waren auch nicht mehr so scharf wie vor einem Dutzend Sommern; aber niemand wagte es, seine Führerschaft anzuzweifeln, nicht einmal sein ältester Sohn Vilken, obwohl dieser Tag nicht mehr lange auf sich warten ließe. Der Junge brauchte aber noch ein bißchen mehr Lebenserfahrung. In ein oder zwei Sommern würde Fosull dann leichten Herzens abtreten, um Vilken die harte Arbeit des Führers zu überlassen, während er sich um seine neun Frauen kümmern und den ihm zustehenden Tribut als Führer im Ruhestand genießen würde. Das war besser, als ein toter Führer zu sein.

Gerade als Fosull den Lendenschurz ablegen wollte, um in den Teich zu steigen, eilte Brack, einer der Beobachtungsposten am Pfad durch den Sumpf, auf ihn zu. »Ho, Führer!«

Fosull sog schmatzend die letzten Fleischreste aus

den Zähnen und gab sich Mühe, gelangweilt zu wirken. »Es ist ein warmer Tag, und ich will gerade das kalte Wasser genießen. Was ist los?«

»Eindringlinge, Führer.«

»Jatte?«

»Nein, keine Sumpfbewohner, ganz seltsame Gestalten.«

»Wieso seltsam?«

»Einer hat vier Arme, einer sieht wie ein Wolf aus. Dann ist noch ein Katzenweib dabei. Zwei sind gewöhnliche Menschen.«

»Bemerkenswert. Und wo hast du die Gruppe gesehen?«

»Auf dem unteren Schildkrötenpfad.«

Fosull dachte kurz über diese Neuigkeit nach. Die Menschen waren zwar nicht so schmackhaft wie die Jatte, aber Essen blieb Essen. Besser Menschenfleisch als gar nichts. Die Varg hatten sich in letzter Zeit hauptsächlich von Sumpfschweinen und allen möglichen Nagetieren ernähren müssen. Fünf Menschen, auch wenn sie seltsam aussahen, wären eine willkommene Delikatesse. Dafür verschob er das erfrischende Bad im kalten Teich.

»Nun gut. Ruf die Krieger beim oberen Schildkrötenweg zusammen. Wir greifen die Eindringlinge bei der Mooskehre an.«

»Jawohl, Führer.«

Brack lief zurück ins Gebüsch. Fosull holte seinen Speer, der an dem mit dichten Schlingpflanzen bewachsenen Baum neben dem Teich lehnte. Vielleicht würden die Eindringlinge besonders gut schmecken, weil sie so merkwürdig gebaut waren.

Nie die Hoffnung aufgeben!

Conan war den Großteil des Vormittags allein im Käfig. Ihm taten immer noch die Augen weh von dem stinkenden Zeug, mit dem Raseri ihn bespritzt hatte, ehe er ging. Der Riese hatte den Inhalt einer kleinen hölzernen Schüssel auf ihn entleert. Der Gestank erinnerte den Cimmerier an eine tote Ratte, die seit drei Tagen in der Sonne lag. Außer dem leichten Brennen der Augen hatte Conan jedoch keine weitere Wirkung der stinkenden Dusche bemerkt. Raseri hatte ihn nach dem Guß einen Augenblick lang aufmerksam betrachtet. Dann hatte er genickt und war wortlos verschwunden.

Das war eine Art Folter, von der Conan noch nie gehört hatte.

Teyle trat ein und ging auf den Käfig zu. Der Cimmerier funkelte sie wütend an, sagte aber nichts.

»Wie ich sehe, bereitet dir das *koughmn* wenig Unbehagen«, sagte sie.

Conan schwieg weiter.

»Du mußt verstehen, daß ich nichts gegen dich habe«, fuhr sie fort. »Mein Vater hatte mir den Auftrag gegeben, das Exemplar eines Kriegers der Menschlein zu fangen. Du hattest das Mißgeschick, mir über den Weg zu laufen.«

Conan fand das wenig tröstlich. Immer noch sagte er nichts.

»Wir sind nur wenige, aber ihr Menschlein seid sehr zahlreich«, erklärte sie weiter. »Um zu überleben, müssen wir unsere Feinde kennen. Das kannst du gewiß verstehen.«

»Bis ich ins Dorf kam, war ich nicht dein Feind«, sagte Conan schließlich.

»Aber deine Art ist unser Feind. Es tut mir leid, daß ich dich hintergangen habe; aber ich mußte meine Pflicht erfüllen.«

»Ich könnte dir leichter verzeihen, wenn du die Tür zu diesem Käfig öffnen und mich hinauslassen würdest.«

»Leider kann ich das nicht tun. Ich wollte dir nur versichern, daß deine Anwesenheit hier nicht persönlich gemeint ist.«

»Da ich offenbar in diesem Käfig von deinen Leuten getötet werden soll, mußt du mir verzeihen, daß ich das ausgesprochen persönlich nehme.«

Teyle konnte darauf nichts erwidern. Stumm drehte sie sich um und ging.

Conan musterte wieder den Käfig. Wo sich seiner Einschätzung nach die Tür befand, sah er dasselbe grüne Zeug, mit dem alle anderen Verbindungsstellen verschmiert waren. Er hatte bereits herausgefunden, daß er diesem Stoff weder durch Kratzen, Schaben oder Feuer beikommen konnte. Auch die metallähnlichen Knochen brannten nicht.

Vorsichtig stemmte sich der Cimmerier gegen jeden Knochen seines Gefängnisses, um eine Schwachstelle zu finden. An einer Ecke stieß er auf einen Knochen, der ungefähr so dick und so lang wie sein Arm war. Er knarzte etwas, als er dagegen drückte. Wenn er ihn entfernte, war die Öffnung zwar nicht groß genug, um hindurchzuschlüpfen, aber er hätte wenigstens ein Werkzeug, mit dem er vielleicht andere Stäbe lockern konnte. Außerdem ließ sich der Knochen auch als Schlagstock einsetzen. Falls Raseri nahe genug käme, könnte er ihm damit den Schädel einschlagen. Vielleicht konnte er ihn auch als Wurfwaffe benutzen und dadurch etwas Schaden anrichten. Besser als gar nichts!

Der Cimmerier packte ein Ende des Knochens und zerrte daran. Er legte seine gesamte Kraft hinein. Der Knochen knarzte und schien etwas nachzugeben. Conan holte kurz Luft und zog wieder.

Der Gedanke, Raseri den Schädel zu zertrümmern, zauberte ein grimmiges Lächeln auf Conans Züge. Wenn er auch nur einen dieser Riesen tötete, würde er sich etwas besser fühlen und nicht mehr so mit sich hadern, weil er blind in diese Falle getappt war.

Er mühte sich weiter mit dem Knochen ab.

Schließlich hatte er im Augenblick nichts Besseres zu tun.

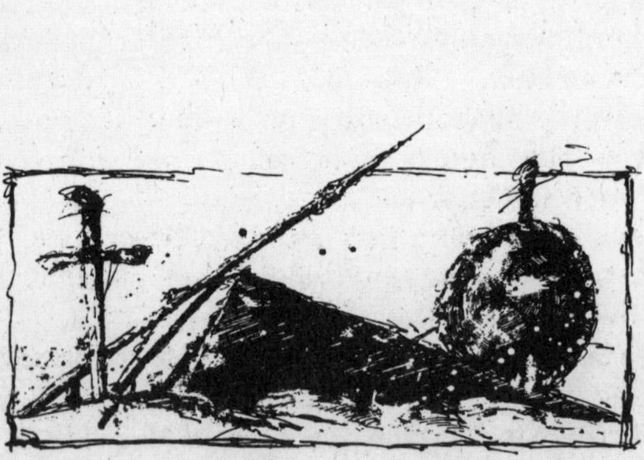

Fünf

Der Angriff kam für Dake völlig überraschend.

Die fünf trotteten gerade über eine Lichtung im Sumpf, als urplötzlich eine Horde grüner Männchen aus dem Unterholz vor ihnen stürzte und mit wildem Gebrüll Speere schwang.

In diesem Augenblick, der sich so zäh wie aus einem Stamm herausquellendes Harz dehnte, erkannte Dake, daß er und seine Mißgeburten von den Feinden überwältigt würden, da diese eindeutig in der Überzahl waren. Es waren über zwanzig Gestalten. Wenn er und die Seinen überleben sollten, mußte er rasch etwas tun.

Schnell sprach Dake einen Zauber. Hinter ihm wurde es hell. Dann ertönte ein Donnerschlag. Im nächsten Augenblick stand ein riesiger roter Dämon hinter ihm. Er war dreimal so groß wie ein hochgewachsener Mann. Erschreckend lange und spitze Fänge ragten aus dem Maul hervor. Mit den Klauen, die die schwüle Luft des Sumpfs peitschten, hätte er leicht einen Ochsen zerfleischen können.

Die Zwerge blieben stehen, so schnell sie konnten.

Dake winkte dem Dämon zu, worauf dieser einen Schritt vorwärts ging.

Die grünen Zwerge liefen zum Wald zurück. Dabei schnatterten sie aufgeregt und riefen zweifellos ihre Götter um Hilfe an.

Dake lächelte. Der Dämon war selbstverständlich nichts als eine Illusion und hatte weniger Substanz als der Rauch eines Lagerfeuers. Dennoch wirkte er echt.

Und jeder, der nicht ganz den Verstand verloren hatte, würde sich hüten, nahe genug heranzugehen, um nachzuprüfen, was es damit auf sich hatte.

Die grünen Zwerge flohen in Panik. Dake rief Penz zu: »Fang mir einen!«

Der Wolfmann nickte und marschierte los. Dabei entrollte er das Seil. Dann wirbelte er die Schlinge über den Kopf und warf sie geschickt über einen der grünen Winzlinge. Penz zog das Seil stramm. Der Ruck riß den Zwerg von den Beinen und schleuderte ihn zu Boden.

Also, wenn das Fangen eines Riesen auch so einfach ist, sind wir bald wieder auf der Straße nach Shadizar, dachte Dake zufrieden.

Der grüne Zwerg strampelte, aber Penz hielt das Seil so straff, daß der Kleine nicht auf die Beine kam. Dake lief auf sein neues Spielzeug zu.

Der Dämon verblaßte und löste sich auf, sobald sein Schöpfer die Aufmerksamkeit von ihm abwendete. Der Zauber hatte gewirkt. Dake hatte es mit diesem Kunststück geschafft, den Angriff abzuwehren.

Langsam zog Penz den sich heftig wehrenden Zwerg näher zu sich. Jetzt war es an der Zeit, daß Dake seinen wirksamsten Zauber anwendete. Der Bann traf den grünen Winzling beinahe sichtbar. Wie vom Schlag getroffen hörte der Zwerg auf, sich gegen das Seil zu wehren, und wurde ganz ruhig.

»Jetzt gehörst du mir«, erklärte Dake. »Du kannst meinem Zauber nicht entrinnen.«

Ob der grüne Winzling ihn verstand, vermochte Dake nicht zu sagen; aber er hatte den Zwerg im Griff – ebenso wie die anderen Mitglieder seiner Menagerie. Ein magisches Netz machte sie ihrem Meister gegenüber willenlos. Keiner konnte sich ihm widersetzen oder fliehen.

»Löse das Seil!« befahl Dake.

Der Wolfmann gehorchte.

Der neue Sklave blickte seine Häscher an. Dake machte eine Handbewegung nach oben, um dem Zwerg zu bedeuten, daß er aufstehen solle. Der Winzling tat es, allerdings zögernd. Er versuchte sich gegen den Bannzauber zu wehren. Das taten alle am Anfang. Dake lächelte nur. Dieser Zauber gelang wirklich hervorragend. Er war Dakes stärkstes magisches Hilfsmittel. Viel mehr hatte er nicht; aber seiner Meinung nach war es besser, eine Sache gut zu tun, als viele mehr schlecht als recht. Bis jetzt hatte dieser Zauber ihn nie im Stich gelassen.

»Los, marschieren wir weiter!« verlangte Dake.

»Was ist mit den Brüdern dieses grünen Winzlings?« fragte Kreg.

»Du hast doch gesehen, wie sie auf den Dämon reagiert haben. Sie werden uns nicht mehr belästigen.«

Kreg schaute ihn an. Offenbar bezweifelte er das; aber er würde dem Meister nie widersprechen. Die Gruppe marschierte weiter, verstärkt durch den Neuzugang.

Hinter Raseri betraten vier männliche Riesen den Raum, der Conans Gefängnis geworden war. Jeder trug einen geraden Stab, so dick und so lang wie der Speerschaft der Riesin. Auf ein Zeichen von Raseri hin stellte sich je ein Gigant vor eine Seite des Käfigs.

Raseri sprach ein einzelnes Wort. Sofort traten die vier näher und senkten die Stäbe.

Dann stieß der eine den Stab kräftig durch das Gitter in den Käfig. Obwohl es hinter Conans Rücken geschah, hatte dieser die Bewegung instinktiv wahrgenommen, sich noch rechtzeitig gedreht und mit der Faust die Stange beiseite geschlagen. Doch da traf ihn bereits der nächste Stab in den Rücken.

Der Cimmerier steckte den Stoß knurrend weg und warf sich schnell auf die andere Seite, um der dritten Attacke zu entgehen.

Der Käfig war so groß, daß er darin stehen konnte; aber ein Sprung nach oben würde seinen Kopf unsanft mit dem Gestänge in Berührung bringen. Daher mußte er sich darauf beschränken, seitlich auszuweichen oder sich auf den Boden zu werfen. Unglücklicherweise gab es im Käfig keine Stelle, wo er außer Reichweite aller vier Stäbe war.

Ein Stab traf ihn gegen den Schenkel, der nächste in den Bauch.

Conan überlegte krampfhaft, wie er sich schützen konnte. Diese vier Riesen waren zu stark. Sie würden ihn in den nächsten Minuten totschlagen, wenn er nichts unternahm!

Ein Fehlschlag gab ihm Hoffnung. Es gelang ihm, ein Stabende zu packen. Doch der Riese zog den Stab mit derartiger Kraft zurück, daß Conan den Griff verlor.

Obwohl ihm der Tod bereits im Nacken saß, gab Conan die Hoffnung nicht auf.

Die Ausmaße des Käfigs waren so, daß er zwar nicht allen vier Stäben entgehen konnte, aber daß drei Angreifer ihn nicht erwischten, ohne ihre Stellung zu verändern, wenn er mit dem Rücken in der Mitte einer Seite stehenblieb. Natürlich war er dann dem Riesen auf dieser Käfigseite ausgeliefert; aber einer war besser als vier.

Der Cimmerier sprang beiseite, als ein Stab auf seinen Bauch zielte und der Stoß ihn nur streifte, packte den Stab mit beiden Händen und stemmte sich mit Schultern und Rücken gegen den Knochenkäfig. Dann schlang er die gekreuzten Beine um die Stange, so daß er sie mit den Armen gegen die Brust preßte, gleichzeitig aber auch mit Schenkeln und Knöcheln hielt.

Selbst der Riese konnte einen Mann von Conans Gewicht nicht lange auf Armeslänge an einem Stab halten. Conan fiel auf den Käfigboden und entriß dabei dem überraschten Giganten den Stab.

Blitzschnell war der Cimmerier wieder auf den Beinen. Jetzt besaß er eine Waffe!

Sofort ging er in die Hocke und stieß mit dem Stab auf den früheren Besitzer ein. In diesen Stoß legte er seine gesamte Kraft.

Der hervorragend gezielte Stoß traf den Riesen unmittelbar auf der Stirn. Es klang, als schlüge man mit einem Hammer einen Zeltpfahl ein. Der Riese verdrehte erstaunt die Augen und fiel erst auf die Knie, dann auf die rechte Seite. Der Käfig erbebte, als der Gigant auf dem Boden aufschlug.

Conan machte eine blitzschnelle Drehung und zog den Stab wieder zur Hälfte zurück in den Käfig. Obwohl er Platz genug hatte, war der Stab so schwer, daß er ihn nur mit Mühe schwingen konnte. Aber vielleicht konnte er noch einige Stöße landen, ehe die anderen ihn bewußtlos schlugen. Er lächelte grimmig.

»Hervorragend!« Raseri klatschte. Dann sagte er etwas in einer Sprache, die Conan nicht verstand, worauf die Riesen die Stäbe senkten. Sofort zog der Cimmerier den Stab ganz in den Käfig.

Conan betrachtete den Anführer der Riesen. Sein Blut kochte vor Wut. Er hätte ihn am liebsten sofort mit bloßen Händen erwürgt; aber trotz des kleinen Siegs steckte er immer noch im Käfig und war Raseri auf Gedeih und Verderb ausgeliefert.

»Wirklich gut«, meinte Raseri. »Wenn man die Art der Attacke betrachtet, war es auch die einzige Möglichkeit der Verteidigung.«

»Laß mich aus dem Käfig, und ich werde dir noch ganz andere Möglichkeiten zeigen.« Conan hob den Stab.

Raseri lächelte. »O nein, das ist natürlich nicht möglich. Wir müssen noch weitere Versuche mit dir anstellen. Gib mir den Stab!«

»Nein, den möchte ich behalten. Hol ihn dir doch, wenn du kannst.«

»Ich kann es nicht gestatten, daß du ihn behältst, da du ihn als Hebel benutzen könntest. Der *ekad*-Leim ist zwar sehr hart, aber du bist stark und könntest womöglich eine Öffnung herausstemmen und fliehen.«

Conan rührte sich nicht.

»Ich kann dich wieder mit den Stäben schlagen und stoßen lassen«, sagte Raseri und zeigte auf die Riesen.

»Es ist besser, im Kampf zu sterben, als sich wie ein Lamm zur Schlachtbank führen zu lassen!«

»Ah, der Ehrenkodex eines Kriegers! Sehr gut. Aber noch ist die Stunde deines Todes nicht gekommen. Gib mir den Stab!«

»Nein!«

Raseri griff in den Lederbeutel am Gürtel. Als er die Hand wieder herauszog, war sie geschlossen.

Conan wechselte die Stellung. Er hob den Stab und balancierte ihn in der Hand. Dann schwang er ihn hoch und zielte. Eigentlich war es sinnlos, aber wenn er den Stab kräftig genug gegen den Käfig schleuderte, konnte er vielleicht doch irgendeinen Schaden anrichten. Ein stumpfer Speer war besser als überhaupt keiner.

Doch ehe der Cimmerier den Verzweiflungswurf ausführen konnte, warf Raseri den Inhalt der Hand in den Käfig. Schwarzer Staub glitzerte in der Luft. Conan sprang beiseite, konnte aber dem Staub nicht ausweichen. Er hielt die Luft an; aber ein ätzender Geschmack verriet ihm, daß er bereits etwas von dem Zeug eingeatmet hatte. Alles um ihn herum verschwamm. Die Knie wurden ihm weich. Mit letzter Kraft warf Conan den Stab, aber die Droge hatte ihn bereits geschwächt. Der Stab flog ungehindert durch das Gestänge des Käfigs und landete vor Raseris Füßen.

Wieder nahm die Dunkelheit den Cimmerier in ihren Schoß auf.

Raseri war begeistert.

Das Exemplar, das seine Tochter heimgebracht hatte, war wohl das beste, an dem er je seine Versuche hatte ausführen können. Dieser Mann aus fernem Land war tapfer, stark und klug. An ihm konnte man in der Tat viel lernen.

Der Führer der Jatte blickte von seinem Schreibtisch auf und zu dem immer noch bewußtlosen Gefangenen im Käfig hinüber. Seine Begeisterung wurde durch das Wissen gedämpft, daß kleine Menschen wie dieser eine große Gefahr für sein Volk darstellten. Die Exemplare aus der Nachbarschaft hatten keine derartigen Fähigkeiten gezeigt. Sie waren auch nicht so trotzig gewesen. Die meisten waren allein über die Tatsache, daß es Jatte gab, so erschrocken gewesen, daß sie keinerlei Widerstand geleistet hatten. Die meisten hatten um ihr Leben gefleht und waren dann schnell gestorben. Hätten sie die Norm der Menschheit dargestellt, hätten die Jatte ohne Sorgen leben können.

Aber ... wenn dieser Fremde die Fähigkeiten verkörperte, zu denen die Mehrzahl der kleinen Menschen tatsächlich fähig war, hatten die Jatte ein schwerwiegendes Problem. Früher oder später würde in der Welt da draußen bekannt werden, daß es die Riesen gab. Es war bereits mehreren Menschlein gelungen, durch den Sumpf zu dringen. Ja, sogar Varg waren bis in das Dorf gekommen, allerdings hatte es keiner lebend wieder verlassen. Es war aber nur eine Frage der Zeit, bis es anderen gelingen würde.

Teyle konnte die Experimente ihres Vaters nicht ertragen. Sie war zu weichherzig. Was sie als Folter ansah, betrachtete Raseri als Notwendigkeit. Für sie waren die Winzlinge Menschen und nicht die Bedrohung, zu der sie eines Tages werden würden. Davon war Raseri leider überzeugt. Teyle konnte nur den Augenblick wahrnehmen, Raseri dagegen mußte weit in die Zukunft schauen. Zehn Jahreszeiten oder auch hundert konnten ohne Zwischenfall dahingehen, aber was würde aus den Kindern seiner Kinder werden? Ohne die Möglichkeiten, zu verstehen und sich zu verteidigen, hatten sie keine Zukunft. Raseri hatte schon lange aufgehört, die Maßnahmen zu bedauern, die er ergreifen mußte, um das Fortleben seines Volks zu sichern. Das Leben war nun einmal schwierig, und die Götter halfen nur denen, die willig waren, sich selbst zu helfen. Dieser Conan im Käfig mußte sterben; aber sein Tod würde den Jatte Nutzen bringen. Das zählte als einziges. Wissen war Macht – je mehr, desto besser.

Raseri wendete seine Aufmerksamkeit wieder dem Pergament zu, auf das er die Ergebnisse der letzten Experimente zeichnete. Es war nicht leicht, alles genau in Bildern festzuhalten. Er mußte große Sorgfalt aufwenden; denn sie waren nutzlos, wenn spätere Generationen sie falsch auslegten. Raseri beugte sich tief über die Arbeit.

Tief im Sumpfgebiet scharte Fosull seine Krieger auf der Lichtung zusammen, auf der die Varg ihre Zeremonien abhielten und wo er selbst mehrmals beim Ritualmord an Feinden den Vorsitz geführt hatte. Im Licht der Sonne sah Fosull mehr, als ihm lieb war. Seine Varg, die gewohnt waren, gegen Jatte zu kämpfen, die dreimal so groß waren wie sie, zitterten vor Angst, wenn sie an den riesigen roten Giganten dachten, gegen den ein Jatte wie ein Zwerg wirkte. Es war ein Wesen aus den Tiefen der Alpträume gewesen. Die Krieger sprachen nur ganz leise von ihm.

»Hast du geglaubt, daß es so ein Monster geben kann?«

»Diese Zähne können mit Leichtigkeit den Panzer einer Schildkröte zermalmen.«

»Es hat direkt zu *mir* herüber geschaut!«

»Ruhe!« befahl Fosull. »Ihr plappert wie dumme Kinder!«

»Aber du hast es mit eigenen Augen gesehen, Fosull, und ...«

»Ich habe gesehen, daß es groß war – aber allein, und wir sind viele. Und ich habe gesehen, daß meine Krieger wie Mäuse vor einer Baumkatze davongelaufen sind.«

»Was hätten wir tun sollen? Uns von diesen Klauen zerfleischen lassen? Das war ein Dämon und kein Wesen dieser Welt.«

Fosull ging auf diese Bemerkung nicht ein, da sie zweifellos der Wahrheit entsprach. Er hatte gesehen, wie das Monster plötzlich schimmernd in der Luft aufgetaucht war. Keine Magie der Varg konnte es mit einem so mächtigen Zauber aufnehmen. Der Schamane vermochte mit seinen Zaubersprüchen Erkältungen zu heilen, manchmal auch unfruchtbaren Frauen zu Kindersegen zu verhelfen; aber kein Schamane hatte je aus dem Nichts Ungeheuer erschaffen. Für ein Monster wie dieses war eine Speerwunde nicht mehr, als hätte er sich an einem Dorn geritzt.

»Wir halten jetzt Kriegsrat«, erklärte Fosull. »Wir müssen zu einem Beschluß kommen, wie wir diese Menschen, die nicht im Sumpf leben, beseitigen können. Wo ist mein Sohn? Vilken? Komm zu mir!«

Es dauerte eine Weile, bis die Varg merkten, daß der älteste Sohn des Anführers nicht unter ihnen war.

»Vilken! Wo steckst du?«

Aber Vilken war nirgends zu finden. Fosulls Magen verkrampfte sich, als ihm klarwurde, daß er seinen Sohn seit dem Angriff auf die Eindringlinge und dem Erscheinen ihres Schutzdämons nicht mehr gesehen hatte.

Konnte es sein, daß Vilken, sein Erbe und der nächste Führer der Varg, von dem Monster gefangen worden war? Daß Vilken jetzt nur noch eine halbverdaute Mahlzeit dieses roten Monsters aus den Eingeweiden der Hölle war?

Fosull lief bei diesem Gedanken ein Schauder über den Rücken.

Obwohl er tief erschüttert war, mußte er sich zusammennehmen. Schließlich war er der Führer und konnte seine Gefühle den Kriegern gegenüber nicht zeigen, sonst hätten sie ihn nicht mehr geachtet. Er schob die Sorge um den Sohn von sich. »Wir halten jetzt Kriegsrat!«

»Die Eindringlinge könnten inzwischen entkommen!« rief einer der Krieger.

»Nein, das können sie nicht. Sie bewegen sich auf das Dorf der Jatte zu«, erklärte Fosull. »Selbst ihr roter Dämon kann nicht alle Jatte besiegen, wette ich. Und wenn sie dennoch den Riesen entkommen sollten, werden wir auf sie warten.«

»Aber wie können wir gegen diesen Dämon kämpfen?«

»Es gibt immer Möglichkeiten«, sagte Fosull. »Es gibt immer irgendwelche Möglichkeiten.«

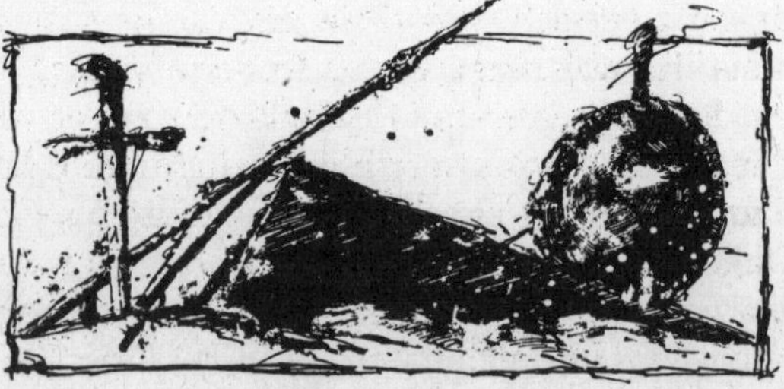

SECHS

Dake hockte mit seinen Leuten im Dickicht etwas abseits vom Pfad. Fächerförmige große Pflanzen schützten sie vor den Blicken eines zufällig vorbeikommenden Wanderers. Allerdings hätte sich niemand aus Lust und Laune in diese grüne Hölle begeben. Dakes Kleidung hatte bei der Berührung mit einem Dornenbusch arg gelitten. Er beneidete niemand, der diesen nadelspitzen Dornen zu nahe kam.

Penz, der sich von der Gruppe entfernt hatte, schlich lautlos zurück zum Versteck der Kameraden. Der Wolfmann war ungemein leichtfüßig und schnell. Er hockte sich neben Dake.

»Na und?« fragte der Zauberer.

»Das Dorf liegt keine zehn Minuten von hier entfernt.«

Aha! Dann stimmte das Gerücht. »Hast du einen von ihnen allein gesehen?«

»Nein, ich habe nur Gruppen bei der Arbeit beobachtet.«

Dake überlegte kurz. Sein Plan, einen Riesen zu fangen, war ganz einfach. Wenn sie ihn allein aufspürten, mußten sie ihn ablenken, bis er so nahe herangekommen war, daß er ihn mit dem Gehorsamszauber willenlos machen konnte. Das war alles! Größe hatte keinen Einfluß auf die Magie, aber die Entfernung vom Objekt. Wenn Dake nicht nahe genug war, wirkte der Zauber nicht. Am besten wäre ein Riese gewesen, der von den Seinen eine Zeitlang nicht vermißt wurde, ein Holzfäller in der Wildnis, ein einsamer Jäger oder Sammler. Und wenn die Jäger bereits eine ziemliche Strecke vom Dorf entfernt wären, ehe jemand nach dem Gefangenen suchte. Dake fand die Vorstellung, gegen eine Horde von Riesen zu kämpfen, keineswegs lustig. Er hegte den Verdacht, daß sein Dämonentrugbild auf Riesen sehr viel weniger Eindruck machen würde als auf die grünen Zwerge.

Der Herr der Mißgeburten betrachtete nachdenklich seine letzte Erwerbung. Ein ekelhafter kleiner Wicht! Diese nadelspitzen Zähne! Und die Haut ähnelte einem gefleckten Frosch. Dunkelgrüne Flecken auf hellgrünem Grund. Im Gegensatz zu den meisten Zwergen befanden sich bei diesem Zwerg der Kopf, die Hände und Füße in den richtigen Proportionen zum Körper. Abgesehen von der Größe war das Geschöpf wie ein gewöhnlicher Mensch gebaut. Dake war hocherfreut über diesen Fang. Allein wegen dieses Froschmännchens hatte sich der Weg gelohnt. Doch nun zurück zum eigentlichen Grund der Jagd.

»Und wie groß sind diese Riesen nun?« fragte Dake.

Penz breitete die Arme aus. »Die Männer an die zwei Spannen, die Frauen etwas kleiner.«

Beinahe doppelt so groß wie ein Mann! Hervorragend!

»Ausgezeichnet. Wir schleichen uns näher an das Dorf heran und warten auf eine Gelegenheit, einen von ihnen zu packen.«

In Gedanken erging sich Dake bereits in Luxus. Reiche Gönner stritten sich um das Privileg, sein Zuchtprogramm zu finanzieren. Er sah sich bereits als angesehener, reicher Mann, den alle wegen seiner Talente und Fähigkeiten achteten. Ach ja!

Als Conan diesmal erwachte, war der Raum ganz still. Er spürte aber die Anwesenheit von jemand hinter sich, außerhalb der kalten Knochenstäbe des Käfigs. Schnell drehte er sich um.

Zwei Kinder standen vor ihm.

Conan erkannte die Zwillinge wieder, die Teyle ihm bei der Ankunft im Dorf als ihre jüngeren Geschwister vorgestellt hatte. Wenn sie nicht gelogen hatte – und Conan sah keinen Grund, das anzunehmen –, dann hießen die beiden Oren und Morja.

»Warum starrt ihr mich so an?« fragte der Cimmerier. »Habt ihr noch nie einen normal großen Mann gesehen?«

»Wir sind normal groß«, widersprach Oren. »Du gehörst zu den kleinen Männern.«

»Wir haben auch nur wenige von deiner Sorte gesehen«, meinte Morja. »Meistens haben sie Vaters Experiment nicht lange überlebt.«

Diese Nachricht trug nicht gerade zu Conans Wohlbefinden bei.

»Du wirst auch nicht lange leben«, fügte Oren hinzu.

Jetzt hörte man Schritte.

»Vater kommt!«

Die Zwillinge blickten in Panik umher. »Wir müssen uns verstecken«, sagte Morja.

Auf der dem Eingang gegenüberliegenden Seite standen große geflochtene Körbe. Die beiden Riesenkinder liefen dorthin und versteckten sich.

Gleich darauf trat Raseri ein. Er ging auf Conan zu, blickte aber suchend umher.

»Ich suche meine jüngsten Kinder«, sagte er. »Ein Junge und ein Mädchen von dreizehn Jahreszeiten. Hast du sie gesehen?«

Conan war ein Krieger und als solcher für gewöhnlich offen und geradeheraus. Doch fand er es nicht unehrenhaft, den Schergen anzulügen, der ihn zu Tode foltern wollte. Für den Cimmerier schien es in dieser Situation völlig gerechtfertigt, alles zu tun, um dem Feind zu schaden. »Nein, außer dir war niemand hier.«

Raseri murmelte etwas Unfreundliches vor sich hin und ging wieder hinaus.

Oren und Morja lugten hinter den Körben hervor. Dann verließen sie das Versteck und kamen zu dem Gefangenen.

»Uns ist es verboten, hierherzukommen, wenn Vater seine Experimente mit den Varg oder den kleinen Menschen durchführt«, erklärte das Mädchen. »Wenn er uns erwischt hätte, müßten wir nach einer Tracht Prügel einen ganzen Mondzyklus in der Kinderhütte verbringen. Warum hast du ihm nicht verraten, daß wir hier sind?«

»Warum sollte ich? Er ist mein Feind. Ich schulde ihm nichts außer Widerstand.«

»Komm, Morja«, sagte Oren. »Wir gehen lieber, ehe Vater wiederkommt.« Der Junge ging zum Eingang.

»Als Kinder unseres Vaters mußt du uns doch auch als deine Feinde ansehen«, sagte Morja. »Du hättest uns viel Ärger und Schmerzen machen können.«

»Ich führe keinen Krieg gegen Kinder.«

»Wir sind so groß wie du und bestimmt genauso stark«, protestierte der Junge. »Ich wette, daß ich einen Speer genauso weit wie jeder kleine Mann werfen kann!«

»Und dennoch seid ihr Kinder«, sagte Conan.

Das Mädchen trat einen Schritt vom Käfig weg, blieb aber noch einmal stehen und sagte leise: »Danke, kleiner Mann.«

»Ich heiße Conan.«

»Dann – danke, Conan.«

Nachdem die beiden die Hütte verlassen hatten, widmete sich der Cimmerier wieder der Käfigstange, die er bearbeitet hatte. Es kam ihm so vor, als sei der Knochen nicht mehr so starr verankert wie vorher. Da er nicht wußte, wieviel Zeit ihm blieb und er im Augenblick auch nichts anderes tun konnte, mühte er sich weiter, die Stange zu lockern. Er hatte nicht die Absicht, untätig und hilflos auf den Tod zu warten.

Conan packte die Stange, zog daran, ließ locker und stemmte sich mit aller Kraft dagegen. Offenbar beabsichtigte Raseri nicht, ihm etwas zu essen oder zu trinken zu geben. Zweifellos wollte er feststellen, wie lange der Cimmerier ohne Nahrung und Wasser am Leben blieb. Wenn er nicht bald eine Möglichkeit zur Flucht fand, würden Hunger und Durst ihn schwächen. Allerdings hatte Conan nicht vor, zu verhungern oder auszutrocknen. Ein Mann konnte sich auf vielerlei Art am Leben halten, solange er mit den Zähnen an den eigenen Körper kam, auch in einem Käfig.

Conan hoffte allerdings, daß es nicht so weit kommen möge. Vielleicht brachte Raseri bald wieder die Folterknechte mit den Stäben herein. Dann konnte er aufrecht im Kampf dem Tod begegnen, wie es einem Krieger geziemte.

Die Nacht war voller Geräusche. Fledermäuse fiepten. Frösche quakten. Raubkatzen fauchten in der Ferne. Insekten schwirrten in der schwülen Dunkelheit dicht umher. In den brackigen Wasserstellen herrschte ebenfalls ständig geschäftiges Treiben aller möglichen kleinen Tiere. Schlaflos lagen die sechs in ihrem Versteck in der Nähe des Dorfs der Jatte.

Dake schlug wütend auf ein Insekt, daß ihn in den Hals gestochen hatte. Dieser verfluchte Sumpf! Hier gab es mehr kriechendes und fliegendes Ungeziefer als er sein ganzes Leben lang irgendwo gesehen hatte. Wenn sie nicht bald ein Opfer fanden, würden die Moskitos und andere Insektenschwärme ihnen den letzten Blutstropfen heraussaugen!

Bisher hatte sich noch keine Gelegenheit geboten,

einen Riesen zu fangen. Keiner hatte das Dorf verlassen, jedenfalls hatten weder der Zauberer noch einer seiner Gefährten einen gesehen.

Dake überlegte mehrere Möglichkeiten. Ein Vorrücken in der Nacht war einerseits gut, weil man sie nicht so leicht sah, andererseits aber auch riskant, weil er die Gefahren in diesem unbekannten Gelände nicht kannte und daher leicht in eine Falle laufen konnte. Außerdem war es wahrscheinlicher, daß irgendein Arbeiter am Morgen ganz allein das Dorf verlassen würde.

Wieder versuchte ein Plagegeist Dake etwas Blut abzuzapfen. Diesmal auf der bloßen Hand. Wütend zermalmte der Zauberer das Insekt.

Die ekligen, lästigen Insektenschwärme brachten schließlich die Entscheidung. Dake beschloß, ins Dorf zu gehen. Er hatte nirgendwo Wachposten gesehen. Offensichtlich fühlten sich die Dorfbewohner in ihren Hütten sicher. Mit Hilfe der tierischen Instinkte von Penz und Tro müßten sie trotz der Dunkelheit einen sicheren Pfad ins Dorf finden. Dann brauchten sie nur schnell einen der schlafenden Riesen zu überwältigen und fortzulaufen. Bei Morgenanbruch konnte er mit seiner Bande schon weit vom Dorf entfernt sein.

Dake winkte den anderen, näher zu kommen, damit er ihnen seinen Plan erläutern konnte.

Es war stockdunkel im Gefängnis, als Conan wieder mit aller Kraft an einem Knochen zog. Da hörte er ein leises Knacken. Der Knochen bewegte sich, zwar nur um Haaresbreite, aber immerhin! Der Cimmerier lächelte triumphierend. Da er nichts sah, tastete er die Verbindungsstelle ab, wo der grüne Klebstoff alles zusammenhielt. Aha! Das Klebemittel war zwar hart wie Felsgestein, aber auch spröde. Das ständige Biegen des Knochens hatte einige ganz feine Risse herbeigeführt.

Risse! Hauchdünn, aber sie waren vorhanden!

Conan verdoppelte seine Anstrengungen. Jetzt hörte er, wie etwas splitterte. Krümel der harten Masse lösten sich. Er sah sie nicht, spürte sie aber an den Händen und Handgelenken. Jetzt hatte der Knochen mehr Spiel und knirschte bei jeder Bewegung. Der Cimmerier jubilierte innerlich. Ja, er würde es schaffen.

Ganz plötzlich gab der Knochen nach und löste sich an einem Ende aus der Verankerung.

Conan lachte kurz auf und preßte das freie Ende des Knochens mit aller Kraft nach oben. Unter dieser Hebelwirkung zersprang das Bindemittel. Ein Regen kleiner Stücke rieselte herab.

Der Cimmerier schwang den Knochen in der Hand. Er war sehr schwer, so lang wie sein Arm und so dick wie sein Handgelenk. Das Ding war eine durchaus treffliche Kampfkeule. Lächelnd führte Conan einige Probeschläge im stockdunklen Käfig aus. Ja, er hatte das Gefühl, einen Schmiedehammer zu schwingen. Nicht schlecht. Jetzt hatte er eine Waffe. Aber noch wichtiger war, daß er den Knochen als Werkzeug benutzen konnte. Damit konnte er vielleicht die Klebestellen an den anderen Käfigstangen zerschlagen; denn die Öffnung, die durch das Entfernen des einen Knochens entstanden war, reichte bei weitem nicht aus, um hindurchzuschlüpfen. Aber Conan war zuversichtlich, daß er sich aus dem Käfig befreien konnte, wenn man ihm genügend Zeit dazu ließ. Sobald er außerhalb des Käfigs war, konnten die Jatte ihn nicht wieder so leicht einfangen wie beim ersten Mal. Er hatte immer noch Zunder und Feuerstein. Die Körbe brannten bestimmt hervorragend. Wenn diese Hütte und vielleicht noch ein paar weitere lichterloh brannten, waren die Riesen zu beschäftigt, um sich um ihn zu kümmern. Ja, es geschah diesem Dorf recht, wenn es in Flammen aufging und wenn nur Asche zurückblieb.

Conan hob die Knochenkeule und schlug mit aller Kraft zu. Wieder rieselten Splitter herab.

In den Armen der Nacht, geschützt von einem Dornengebüsch, schliefen die Varg. Nur ein Wachtposten und Fosull blieben wach. Der Führer saß vor der Dornenhecke und hielt den Speer quer über dem Schoß. Er brütete. Den Kriegern hatte er gesagt, er habe einen Plan, wie sie den roten Riesendämon überwältigen könnten, und daß er ihnen alles erklären werde, sobald der rechte Zeitpunkt gekommen sei.

In Wahrheit hatte Fosull gar keinen Plan. Oh, er hatte eine *Idee*, das schon. Als der riesige rote Dämon aufgetaucht war, hatte Fosull gerade einen der Nichtsumpfbewohner ins Auge gefaßt. Der Mann war dunkelhäutig, mit schwarzem Haar auf dem Kopf und im Gesicht. Offenbar war er der Führer der Gruppe. Er hatte bestimmt das Monster heraufbeschworen. Wenn man nun diesen Mann mit ein paar Speeren durchbohrte, ehe er den Dämon zu Hilfe rufen konnte, waren die anderen vielleicht nicht imstande, das schreckliche Monster zu holen. Möglich war auch, daß das Monster sich nach dem Tod seines Meisters auf die anderen Nichtsumpfbewohner stürzte.

Die Idee war nicht schlecht. Allerdings waren für Fosull Strategie und Ausführung noch sehr unklar. Natürlich war jeder Angriff auf den Dämon töricht; aber diese Variante erschien Fosull nicht von vornherein zum Scheitern verurteilt. Hätten die Nichtsumpfbewohner nicht seinen Sohn in ihrer Gewalt gehabt, hätte Fosull sie unbehelligt abziehen lassen und niemals unvorherzusehende Gefahren riskiert. Aber ein Führer, der nicht versuchte, seinen Erben zu befreien, konnte nicht lange Führer bleiben. Varg achteten die Stärke und hatten wenig Nachsicht mit jeder Art von Schwäche. Schon jetzt hatten sich seine Krieger eingeredet, daß sie eigentlich vor dem Dämon gar nicht erschrocken, sondern nur erstaunt gewesen seien. Wenn Fosull zugab, daß er vor dem Monster Angst hatte, konnte er sofort abtreten.

Außerdem mußte er an Vilken denken. Der Junge war schließlich sein ältester Sohn. Er hatte zwar noch ein halbes Dutzend anderer Söhne und ebenso viele Töchter; aber ein Varg ließ sich seinen Erstgeborenen nicht einfach wegnehmen – von niemandem! Nicht von einem anderen Stamm der Varg, nicht von den Jatte, nicht einmal von einer Ausgeburt der Hölle! Fosull mußte den Versuch wagen, seinen Sohn zu befreien.

Fosull seufzte und rollte den Speer zwischen den Fingern hin und her. Beim ersten Morgengrauen würden sie auf das Dorf der Jatte vorrücken und sehen, was man tun konnte. Und wenn die Idee, die er hatte, nicht auszuführen war – nun, jeder mußte einmal sterben. Wenn nicht heute, dann an einem anderen Tag. Darüber entschieden die Götter.

Vielleicht sollte er ein paar Worte an die Götter richten, damit sie in der künftigen Schlacht wohlwollend auf ihn herabblickten. Wenn sein Gebet nichts half – wie oft war sein Flehen auf taube Ohren gestoßen! –, so konnte es jedenfalls nichts schaden.

Die Götter entschieden so oder so. Aber wenn einige wohlgesetzte Worte sie in eine bestimmte Richtung lenken konnten, wäre ein Varg doch dumm, sie nicht auszusprechen.

Der Führer der Varg machte sich auf die Suche nach einem Gebetsstein.

Sieben

Dake, der Herr der Mißgeburten, führte seine Gruppe vorsichtig und lautlos ins Dorf der Riesen. Seine jüngste Neuerwerbung, der grüne Winzling, hatte ihm widerstrebend seinen Namen genannt. Er sprach eine Variante der Mundart dieser Gegend, allerdings mit so starkem Akzent, daß Dake Mühe hatte, ihn zu verstehen. Vilken hieß der Zwerg. Obwohl er eigentlich nicht mitgehen wollte, was Dake natürlich bemerkte, sah er auch, daß der Kleine immer aufgeregter wurde, je näher sie an das Dorf der Riesen kamen. Als Dake ihn deshalb befragte, antwortete der grüne Zwerg ganz einfach: »Riesen schmecken gut. Wir essen sie, wenn wir sie erwischen.«

Dake zog eine Braue hoch, sagte aber nichts. Welch eine Verschwendung! Aber dann dachte er nach. Wenn es in der Welt da draußen sehr viele Riesen gäbe, wären diejenigen, die er vorführen wollte, weniger wert. Das wäre nicht gut.

»Dort!« sagte Dake. »Das Haus nehmen wir.«

»Warum das?« fragte Kreg.

Welch ein Narr! Als ob es einen Unterschied machte, welches sie nahmen. Dake würdigte seinen Assistenten keiner Antwort.

Sie näherten sich der Hütte. Der Wolfmann und die Katzenfrau hielten Wache, während Dake und Kreg zur Tür schlichen. Der vierarmige Sab und der grüne Vilken folgten ihnen. Da sah Dake Schatten über die Wand des Hauses tanzen.

Der Herr der Mißgeburten runzelte die Stirn. Tanzende Schatten? Irgend etwas stimmte hier nicht.

Dann geschah alles fast gleichzeitig: Vor ihm wurde es plötzlich hell. Orangefarbener Lichtschein. Hinter sich hörte er ein Prasseln und roch Rauch.

Dake drehte sich schnell um.

Hinter ihnen stand ein Haus in Flammen. Fassungslos blickte Dake hinüber. Dann hörte er ein lautes *Puff*, und das Dach des Hauses hob sich wie eine leuchtendrote Blüte in die Luft. Die Nacht war taghell erleuchtet.

Dann erfüllte das Geschrei der aufgeregten Dorfbewohner die Nacht. Von allen Seiten liefen die Riesen herbei.

Die Flucht aus dem Käfig bescherte dem Cimmerier eine der zufriedenstellendsten Erfahrungen seines bisherigen Lebens. Man mußte immer mit einem Fehlschlag rechnen; aber selbst in einer hoffnungslos erscheinenden Situation durfte man nie einfach aufgeben. Das war das schlimmste Versagen von allen. In jedem Kampf gab es Sieger und Besiegte. So spielte das Leben nun einmal. Es war keine Schande, in einem ehrlichen Kampf den kürzeren zu ziehen. Ein Mann verlor nur *dann* endgültig, wenn er aufgab, obwohl noch eine – wenn auch winzige – Aussicht auf den Sieg bestand.

Als die Schläge des provisorischen Hammers die letzten Hindernisse zwischen Conan und der Freiheit beseitigten, lachte er laut auf. Er war froh, daß er damals bei seinem Vater in der Schmiede etwas gelernt hatte. Conan war sicher, daß sein Vater sein Können bewundert hätte, als er gerade den dritten Knochenstab aus dem Käfig zerbrochen hatte. Ohne sich auszuruhen, schob sich der Cimmerier sofort durch die Öffnung. Dann lief er zur Wand, wo sein Schwert lehnte.

Als Conan an den Hüften die Klinge in ihrer Scheide spürte, fühlte er sich sofort besser.

Dann ging er zu den Körben, wo die Kinder sich vor ihrem Vater versteckt hatten. Er hockte sich neben einen dieser großen, aus trockenem Schilf geflochtenen Behälter und schlug mit dem Stahl winzige Funken aus dem Feuerstein. In diesen Funkenregen hauchte er vorsichtig hinein. Gleich darauf stieg der erste Rauch aus dem trockenen Korb auf. Das Schilf brannte wie Zunder. In wenigen Minuten standen alle Körbe in hellen Flammen. Hitze und Rauch füllten das Haus bis ans Dach.

Conan wartete noch einen Augenblick und genoß den Anblick, als die Flammen gierig an der Holzwand leckten und zum Dach hinaufzüngelten. Das Reet oben fing sofort Feuer.

Jetzt zückte er das Breitschwert und ließ die rasiermesserscharfe Klinge ihr Lied singen, indem er sie durch die Luft schwang. Dann lief er zur Tür. Der Knochenkäfig in diesem Haus würde niemals wieder jemand beherbergen.

Frohgemut, dem Feind entkommen zu sein, sprang der junge Barbar hinaus in die kühlen und schützenden Arme der Nacht.

Obwohl Fosull immer noch vor dem Dornendickicht saß, das seine Krieger schützte, fiel er in einen leichten, unruhigen Schlaf. Plötzlich riß der Ruf des Wachtpostens den Führer der Varg aus schweren Träumen.

Fosull rieb sich die Augen. »Was brüllst du denn so?«

»Feuer, o Führer! Aus der Richtung, wo sich das Jatte-Dorf befindet.«

Fosull sprang auf und spähte in die Ferne. Orangefarbener Lichtschein zuckte über den Nachthimmel. Ja, dort hinten stand etwas in Flammen. Es mußte ein großer Brand sein.

»Auf!« schrie Fosull. »Aufstehen und alle zu mir!«

Aufregung stieg in ihm hoch. Wenn die Jatte im Dorf Schwierigkeiten hatten, konnte das für die Varg nur von Nutzen sein. Vielleicht verhalf ihnen das Feuer zu einem oder mehreren schmackhaften Braten. »Beeilt euch, ihr Hohlköpfe! Die Götter lächeln wohlwollend auf uns herab und runzeln die Stirn über unseren Feinden. Los, beeilt euch!«

Das Feuer hatte seinen Plan zunichte gemacht. Dake fluchte leise, als er die anderen in einen Anbau hinter dem Haus führte, in das er hatte eindringen wollen. Hier würden sie notdürftig Schutz finden.

Der Anbau war groß genug, um allen sechs darin Platz zu bieten. Erst hielt Dake die Hütte für einen Vorratsraum; aber kaum hatten sie die Tür geschlossen, verriet der Gestank den wahren Verwendungszweck.

»Igitt!« Kreg rümpfte die Nase. »Wir sind in der Latrine eines Riesen gelandet.«

»Sei still, du Narr!« fuhr Dake ihn ärgerlich an. »Jemand könnte dich hören. Latrinen sprechen für gewöhnlich nicht.«

Dann lugte der Zauberer durch einen Türspalt zum brennenden Haus hinüber. Mehrere Dorfbewohner waren zusammengelaufen, um das Feuer zu bekämpfen. Sie gossen aus Eimern Wasser in die Flammen.

Nach der ersten Panik dachte Dake wieder klar. Vielleicht war das Feuer für sie sogar günstig. Alle im Dorf waren mit dem Löschen beschäftigt. Gab es einen günstigeren Zeitpunkt, um ein Exemplar zu fangen? Die Flammen loderten hoch empor. Sie würden das Haus, das bereits brannte, nicht aus den roten Klauen und rauchigen Fängen lassen. Es konnte Stunden dauern, bis der Brand gelöscht war.

»Alle raus!« befahl Dake.

»Aber – das Feuer!« gab Kreg zu bedenken.

»Das fesselt ihre Aufmerksamkeit, du Schwachkopf! Wir fangen uns einen Riesen und dann nichts wie weg! Das Feuer hat unsere Arbeit zur Hälfte getan. Los, Beeilung!«

Die sechs schlichen sich um das Dorf, wobei sie als Deckung die zuckenden Schatten benutzten, welche die Flammen warfen.

Die meisten Männer des Dorfes bekämpften das Feuer. Zwei lebendige Ketten führten vom Brunnen zum Brandherd. Eimer mit Wasser wanderten schnell von Hand zu Hand der einen Kette. Sobald sie auf das brennende Haus geleert waren, liefen sie schnell in der zweiten Kette zurück zum Brunnen. Alle, die nicht bei diesen Ketten mitmachten, standen in Gruppen von fünf bis zehn zusammen und sprachen den anderen Mut zu.

Die Götter mögen sie verfluchen! Dake brauchte einen Riesen allein!

»Schaut euch nach einem einzelnen Riesen um!« befahl der Herr der Mißgeburten.

»Dort drüben steht einer«, meldete Kreg gleich darauf. »Aber es ist nur eine Frau.«

Dake blickte in die Richtung, in die sein Assistent zeigte. Eine Frau? Ein Riesenweibchen war doch noch besser als ein Männchen, oder? Vielleicht konnte er mit ihr eine Zucht aufbauen? Wenn er einen Riesen mit einer normalgroßen Frau paarte, konnte das problematisch werden; andersherum war es bestimmt leichter.

»Gut. Schleich dich links um sie herum. Wenn sie in meine Richtung blickt, lenk sie ab!«

Kreg gehorchte und setzte sich in Bewegung. Dake schlich auf sein Opfer zu.

Die Frau war von dem Feuer so gebannt, daß sie die

Häscher erst im letzten Moment bemerkte. Etwas erregte ihren Argwohn. Sie drehte sich um; aber da sprach Dake bereits die Worte des Gehorsamzaubers. Wie erstarrt blieb sie stehen und blickte ihn an, unfähig, auch nur einen Laut auszustoßen.

Dake hätte beinahe laut gelacht. Er hatte es wieder einmal geschafft! Er hatte einen Riesen gefangen!

Jetzt war es aber Zeit zu verschwinden. Schnell gab er seinen Sklaven die entsprechenden Befehle.

Die sieben waren noch nicht vom Schauplatz des Brandes entfernt, als sie überrascht stehenblieben. Zwei normal große Gestalten näherten sich ihnen aus der Dunkelheit. Nein, das waren keine normalen Menschen, sondern Riesenkinder! Dake lächelte.

Irgendein Gott ist darauf bedacht, daß dieses Abenteuer von Erfolg gekrönt ist, dachte Dake. Er war keiner, der ein solches Göttergeschenk verachtete. Schnell sprach er wieder die Zauberworte. Die Kinder wollten weglaufen; aber es gelang ihnen nicht. Wieder legte sich der Bannzauber wie ein unsichtbares und unzerreißbares Netz über die unglücklichen Opfer. Die beiden jungen Riesen waren in Dakes Macht. Es wird zwar eine Zeitlang dauern, bis die beiden voll ausgewachsen sind, überlegte Dake; aber er konnte warten. Mit einem Männchen und zwei Weibchen hatte er jetzt auf alle Fälle genügend Exemplare, um eine Zucht zu beginnen.

Dake wandte sich an die Katzenfrau. »Führ uns hier heraus, Tro! Und beeil dich!«

Neun Gestalten huschten aus dem Lichtschein des Feuers, fort vom Dorf, hinein in den Sumpf.

Conan war versucht, in dem Chaos zu bleiben, das der Brand verursacht hatte, und seine Klinge an dem einen oder anderen Riesen zu erproben. Aber das Risiko war zu groß und unnötig. Nur ein Tor würde ein ganzes

Dorf voller Riesen allein angreifen. Das harte Land Cimmerien ließ selten zu, daß Schwachköpfe das Erwachsenenalter erreichten. Conan zählte sich nicht zu den Schwachköpfen, die auf die eine oder andere Art den Tod überlistet hatten. Es war ihm gelungen, aus dem Käfig auszubrechen und das Gefängnis zu zerstören. Damit waren auch alle kostbaren Aufzeichnungen Raseris über das Thema vernichtet, das er Naturphilosophie genannt hatte. Am liebsten hätte der Cimmerier diesen Raseri in blutige Fetzen geschnitten; aber der Wunsch war das Risiko nicht wert, den Führer in diesem Durcheinander zu suchen. Überall liefen Riesen umher, schrien, gossen Wasser aus Eimern und versuchten das Feuer zu löschen. Die Flammen warfen unheimliche Schatten, Rauch und Dampf stiegen zum Nachthimmel auf.

Ja, er würde Raseri töten, aber jetzt war dazu nicht der geeignete Augenblick. Außerdem war dieser schwarze Schlafstaub gefährlich. Wahrscheinlich hatte der Führer der Jatte noch mehr solche schmutzigen Zauberdinge in den Taschen.

Nein, dachte Conan, man darf den Bogen des Glücks nicht überspannen, sonst bricht er. Auf alle Fälle hatte er durch dieses Abenteuer bei den Riesen an Lebenserfahrung gewonnen. In Zukunft würde er vorsichtiger sein und nicht so vertrauensselig, wenn er Fremden begegnete, ganz gleich, ob es gewöhnliche Menschen oder Riesen waren. Vielleicht sah es Crom einem Mann nach, wenn er einmal einen Fehler beging. Wiederholte er ihn jedoch, würde der Gott mit Sicherheit zürnen. Die Lektion war eigentlich billig gewesen, wenn er es richtig überlegte. Sie hätte ihn leicht das Leben kosten können.

Mit diesen Gedanken schlich Conan durch den Sumpf. Er mußte seine ganze Aufmerksamkeit darauf verwenden, den schmalen Pfad wiederzufinden, auf dem er sich mit Teyle dem Dorf genähert hatte. In der Nacht war es noch schwieriger, nicht vom Weg abzukommen. Dort drüben, der riesige Farn, an den erinnerte er sich genau! An dem waren sie vorbeigegangen.

Das Feuer in der Ferne warf noch genug Licht, um den Pfad zu erkennen. Und nicht nur den Pfad! Plötzlich tauchte vor dem Cimmerier über ein Dutzend kleiner Männer auf, kaum halb so groß wie er, die Speere schwangen und spitze weiße Zähne in dunklen Gesichtern zeigten.

Crom! Was war das?

Die Geräusche aus dem Dorf der Riesen wurden schwächer, je weiter Dake und seine Gefangenen der Katzenfrau in den Sumpf folgten. Dake war in Hochstimmung. Selbst die Insekten wurden weniger zahlreich. Vielleicht waren sie vom Feuer angezogen worden und darin umgekommen. Bis man im Dorf die Verfolgung aufnahm, wäre er mit seiner Bande bereits halbwegs zurück zum Wagen. Noch ein paar Tage – dann kam Shadizar in Sicht! Ruhm und Reichtum erwarteten ihn dort. Ach, war das Leben doch herrlich!

Conan hätte sich zurückgezogen, wenn er einen Zufluchtsort gesehen hätte. Doch hinter ihm lag das Dorf. Dorthin wollte er nun wirklich nicht zurückkehren. Zu beiden Seiten erstreckte sich der Sumpf mit tödlichen Treibsandfallen, in denen ein Mann versinken und ersticken konnte. Vor ihm tanzten die speereschwingenden Zwerge. Keine Aussicht begeisterte den Cimmerier; aber es gab nur eine Möglichkeit.

Er hob das Schwert. Die Zwerge waren offenbar ebenso überrascht, ihn zu sehen, wie umgekehrt. Seine einzige Hoffnung lag darin, sich den Weg durch sie hindurchzuhauen, ehe sie richtig begriffen hatten, wie ihnen geschah. Mit lautem Kriegsgeschrei lief er vorwärts.

Die eine Hälfte der Speerträger schlug sich sofort in die Büsche und verschwand im Sumpf. Die andere Hälfte reagierte langsamer. Einer, offensichtlich tapferer als seine Kameraden – oder dümmer –, warf sich Conan entgegen und schleuderte den Speer auf die Lende des Cimmeriers.

Conan wich behende aus und halbierte den Speerschaft mit einem Schwertstreich in der Luft, ehe er den Zwerg ins Jenseits beförderte.

Ein zweiter Angreifer erwischte Conan mit der Obsidianspitze des Speers am linken Oberschenkel und ritzte die Haut. Wutentbrannt ließ der Cimmerier die scharfe Klinge auf den Hals des Zwergs hinabsausen. Der Stahl schnitt so mühelos wie durch Hirsebrei und trennte den Kopf feinsäuberlich vom Rumpf. Im Tod öffneten sich die Lippen zu einem stummen Schrei.

Ohne Pause sprang Conan auf, wobei er einen Zwerg, der sich gerade bückte, als Sprungbrett benutzte. Mit einem Riesensatz schnellte der Cimmerier durch die Luft, hinweg über einen anderen Winzling, der ihm mit offenem Mund staunend nachschaute.

Jetzt war Conan an der wilden Horde kleiner Männer vorbei, aber immer noch auf dem sicheren Pfad. Schnell lief er weiter. Mit seinen erstaunlichen Fähigkeiten, einen Pfad immer wiederzuerkennen, den er einmal genommen hatte, gelang es ihm, eine ziemliche Strecke weit zu kommen, ehe er einen falschen Schritt tat und stolperte. In diesem Augenblick sauste ein kurzer Speer über seinen Kopf hinweg und schlug gegen einen Baum in zwei Spannen Entfernung.

Conan kam wieder hoch und lief schnell weiter. Offensichtlich war der letzte Speer die äußerste

Schußweite der Zwerge gewesen – zumindest für den Augenblick. Er hörte keine Füße hinter sich, auch keine erstaunten Rufe.

Riesen und Zwerge. Conan wurde wieder einmal bewußt, daß die Welt doch voller Wunder war.

Acht

Tros Augen waren nachts so gut wie die jeder Katze. Unfehlbar führte sie Dake und seine verzauberte Schar in der Dunkelheit auf dem schmalen Pfad durch den trügerischen Sumpf. War sie einmal unsicher, kam ihr sofort Penz zu Hilfe. Seine entfernten Vorfahren waren ebenfalls Meister der Nacht gewesen. Mit diesen beiden Führern war der Marsch risikolos. Die Schar lief nicht, marschierte aber in schnellerem Schritt dahin, als es jeder gewöhnliche Mensch gewagt hätte, ohne sein Leben aufs Spiel zu setzen und den langsamen und qualvollen Tod im Treibsand zu riskieren.

Dake hatte keine Ahnung, ob die Varg oder die Riesen besser als Menschen sahen.

Der Zauberer war müde; aber der Gedanke, von Zwergen oder Riesen gefangengenommen zu werden, beschleunigte seine Schritte. Und wohin auch immer er ging, seine Sklaven mußten folgen, ob sie wollten oder nicht.

Kreg stand nicht unter dem Bann wie die anderen. »Können wir nicht für einen Augenblick haltmachen?« fragte er. »Wenn uns jemand verfolgt, dann haben wir bestimmt schon einen großen Vorsprung. So schnell wie wir kommt keiner voran.«

Dake schüttelte den Kopf. »Das wissen wir nicht genau.«

»Warum fragst du die Mißgeburten nicht einfach?«

Dake wurde langsamer. Gelegentlich verblüffte ihn Kreg durch derartig schlichte Erkenntnisse, auf die Dake eigentlich selbst hätte kommen müssen. Allerdings lobte Dake den Assistenten niemals wegen dieser Geistesblitze. Das war nicht seine Art. Lob war überflüssig, wenn man damit nichts für sich herausschlagen konnte. Daher nickte er nur und ging näher auf die Riesenfrau zu.

»Wie heißt du?« Dake bediente sich derselben Sprache, in der er auch mit dem grünen Männlein geredet hatte.

Die Frau trug ein einfaches wollenes Gewand. Sie wehrte sich immer noch ein wenig gegen den Bannzauber. Ihre Armmuskeln arbeiteten krampfhaft. Sie schüttelte das verzerrte Gesicht, daß die schwarze Mähne sie wie eine dunkle Wolke umwogte. Natürlich halfen ihr diese Anstrengungen nicht. Nach kurzem Widerstand antwortete sie: »Ich heiße Teyle.« Es war, als hätte sie die Worte vor Dake ausgespuckt.

»Können deine Leute uns in der Dunkelheit auf dem Pfad verfolgen?«

Wieder ein kurzes Aufbäumen gegen die magischen Fesseln. »Ja, aber …« Sie verschluckte den Rest der Antwort.

Dake grinste. Er hatte Erfahrung, wie man Menschen verhörte. »Können sie so schnell wie wir laufen?«

»Nein.«

»Wie sehr unterscheidet sich ihr Schritt von dem unsrigen?«

»Sie sind viel langsamer.«

Dakes Grinsen wurde breiter. Er hielt es für unwahrscheinlich, daß jemand die drei vermißte, ehe das Feuer gelöscht war. Doch selbst wenn dies geschehen sollte, bestand kaum noch Gefahr, daß jemand sie einholte.

Jetzt wandte sich Dake dem Zwerg zu und stellte

ihm die gleichen Fragen. Der Kleine hatte sich offenbar mit seinem Schicksal abgefunden und leistete keinerlei Widerstand. Bereitwillig erklärte er, daß die Varg ihnen in der Dunkelheit auch nicht sehr schnell folgen könnten. Und das auch nur, falls sie den Mut aufbrächten, die Verfolgung aufzunehmen. Schließlich waren sie überzeugt, daß Dake jederzeit einen Dämon zu Hilfe rufen konnte.

Eine Rast war ungefährlich. »Halt!« rief Dake. »Wir legen eine kurze Rast ein.«

Die Truppe blieb stehen.

Dake trat zu Teyle. »Leg dein Gewand ab!« befahl er.

Diesmal dauerte der Widerstand länger als zuvor; aber schließlich gab die Riesin nach und tat, wie ihr befohlen.

Mond und Sterne warfen nur wenig Licht durch die dichten Baumkronen; aber es reichte, um die Schönheit dieser Frau zu zeigen. Im Gegensatz zu vielen Riesen, die gewöhnliche Menschen als Eltern hatten und daher Mißgeburten waren, erregte Teyle Dakes Wohlgefallen. Sie war eine schöne Frau, wenn auch von gewaltigen Ausmaßen. Ihre festen Brüste waren so groß wie Melonen, die Hüften breit und einladend, Arme und Beine ziemlich muskulös, aber dennoch weiblich.

»Dreh dich um!«

Teyle gehorchte.

Ja. Dake nickte. Das Weib war hinten ebenso hübsch wie vorn. An der Figur hatte er nichts auszusetzen. Sie würde prächtige Nachkommen werfen. Sie hatte genau den richtigen Körper für eine Zucht.

Wie diese Nachkommen aussehen würden, war eine andere Frage.

»Du kannst dich wieder anziehen.«

Teyle gehorchte, allerdings schneller als vorhin.

Dake konnte im schwachen Licht nicht erkennen, ob

sie rot geworden war. Als er den Jungen anblickte, starrte dieser mit großen Augen auf die Riesin, als diese sich das Gewand wieder überstreifte. War es männliches Interesse? Vielleicht war der Junge schon alt genug, um ihn bei der Zucht einzusetzen.

»Weitergehen!« befahl der Zauberer. »Wir wollen vor Morgengrauen weit weg sein von hier.«

Die Gruppe marschierte schnell weiter.

Dake lachte leise vor sich hin. Sie hatten jetzt schon einen großen Vorsprung vor möglichen Verfolgern. Bei Sonnenaufgang wäre er noch größer. Sobald sie den Wagen erreichten, konnten sie den Vorsprung mit Leichtigkeit halten, da mit Hilfe eines kleinen Zaubers der Wagen ebenso schnell vorwärtskam wie jeder Mensch zu Fuß, sogar wie ein Riese. Und wenn sie erst die Grenzen zur Zivilisation überschritten hatten, mußten Riesen und Zwerge die Verfolgung abbrechen – falls sie überhaupt so weit gekommen waren; denn dort würden sie nicht lange in Freiheit oder am Leben bleiben, ganz gleich, ob sie Dake einholten oder nicht.

Dake war mit sich sehr zufrieden. Ruhm war nur noch eine Frage der Zeit. Nichts konnte ihn jetzt noch auf dieser Straße zum Ruhm aufhalten.

Conan marschierte langsam, aber stetig auf dem verschlungenen Pfad durch den nächtlichen Dschungel. Ständig suchten seine scharfen Augen in der Dunkelheit bei Bäumen und Sträuchern nach Anhaltspunkten, an die er sich erinnerte. Obwohl es im Sumpf nachts kühler war als am Tag, hielt die hohe Luftfeuchtigkeit unverändert an. Summende Insektenschwärme begleiteten den Cimmerier auf Schritt und Tritt. Obwohl er schärfer als die meisten Sterblichen sehen konnte, mußte er in der Dunkelheit höllisch aufpassen. Zeichen, die bei Tageslicht leicht erkennbar waren, verhüllte die ebenholzschwarze Nacht. Mehrmals war er auf eine Stelle getreten, die sein Gewicht nicht trug. Nur seine schnellen Reflexe hatten ihn davor bewahrt, in der bodenlosen Tiefe zu versinken. Ein unaufmerksamer Augenblick konnte den Tod bedeuten.

Conan stieß bei diesem mühevollen Marsch durch den Sumpf weder auf Spuren von Riesen noch von grünen Männchen. Abgesehen von dem letzten Speer, der ihn gleich nach der Begegnung mit den Varg verfehlt hatte, war er auf keine Anzeichen gestoßen, daß jemand ihn verfolgte.

Conan überlegte, ob er sich eine Fackel herstellen sollte, um den Pfad zu beleuchten und somit schneller vorwärtszukommen. Aber dann fand er, daß das Risiko größer als der Vorteil sei. Zwar würde er schneller vorwärtskommen, wenn er besser sah, aber es war auch so, daß ein Mann mit einer brennenden Fackel in der Dunkelheit meilenweit zu sehen war. Wenn man nachts am Lagerfeuer saß, konnte man in der Dunkelheit außerhalb des Feuerscheins auch nicht viel erkennen, weil die Flammen blendeten. Die Dunkelheit schützte den Cimmerier ebenso wie etwaige Feinde. Conan beschloß, ohne Fackel weiterzugehen, auch wenn das bedeutete, sich von Baum zu Baum zu tasten. Sobald der Morgen graute, konnte er die Schritte beschleunigen.

Der Cimmerier hatte Hunger und Durst. Er riskierte eine kurze Pause, um aus einem Bach zu trinken, der träge neben dem Pfad an einer Kehre dahinplätscherte. Das Wasser war erstaunlich wohlschmeckend und erfrischte den Flüchtigen. Conans Magen knurrte zwar empört, weil er keine Nahrung bekam, aber der Cimmerier beachtete ihn nicht. Er wußte, daß er notfalls mehrere Tage lang ohne Essen auskam. Es war weitaus besser, Hunger zu haben als gefangen – oder tot – zu sein!

Conan entfernte sich immer weiter von dem Dorf der Jatte. Gelegentlich kam er auf dem gewundenen Pfad an eine Stelle, wo eine Lücke in den Bäumen den Blick auf den Himmel freigab. Orangefarbener Schein flakkerte in der Dunkelheit. Immer wenn Conan dieses Leuchten sah, lächelte er zufrieden.

Sollte nur das ganze Dorf in Flammen aufgehen und zu Asche werden. Diese verräterischen Jatte hatten es nicht anders verdient!

Raseri gab seinen Leuten den Befehl, sich von dem brennenden Haus zurückzuziehen, als er sah, daß nichts mehr zu retten war. Der Gefangene war dort drinnen, außerdem die Rollen mit den lebenswichtigen Aufzeichnungen sowie einige andere Gegenstände, die ihm sehr wertvoll waren und die er ungern verlor; aber er konnte nichts dagegen tun.

Der Führer und Schamane der Jatte rief den Löschkommandos zu, Wasser auf die Dächer und Wände der Hütten zu schütten, die neben dem brennenden Haus standen, um zu verhindern, daß Funkenflug diese ebenfalls in Flammen setzte. In der Hitze stiegen dicke Dampfwolken auf, sobald das Wasser die heißen Balken benetzte.

Es dauerte mehrere Stunden, bis das Feuer eingedämmt war. Als das Feuerungeheuer sich nicht mehr ungehindert ausbreiten konnte, wurde es schwächer und sank wie ein Greis in sich zusammen. Funken stoben empor, wenn ein Pfosten oder Tragebalken umstürzte. Das Zischen des Wassers klang wie Todesstöhnen.

Raseri sah zu, wie die Flammen schwächer wurden. Jetzt hatte auch die unerträgliche Hitze nachgelassen. Nur Glut und ein paar Rauchfähnchen waren noch zu sehen.

Auf wunderbare Weise hatte der Knochenkäfig das

Flammeninferno überstanden. Er allein erhob sich in den schwarzen Resten des einstigen Haupthauses. Er war rußgeschwärzt und neigte sich etwas zur Seite, als hätte ein schweres Gewicht auf ihm gelastet. Aber er war unversehrt.

Nachdem die Hitze noch weiter nachgelassen hatte, konnte Raseri zum Käfig gehen. Er erwartete, die verkohlten Überreste des Kriegers dort zu finden. Wirklich schade! Der Mann hatte Anlaß zur Hoffnung gegeben, daß er viel länger als die bisherigen Gefangenen ...

»Bei der Großen Sonne über uns!«

Raseri spürte die Hitze durch die Sohlen der Sandalen, als er über die Asche schritt; aber das war jetzt gleichgültig. Schnell lief er zu dem Käfig.

Von einem Leichnam war nirgendwo etwas zu sehen.

Der Gefangene war *weg!*

Raseri stand vor dem leeren Käfig und schüttelte fassungslos den Kopf. Seine rechte Sandale fing Feuer. Der Riese sprang fluchend hoch und lief von der Brandstelle. Auf dem Rasen trat er das Feuer aus und riß sich die Sandale vom Fuß.

Der Mann war entkommen. Jetzt war ihm auch klar, wie das Feuer entstanden war. Der Gewaltige Schöpfer sollte diesen Fremden auf ewiglich verfluchen!

Raseri blickte umher und las großes Erstaunen in den Mienen seiner Leute. Der Führer der Jatte schüttelte erneut den Kopf. Was geschehen war, war geschehen. Daran ließ sich jetzt nichts mehr ändern. Das Haus war verloren. Raseri hätte gar zu gern gewußt, wie es Conan gelungen war, aus dem Käfig zu entkommen; aber diese Frage konnte nur der kleine Krieger beantworten – falls er noch lebte. Raseri hielt es für ziemlich sicher, daß er im Sumpf versunken war. Aber er mußte sich Gewißheit verschaffen.

Falls dieser Conan wie durch ein Wunder auf dem Pfad geblieben war und überlebt hatte, würde er zu seinem Volk zurückkehren. Das durfte jedoch nie geschehen. Die Nichtsumpfbewohner argwöhnten zwar, daß sich das Dorf der Jatte irgendwo im Sumpf befand; aber keiner, der es mit eigenen Augen erblickt hatte, war je lebend zurückgekehrt, um darüber zu sprechen. Die kleinen Menschen konnten nicht gegen ein Dorf vorgehen, von dem sie nicht wußten, wo es sich befand.

Die Nacht schwand allmählich. Die Vorboten der Morgenröte huschten bereits über den Himmel. Sobald es hell war, mußten sie ausrücken und den Flüchtigen wieder einfangen.

»Mach die Höllenhunde bereit!« befahl Raseri einem jungen Riesen.

Der Bursche blickte ihn erstaunt an.

»Der Gefangene ist dem Feuer entkommen und geflohen«, erklärte Raseri. »Wir müssen seine Spur aufnehmen und ihn zurückbringen.«

Der Schamane blickte suchend umher. Teyle konnte mit den Höllenhunden besser als jeder Mann im Dorf umgehen. »Teyle!« rief er laut.

Seine Tochter antwortete nicht. Auch nach mehreren Minuten nicht. Alle suchten nach ihr; aber Teyle war verschwunden, ebenso die Zwillinge.

Welch ein Magier war dieser Conan, dem es gelungen war, aus dem Knochenkäfig zu fliehen und drei von Raseris geliebten Kindern mitzunehmen?

»Bringt die Höllenhunde her!«

Die Varg befanden sich in sicherer Entfernung vom Dorf der Jatte, tief im Sumpf. Alle waren völlig verwirrt, am meisten Fosull.

Der Führer der Varg lehnte an einem dicken Baum und genoß die kühle Rinde auf der Haut im Rücken.

Seine Männer hatten drei tote Krieger aus der Nähe des Dorfs wegschleppen müssen, welche dieser Wahnsinnige getötet hatte, der offensichtlich zu den Nichtsumpfbewohnern gehörte. Ein weiterer Varg war so schwer verletzt, daß er jeden Moment die Reise zu seinen Ahnen antreten würde.

Wer war dieser Mann? Weder Fosull noch einer seiner Krieger, welche die Gruppe der seltsamen Nichtsumpfbewohner mit dem schrecklichen roten Dämon gesehen hatten, erkannten den Angreifer. Er war mitten unter die Varg gesprungen und hatte mit dem Schwert eine blutige Bahn geschlagen. Dann war er so schnell weitergelaufen, daß er mit Sicherheit bald den Tod in einer der Treibsandfallen finden würde.

»Mein Führer!«

Fosull drehte sich um und blickte den Krieger an, der soeben gesprochen hatte. »Ja, was ist?«

»Die Jatte. Sie haben die Höllenhunde losgelassen.«

Wie um die Worte des Kriegers zu untermalen, wurde in der Ferne das schaurige Geheul eines dieser Monster laut. Es klang eher wie der Schrei einer Raubkatze als das Heulen eines Wolfs.

Beim Großen Waldgott! Höllenhunde! »Schnell zurück in den Bau!«

»Was ist mit den Leichen unserer Kameraden?«

»Wir lassen sie liegen! Vielleicht halten sie die Höllenhunde eine Zeitlang auf.«

Doch in diesem Augenblick tauchte bereits eines der todbringenden Ungeheuer der Jatte auf dem Pfad auf. Schaum tropfte von den spitzen Fängen.

Es war zwar noch nicht hell; aber Fosull sah in der Morgendämmerung die Bestie ganz deutlich. Sie war doppelt so groß wie er und ähnelte keinem Nachkommen einer gewöhnlichen Hündin. Vielleicht war es tatsächlich eine Ausgeburt der Hölle.

Das Ungeheuer blieb am Rand der Lichtung stehen, so daß die Varg genau sehen konnten, was ihnen den Tod bringen würde. Der Kopf des Höllenhunds ähnelte dem eines Bären, mit tiefliegenden kleinen Augen und rot lodernden Nüstern. Viele scharfe und spitze Zähne ragten aus dem aufgerissenen Schlund. Zu beiden Seiten des häßlichen Kopfs standen kleine Ohren ab. Gebaut war das Tier wie ein Wolf, aber dickes rötliches Fell bedeckte den Körper. Die Füße waren breit und hatten scharfe Klauen und Schwimmhäute, damit es im Sumpf paddeln konnte. Ein Höllenhund durchquerte mühelos Wasser und Treibsand. Wenn das Opfer glaubte, es könne diesem Monster entkommen, indem es den Pfad verließ, war das ein tödlicher Irrtum.

Fosull nahm den Speer in die Hand. Wenn sie es nur mit einem Höllenhund zu tun hatten, konnten sie ihn erledigen. Die Varg hatten schon öfter gegen einzelne Höllenhunde erfolgreich gekämpft. Doch jetzt folgte ein ganzes Rudel, und seine Krieger waren müde und verwirrt. Dieser Kampf war völlig aussichtslos. Was war geschehen? Die Jatte setzten die Hunde sehr selten ein. Für gewöhnlich blieben die Tiere in Zwingern, die durch vergiftete Stäbe geschützt waren, über die selbst diese Monster nicht springen konnten. Aber jetzt hier im Freien …

Der Höllenhund hob den Kopf und schnupperte. Man hörte das Pfeifen der Luft in den Nüstern. Die nächste Minute kam Fosull wie eine Ewigkeit vor. Doch da machte der Höllenhund kehrt und lief in eine andere Richtung.

Ungläubig starrte Fosull dem Monster hinterher.

Was im Namen des Großen Waldgotts …?

Jetzt stürzte das Rudel – ungefähr sieben oder acht Höllenhunde – dem Leittier hinterher, ohne die Varg auch nur eines Blickes zu würdigen.

Fosull stand immer noch fassungslos da, als das Geheul des Rudels in der Ferne schwächer wurde. Auch seine Krieger waren starr vor Staunen. Jetzt ließ Fosull den Speer sinken, den er zu dem – wie er geglaubt hatte – letzten Wurf gehoben hatte.

Die Höllenhunde waren nicht hinter den Varg her. Das war jetzt klar. Aber ... *wen* verfolgten sie dann?

Im nächsten Moment kam ihm die Erleuchtung: den Mann, der drei seiner Varg getötet hatte! Ihn verfolgten die Jatte! Irgendwie mußte dieser Mann in Verbindung mit den Nichtsumpfbewohnern stehen, welche Fosulls Sohn geraubt hatten. Sie hatten Feuer an das Haus im Dorf der Jatte gelegt, und jetzt verfolgten die Jatte die Übeltäter.

Von dieser anderen Gruppe Menschen hatte Fosull nichts gesehen. Offenbar hatten sie einen anderen Pfad eingeschlagen. Fosull war aber sicher, daß die Schar unter dem Schutz des roten Dämons auch das Dorf verlassen hatte.

Wenn die Höllenhunde sie einholten, war Vilken in derselben Lebensgefahr wie die anderen. Natürlich nur dann, wenn die Höllenhunde den Dämon besiegten. Das mußte ein wirklich phantastischer Kampf werden: die Hunde gegen den riesigen Dämon!

»Ihnen nach!« befahl Fosull.

»Hast du den Verstand verloren?« rief einer der Varg. »Du willst, daß wir den Höllenhunden hinterherlaufen?«

»Sie sind nicht hinter uns her«, erklärte Fosull. »Aber sie werden uns zu meinem Sohn führen. Los, beeilt euch!«

Bedingungsloser Gehorsam war eine Tugend der kleinen grünen Krieger. Daher folgten die Varg ihrem Führer, als er dem Pfad folgte, auf dem die Höllenhunde verschwunden waren. Die Nacht wich dem Tag. Der Himmel färbte sich rosig.

Bis jetzt war das Abenteuer ziemlich teuer gewesen und hatte Fosull keineswegs gefallen. Es wird Zeit, das zu ändern, dachte der Führer der Varg. Es gelang ihm zu lächeln, während er seinen Kriegern voranschritt.

Ein Sonnenstrahl fing sich auf den bösen spitzen Zähnen, als er lächelte.

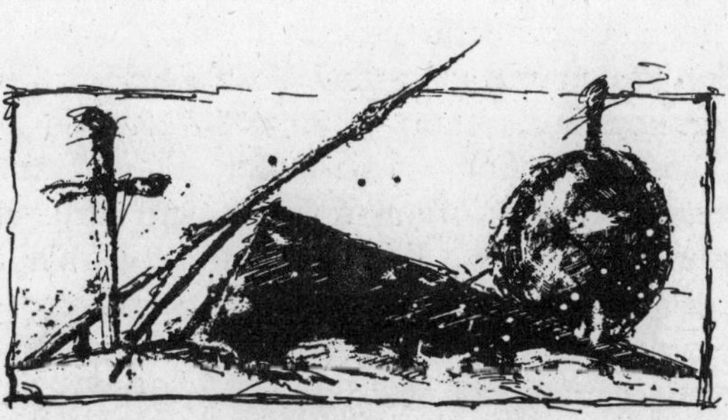

Neun

Bei Sonnenaufgang war der Cimmerier in einem Teil des Sumpfgebiets angelangt, wo seltsame Bäume wuchsen. Ihre Blätter waren so lang wie sein Arm und so breit wie zwei Hände nebeneinander. Sie schienen von einer dicken Wachsschicht bedeckt zu sein. Die Luft war stickig. Es war bereits ziemlich heiß. Plötzlich hörte er hinter sich einen merkwürdigen Schrei. Gleich darauf stimmten weitere Stimmen ein. Conan hatte derartige Laute noch nie gehört. Welche Tiere mochten sie ausstoßen? Doch darüber konnte er sich jetzt nicht den Kopf zerbrechen. Was auch immer diese Laute von sich gab, es war auf seiner Fährte.

Das verhieß nichts Gutes. Noch lag der Rand des Sumpfes ziemlich weit entfernt. Das merkwürdige Heulen kam jedoch immer näher, schneller, als er davonlaufen konnte.

Bald würden die Ungeheuer, die ihn verfolgten, an seinen Fersen kleben. Conan hatte keine Lust, dieser neuen Gefahr auf dem elend engen Sumpfpfad entgegenzutreten. Er brauchte eine Stelle mit festem Boden unter den Füßen und Platz genug, um sein Schwert einsetzen zu können.

Der Cimmerier fing an zu laufen. Er vertraute auf sein Ortsgedächtnis. Wenn er sich nicht irrte, mußte bald eine sichere Stelle kommen. Mit etwas Glück erreichte er sie noch rechtzeitig.

Nun ja, mit etwas Glück wäre er nie in diese Klemme geraten! Er hatte zwar aus dem Käfig fliehen können, aber das wohlwollende Glück hatte dabei kaum eine Rolle gespielt. Wenn er jetzt, ein paar Stunden später, starb, war das auch keine grundlegende Verbesserung. Es wurde Zeit, daß das Glück ihm zulächelte. Aber Conan wußte, daß Crom nur denen half, die sich selbst halfen. Ein Mann aus den Eisländern des Nordens vertraute lieber auf ein gutes Schwert als auf die Gunst der Götter. Ein Schwert ließ sich mit etwas Können zielbewußt einsetzen. Die Götter handelten nach Lust und Laune. Eine scharfe Klinge schnitt tiefer als irgendein Gebet, das Conan je gehört hatte.

Mit dem Geheul unbekannter Ungeheuer im Nacken lief der Cimmerier weiter.

Dake war erleichtert, als er seinen Wagen auf der kleinen Lichtung nahe der Straße erblickte. Allerdings gestand er sich das nur insgeheim ein. Alles war unverändert. Der Herr der Mißgeburten entfernte schnell den Zauber, der Gefährt und Ochsen geschützt hatte. Offensichtlich hatte auch kein Raubtier dem Wagen einen Besuch abgestattet, denn Dake sah nirgends Reste einer Mahlzeit im Gras liegen.

»Schirrt die Ochsen an!« befahl Dake.

Als seine Mißgeburten gehorchten, lächelte der Zauberer. Bis jetzt war das Abenteuer ohne größere Schwierigkeiten abgelaufen. Er hatte vier Neuzugänge für seine Menagerie, und Shadizar wartete auf ihn. Auf der Straße dorthin lagen mehrere kleine Städte und Dörfer, wo er mit Vorstellungen ein paar Münzen verdienen konnte. Dann würde er nicht mit leerem Beutel am Ziel eintreffen.

Ja, wenn ein Mann Verstand hatte und ihn richtig gebrauchte, konnte er wie beste Sahne ganz weit nach oben kommen. Auf dem Weg konnte er seine Vorführung so vervollkommnen, daß die reichen Kaufleute und Diebe in Shadizar sich um das Recht, Dakes Gönner zu werden, prügeln würden. Dake war sich seiner Sache sicher.

Er sah zu, wie Sab einen Ochsen vorspannte. Die vier Arme des Mannes bewegten sich schnell und gekonnt. War nicht Sab allein schon ein Wunder? Wer außer Dake konnte dem Publikum etwas so Erstaunliches zeigen? In der Tat wußte Dake nicht, wer außer ihm eine derartig faszinierende Sammlung besaß: einen vierarmigen Mann, eine Katzenfrau, einen Wolfmann, drei Riesen und einen grünen Zwerg. Nein, keiner konnte ihm das Wasser reichen.

Endlich waren die Ochsen vorgespannt. Jetzt konnte der Wagen losfahren. Dake überlegte noch, wie er das Problem mit Teyles Unterbringung lösen könnte. Obwohl im Innern des Wagens ein Dutzend Menschen recht bequem Platz hatte, war er nicht für eine Riesin gebaut. Man konnte zwar Platz schaffen, damit sie darin auf dem Boden liegen oder sitzen konnte, aber es gab keine Bewegungsfreiheit für sie. Wenn Dake aufrecht stand, reichte er fast bis ans Dach. Bei Löchern in der Straße stieß er auch hin und wieder mit dem Kopf gegen die Zeltwand. Teyle müßte auf allen vieren umherkriechen. Dieser Anblick versprach zwar interessant und recht hübsch zu sein; aber dabei konnte sie sich leicht die Knie verletzen.

Dake wollte sie makellos erhalten, soweit das möglich war. Dieser Gedanke entsprang keineswegs seinem weichen Herzen. Bedenkenlos hätte er jeden oder alle seiner willenlosen Diener getötet, wenn es nötig gewesen wäre; aber er hielt es für unnötig, wertvolle Ware zu beschädigen, wenn er eine andere Wahl hatte. Nein, Teyle mußte bei Penz auf dem Bock fahren. Das vorstehende Zeltdach bot Schutz gegen Schnee und Regen und war hoch genug, damit Teyle darunter sitzen konnte, ohne sich den Kopf zu stoßen. Zum Schlafen sollte die Riesin nach drinnen kriechen.

Nachdem Dake dieses kleine Problem gelöst hatte, befahl er allen Mißgeburten, in den Wagen zu steigen. Nur Teyle und Penz nahmen auf dem Kutschbock Platz. Als das Ungetüm auf die Straße rollte, stand Dake noch auf der hinteren Leiter, hielt sich am Türrahmen fest und blickte zurück, wo unsichtbar das Dorf der Jatte lag. Er prägte sich alles genau ein. Sollte seinen drei Riesen etwas zustoßen, könnte er immer wieder zurückkommen, um neue einzufangen.

Er lächelte zufrieden. Ruhm und Glück warteten in Shadizar auf ihn. Nur wenige bequeme Tagereisen lagen zwischen der Stadt und ihm.

Raseri folgte mit drei seiner besten Jäger den Höllenhunden auf dem Pfad durch den Sumpf. Sie waren an den Bäumen mit den großen dicken Blättern vorbeigekommen. Die Spürhunde eilten weit voraus, so daß nur gelegentlich ihr Heulen an die Ohren der Jatte drang.

Der Führer der Riesen verließ sich ebenfalls nicht auf sein Glück oder die Götter, obwohl er Schamane war. Er war überzeugt, daß wissenschaftliche Untersuchungen den Jatte mehr nützten als Gebete. Obwohl der Großteil des Materials, das Raseri in seinen Versuchen gesammelt hatte, mit dem Feuer zerstört worden war, besaß er doch Proben des Haars, der Kleidung, sogar einen Splitter vom Schwert des fremden Kriegers. Er hatte sie gesammelt, um sie mit Proben anderer Menschen zu vergleichen, die sich vor Conan im Käfig befunden hatten. Diese Proben bewahrte er in der tiefsten Ecke des Wurzelhauses auf, wo sich sogar im Sommer manchmal Eis bildete. Die Jatte hatten schon vor langer Zeit entdeckt, daß die Kälte Dinge, die einmal gelebt hatten, viel länger konservierte, als wenn man sie bei normaler Temperatur aufbewahrte.

Der schwache Geruch dieser Proben machte es den Höllenhunden möglich, die Spur des Flüchtigen aufzunehmen. Sie würden die Suche fortsetzen, bis sie ihr Opfer stellen konnten. Diese Tiere hätten auch eine Fährte aufgenommen, die fünf Tage alt war. Kein Tier in den Sümpfen vermochte gegen die Höllenhunde etwas auszurichten. Wäre Conan in den Treibsand gerutscht und erstickt, hätten die Hunde seine Leiche herausgeholt. Wenn eine Raubkatze den Cimmerier gefressen hätte, brächten die teuflischen Hunde selbst dann Reste zurück. Auch wenn nur winzige Fetzen des Barbaren übriggeblieben waren, würden die Hunde diese aufspüren.

Raseri marschierte stetig, aber ohne besondere Eile auf dem Pfad dahin. Es war unmöglich, mit den Hunden Schritt zu halten. Auch Conan würde der Meute nicht entkommen. Raseri rechnete eigentlich damit, daß die Hunde zu den vier Jatte zurückkehren würden, um ihm Knochenreste des Barbaren zu bringen, nachdem sie ihn zerrissen und größtenteils gefressen hatten.

Der Führer der Jatte machte sich aber um seine drei Kinder große Sorgen. Es war Raseri ein Rätsel, wie ein einzelner kleiner Mann das Trio hatte entführen können, da doch die Zwillinge so groß wie er waren. Dieses Rätsel mußte er lösen, und zwar bald.

Da rief weiter vorn Lawi, der jüngste der vier Jatte, ihm laut zu: »Bei der Gabelung links!«

Raseri nickte und zeigte den beiden hinter sich, daß sie links abbiegen sollten. Es waren Lawis Brüder, Kouri der Ältere und Hmuo der Jüngere, beides Raseris Neffen zweiten Grads.

Die vier Jatte folgten bei der Gabelung den deutlichen Spuren der Höllenhunde.

Von weit vorn kam kaum hörbar das Geheul der Meute. Raseri hoffte, daß sie ihr Opfer gestellt hätten.

Conan fand die Lichtung, die er gesucht hatte. Sie lag links vom Pfad. Auf einer Seite begrenzte sie die

Schleife eines Altwassers, das von grünem Schaum und Wasserlilien bedeckt war. Ein Halbkreis aus Bäumen mit sehr dicken Stämmen wuchs auf einem Abhang, der gegenüber dem Pfad steil abfiel. Rechts vom Eingang zur Lichtung erhoben sich kleinere Bäume aus einem undurchdringlichen Dornendickicht. Mit Ausnahme des Pfads, der nicht breiter als Conans Armspanne war, gab es keinen Zugang zur Lichtung. Es sei denn, die Verfolger konnten auf Wasser gehen oder sich durch das Dornengestrüpp hindurcharbeiten.

Conan war sicher, daß sie einzeln, hintereinander kommen mußten. Darin lag sein Vorteil. Wenn die Ungeheuer so klug waren und einen Bogen schlugen, konnten sie den Abhang herauflaufen. Aber er glaubte nicht, daß sie imstande waren, diese Möglichkeit zu sehen. Und selbst wenn es doch so war, würde ein derartiges Manöver sie viel Zeit kosten. Natürlich konnten sie auch durchs Altwasser schwimmen; aber auch das kostete viel Zeit. Der Cimmerier hatte keine Ahnung, wie viele wilde Tiere ihn verfolgten, er wußte auch nicht, wie groß oder gefährlich sie waren. Er hatte aber keine große Wahl. Die Laute der Verfolger kamen näher. Sie mußten jeden Augenblick vor ihm auftauchen.

Conan stand neben dem Eingang zur Lichtung und zog das Schwert aus der Scheide. Dichtes Gebüsch verbarg ihn vor den Blicken der Verfolger auf dem Pfad. Er holte mehrmals tief Luft, packte das Breitschwert mit beiden Händen und hob die Klinge über die rechte Schulter wie ein Mann, der mit einer Axt Holz spalten will. Er war bereit. Mochte kommen, was da wollte. Mehr konnte er nicht tun. Es gelang ihm ein verkrampftes Lächeln. Wenn jetzt der Zeitpunkt gekommen war, an dem er sterben sollte, täte er es mit dem Schwert in der Hand und nähme möglichst viele Feinde mit. Ein Mann konnte es schlechter treffen. Niemand konnte ewig leben.

Ho, Crom, ist heute der Tag, an dem ich zu dir kommen soll? dachte er.

Der Gott der Berge würdigte ihn keiner Antwort. Auch gut, dachte Conan. Und eigentlich wollte er die Antwort gar nicht vorzeitig wissen.

Fosull marschierte mit seinen Kriegern auf dem leeren Pfad dahin, der oft in weiten Windungen um ein bodenloses schwarzes Sumpfloch herumführte, das seine vorherige Bahn überschwemmt hatte. Immer wieder mußten sie sich vor den tödlichen Treibsandfallen hüten. Weit vor ihnen hörten sie das Geschrei der Höllenhunde. Der Führer der Varg hatte bereits mehreren Göttern gedankt, daß er und seine Männer von den Bestien verschont worden waren; aber diese Gnade half Vilken wenig. Sein Sohn war immer noch Gefangener der Nichtsumpfbewohner, und die toten Varg hatte niemand gerächt. So wie er diese Höllenhunde einschätzte, wären die Menschen längst in blutige Fetzen zerrissen, ehe die Varg auf dem Schauplatz einträfen. Fosull bedauerte das, weil er zu gern selbst diesen Schurken alles heimgezahlt hätte. Aber tot war tot, und wenn die Götter die Höllenhunde als Werkzeug benutzten, konnte Fosull nichts dagegen unternehmen. Wenn er nur seinen Sohn lebend und unversehrt zurückbekäme, wäre er zufrieden. Falls sie als Zugabe noch ein paar schmackhafte Fleischstücke der Menschen fänden, war das auch nicht zu verachten; aber deswegen würde er nie mit Höllenhunden oder riesigen Dämonen kämpfen.

Nein, Fosull und die Seinen waren zufrieden, was auch immer die Götter ihnen als Beute gewährten.

Außer Atem lief der Varg herbei, der die Nachhut bildete.

»Ja, was ist?«

»J-J-Jatte, Führer.« Er mußte Luft holen.

»Wo?«

»Hinter uns.«

»Wie viele? Wie weit zurück?«

Der Krieger hielt eine Hand mit nach innen geschlagenem Daumen hoch. »V-vier. Ungefähr eine Stunde hinter uns.«

Fosull überdachte diese Kunde. Er hatte vierzehn Krieger. Bei einem Zusammenstoß mit vier Jatte hatte er durchaus Aussicht auf einen Sieg; aber Fosull ging gern auf Nummer Sicher. Wenn die Jatte eine Stunde hinter ihnen waren, konnte man einen Kampf vielleicht vermeiden. Falls die Höllenhunde die Nichtsumpfbewohner erledigten, bestand die Möglichkeit, daß er mit seinen Kriegern Vilken holen und im Sumpf untertauchen konnte, weil sie die Wechsel kleiner Tiere benutzen konnten, auf denen die riesigen Jatte einsänken. Dieser Plan war nicht übel, fand Fosull. Und überhaupt stellte sich das Problem der Jatte erst in ungefähr einer Stunde.

»Etwas rascher!« befahl Fosull seinen Kriegern.

Die fünfzehn Varg marschierten schneller dahin.

Conan hörte, daß die Verfolger ganz nahe waren. Er holte nochmals tief Luft, stieß nur einen Teil wieder aus und hielt den Rest an. Das Schwert stand fest wie ein Fels über ihm in der Luft.

Die Bestie lief so schnell auf die Lichtung, daß Conans Streich sie knapp über den Hinterläufen statt im Genick traf. Der Schlag vibrierte in den Händen des Cimmeriers und wurde von den muskulösen Armen aufgefangen. Die Klinge schnitt durch das Rückgrat des Tiers und drang so tief ein, daß sie Conan beinahe aus den Händen gerissen wurde, als der Höllenhund zu Boden ging. Mit aller Kraft zog der Cimmerier die Waffe heraus.

Das Tier war furchtbar häßlich. Größer als ein Hund.

Nie hatte er ein ähnliches Biest gesehen. Rasch lief er hinzu und schlug ihm den Kopf ab. Ein kurzes letztes Zucken, dann war der Höllenhund tot.

Das Heulen der Meute sagte ihm, daß jetzt die nächsten kamen, die nicht so schnell wie das Leittier waren. Der Cimmerier machte sich zum Kampf bereit. Mit erhobenem Breitschwert trat er auf den Pfad.

Die zweite Höllenkreatur erspähte den Cimmerier und sprang ihn mit einem Riesensatz an. Conan ließ die Bestie in Reichweite kommen, ehe er nach rechts auswich und dabei mit einem gewaltigen Hieb dem Tier den Schädel spaltete. Der Höllenhund fiel zu Boden und bewegte sich nicht mehr.

Der dritte Höllenhund hielt sofort inne, als er den Cimmerier mit gezücktem Schwert erspähte, und schnupperte.

Wahrscheinlich roch das Biest das Blut seiner Kameraden; denn plötzlich winselte es aufgeregt.

Im nächsten Augenblick standen drei weitere Höllenhunde neben ihm. Auch sie witterten und schienen verwirrt zu sein.

»He, elende Hunde, kommt her, damit ich euch töten kann!«

Einer der vier sprang vor, die anderen folgten ihm.

Der Cimmerier tat ebenfalls einen Satz nach vorn. Darüber waren die Höllenhunde so verblüfft, daß der Anführer sofort stehenblieb und die anderen auf ihn aufliefen. Der letzte fiel ins Wasser und fauchte wie eine Raubkatze.

Conan nutzte die Verwirrung der Angreifer aus und griff an.

Das erste Ungeheuer wollte umdrehen, konnte aber nicht, weil die beiden nächsten ihm den Weg versperrten. Conans Klinge schlitzte die Seite des Höllenhunds von der Schulter bis zum Bauch auf. Blut schoß heraus.

Der Cimmerier riß das Schwert zurück und stieß es

dem Tier zwischen die Rippen, wo sich nach seiner Meinung das Herz befand. Das todwunde Tier sprang jedoch auf und stieß dabei den nächsten Kameraden in das Dornendickicht. Dann brach es auf dem engen Pfad zusammen.

Der nächste Hund ging rückwärts, während der andere vergeblich versuchte, sich aus dem Dornengestrüpp zu befreien. Er verstrickte sich immer tiefer in die Ranken mit den spitzen Dornen. Der dritte Hund kroch soeben wieder aus dem Wasser.

Conan machte drei schnelle Schritte und setzte den Fuß auf den Kopf des toten Hundes. Dann schnellte er auf den nächsten zu.

Der Höllenhund machte kehrt und rannte davon.

Sobald der Cimmerier festen Boden unter den Füßen hatte, schlug er auf den Hund ein, der aus dem Wasser kroch. Das Biest hob eine Pfote, aber dann trennte die Klinge das Bein vom Körper.

Heulend sank das Tier zurück ins dunkle Wasser. Aufgrund des fehlenden Beins schwamm es im Kreis umher.

Die Dornenranken hielten den Gefangenen immer noch fest. Conan wandte sich jetzt ihm zu.

Doch sobald der Cimmerier die Klinge hob, um den Hund in den Dornen zu töten, hatte der andere, der weggelaufen war, offenbar seinen Mut wiedergefunden und sprang mit gefletschten Zähnen auf Conan los. In letzter Sekunde wollte der Cimmerier ausweichen. Dabei rutschte er auf dem Blut aus und fiel auf ein Knie. Dieser Fehltritt rettete ihm das Leben, denn der Höllenhund sprang über sein Opfer hinweg und landete auf dem Kameraden, den immer noch tausend spitze Dornen festhielten.

Der schwimmende Höllenhund war auf seiner Kreisbahn an eine Stelle, wo er zum Pfad herüberblickte. Da durchbohrte Conan ihm mit der Schwertspitze den

Hals. Das grünliche Wasser färbte sich karmesinrot. Hilflos sank das Tier in die unergründliche Tiefe des Teichs.

Jetzt war es einem Höllenhund gelungen, sich teilweise von den Dornenranken zu befreien. Doch da ereilte ihn der Tod durch das blutige Schwert des Cimmeriers.

Auch der letzte Höllenhund wurde von einer Unzahl von spitzen Dornen gehalten, als die todbringende Klinge nochmals ihr Lied sang.

Der Cimmerier atmete auf und wischte sich den Schweiß von der Stirn. Danach betrachtete er die Walstatt. Sechs höllische Bestien – alle tot. Plötzlich überfiel ihn entsetzliche Müdigkeit. Das geschah oft nach einem Kampf auf Leben und Tod; doch konnte er sich jetzt nicht ausruhen. Er hatte über diese riesigen Tiere den Sieg davongetragen; aber ihre Herren waren mit Sicherheit nicht weit entfernt. Hunde, selbst so schreckliche wie diese sechs, waren harmlos im Vergleich zu Riesen.

Conan wischte die Klinge am Fell eines Hundes sauber, steckte das Schwert in die Scheide zurück und machte sich wieder auf den Weg. Er warf noch einen Blick in die Richtung, wo das Dorf der Jatte lag. Dann lächelte er. Er hatte diesen Riesen zumindest eine kleine Kostprobe davon gegeben, was ein Cimmerier wert war, und ihnen damit auch etwas von den Qualen der Folter zurückgezahlt, die er im Knochenkäfig hatte erdulden müssen. Natürlich wünschte er, daß Raseri jetzt tot zu seinen Füßen läge; aber der Führer und Schamane der Riesen wäre unangenehm überrascht, wenn er auf seine Höllenhunde stieß.

Bei diesem Gedanken lächelte der Cimmerier.

Zehn

Fosulls Späher kam angelaufen und brachte unglaubliche Neuigkeiten.

»Mein Führer! Die Höllenhunde! Sie sind tot!«

»Alle?«

»Ja, alle!«

Fosull überdachte diese Kunde, schwieg aber dazu. Unter keinen Umständen durften seine Krieger merken, daß er beunruhigt war.

Die Varg gingen weiter, bis sie den Schauplatz des Gemetzels erreichten. Es stimmte: Alle waren tot. Sechs der fürchterlichsten Bestien des Sumpfes waren tot, hingeschlachtet von einem Schwert, wie es schien. Unglaublich!

Fosull betrachtete alles sehr aufmerksam, vor allem die Spuren. Selbst ein Varg mit nur einem Auge und keinem Funken Verstand konnte erkennen, daß die Höllenhunde von einem einzigen Mann getötet worden waren. Einer dieser Nichtsumpfbewohner, wahrscheinlich derselbe Halbnackte, der mehrere der Varg beim Jatte-Dorf erschlagen hatte. Fosull entdeckte nirgends Spuren der Menschen, die mit dem roten Dämon im Bunde waren.

Das war schlimm. Sehr schlimm sogar. Sechs Höllenhunde getötet von einem einzelnen Mann. Er war ein Krieger, dem man unter allen Umständen aus dem Weg gehen sollte, wenn er nicht auf derselben Seite kämpfte. Gehörte er zu der Bande, die Fosulls Sohn gefangengenommen hatte?

Erwartungsvoll blickten die Krieger Fosull an. Er war der Führer und mußte sich sorglos geben, auf keinen Fall beunruhigt, wenn er nicht die Achtung der Krieger verlieren wollte.

»Ich dachte, es seien viel mehr Hunde«, sagte Fosull.

Der Späher Olir, ein junger Bursche von neunzehn Jahreszeiten und ein sehr schneller Läufer, schaute Fosull verständnislos an. »Wieso, Führer?«

»Nun, ich dachte, es seien wenigstens acht oder neun. Wer so viele umbringt, hat etwas geleistet. Nur sechs hingegen…« Fosull ließ seine Worte einwirken, während er mit dem Daumen die Speerspitze aus Obsidian prüfte. Er wollte damit den Eindruck erwecken, daß er, Fosull, sechs Höllenhunde hätte töten können, ohne auch nur einen Schweißtropfen zu vergießen.

Einige ältere Krieger murmelten vor sich hin. Offenbar glaubten sie seinen großsprecherischen Worten nicht. Aber Fosull lächelte. Man wurde – und blieb – nicht Führer, wenn man nicht im Ruf stand, kühn und tapfer zu sein. Seit über einem Dutzend Jahreszeiten hatte niemand mehr gewagt, Fosull zu einem Kampf herauszufordern. Dem letzten Varg, der es versucht hatte, war die Sache schlecht bekommen. Noch ehe er seinen Speer richtig hatte schwingen können, hatte Fosulls Speer ihn bereits durchbohrt. Die meisten der Krieger, die Fosull jetzt bei sich hatte, waren damals noch Kinder gewesen; aber die Geschichte dieses Zweikampfs war immer wieder erzählt und dabei auch ausgeschmückt worden, so daß viele junge Krieger Fosull für unbesiegbar hielten. Ohne Zaudern trauten sie ihrem Führer daher zu, daß er mit Leichtigkeit sechs Höllenhunde hätte töten können. Auf alle Fälle wollten sie sich nicht mit ihm anlegen.

»Wir verschwenden hier nur Zeit«, erklärte der Führer der Varg.

»Folgen wir dem Mann, der das getan hat?« fragte Olir.

»Selbstverständlich. Ich gehe davon aus, daß er uns zu den anderen führt. Vilken ist immer noch ihr Gefangener, oder hast du das vergessen?«

»Nein, o Führer.«

»Dann brechen wir jetzt auf. Du läufst voraus und hältst Augen und Ohren offen. Und paß auf, daß du nicht über den Mann stolperst, den wir verfolgen.«

Fosull blickte Olir nach. Er lief zwar etwas langsamer als sonst; aber Fosull war sicher, daß der junge Varg alles in seiner Macht Stehende tun würde, um nicht in die Hände des Mannes zu fallen, der die Höllenhunde erschlagen hatte. Das hätte Fosull auch getan, wenn er der Späher gewesen wäre.

Lawi war blaß, als er zu der Stelle zurückkehrte, wo Raseri und die anderen beiden Jatte gerade das hastig gepackte Mittagsmahl verzehrten. Sie saßen in einer Höhle, die tiefhängende Äste eines Baumes bildeten, den der Blitz gefällt hatte. Moos bedeckte das Holz. Der Baumriese lag hier seit mindestens fünf Jahreszeiten.

»Hast du herausgefunden, warum die Hunde verstummt sind? Haben sie die Beute schon gestellt?«

Lawi schüttelte den Kopf und setzte sich auf einen Baumstamm, der aus einer Treibsandkuhle neben dem Pfad herausragte. »Ja, sie haben den Mann eingeholt, den wir verfolgen.«

»Das ist gut, dann ...«, meinte Raseri.

»Nein!« unterbrach ihn Lawi. »Die Höllenhunde sind tot.«

»Was? Das ist unmöglich!« rief Kouri.

»Das kann doch nicht wahr sein«, meinte Hmuo.

Raseri enthielt sich jeglichen Kommentars.

»Kommt und seht selbst.«

Als die vier Riesen auf der Lichtung eintrafen, wo

Conan die Hunde getötet hatte, sprach Kouri als erster. »Varg-Spuren! Also deshalb sind die Hunde tot. Eine große Schar Varg war hier.«

Raseri beugte sich über einen toten Höllenhund, um die Wunden genauer zu betrachten. Das gleiche tat er mit drei anderen. »Nein«, erklärte er schließlich, »diese Wunden stammen nicht von den Speeren der Varg.«

»Aber wer ...?« begann Hmuo.

»Conan aus unserem Käfig. Seht her!« Er zeigte auf eine klaffende Wunde. »Nur ein Schwert kann das getan haben. Wenn ihr die anderen untersucht, werdet ihr ähnliche Wunden finden.«

»Willst du damit sagen, daß alle sechs Hunde von *einem* kleinen Mann getötet wurden?«

Raseri blickte Kouri an. »Ja, dieser Bursche ist sehr einfallsreich. Das wissen wir, seit er aus dem Käfig geflohen und auf dem Pfad durch den Sumpf geflohen ist. Niemals bisher hatten wir ein furchtloseres, wilderes Exemplar der kleinen Menschen gefangen. Das müßtest du doch am besten wissen, oder?«

Kouri rieb sich die Stirn. Als Conan im Käfig gesessen hatte und von den vier Jatte mit Stäben angegriffen worden war, hatte Kouri seine Waffe an das Menschlein verloren und war bewußtlos geschlagen worden. Kouri würde diese unrühmliche Episode nie im Leben vergessen.

»Aber was haben die Varg hier zu suchen?« fragte Lawi.

Raseri zuckte mit den Achseln. »Wer weiß? Vielleicht sind sie auf der Suche nach einer Mahlzeit.«

»Aber sie sind weitermarschiert. Obwohl sie das hier alles gesehen haben, verfolgen sie den Mann noch immer. So blöde können nicht einmal Varg sein.«

Raseri dachte kurz nach. »Seltsam ist es schon«, meinte er. »Und sehr interessant. Sie müssen einen zwingenden Grund haben. Aber wir haben hier auch alles gesehen und geben die Verfolgung nicht auf.«

Hmuo nickte. »Ich habe alles genau abgesucht, aber nirgends Fußabdrücke von irgendeinem Jatte gefunden. Was ist mit Teyle, Oren und Morja? Es sieht nicht so aus, als seien sie bei dem Mann, den wir verfolgen.«

Das ist in der Tat seltsam, dachte Raseri. Aber es mußte eine Verbindung zwischen dem Barbaren und den entschwundenen Kindern geben. Es fiel ihm schwer zu glauben, daß Conan ganz allein aus dem Käfig entkommen war. Vielleicht hatte ihm jemand geholfen? Vielleicht hatte er Kameraden, die Teyle nicht bemerkt hatte, als sie ihn gefangennahm. Vielleicht hatten diese Männer Conan befreit und die Kinder aus Rache mitgenommen. Und dann waren sie auf einem anderen Weg durch den Sumpf geflohen.

Raseri mußte zugeben, daß diese Überlegung sehr unwahrscheinlich klang; aber er mußte irgendwie die Tatsachen erklären, daß Conan geflohen und sein Sohn und zwei Töchter zur selben Zeit spurlos verschwunden waren. Der Führer der Jatte hatte zwar keine Ahnung, wie alles geschehen war, aber die Vernunft sagte ihm, daß es für jede Wirkung eine Ursache geben mußte. Was auch immer geschehen war – sie mußten diesen Conan einfangen. Erst danach konnte er ihn befragen.

Raseri nickte vor sich hin. »Kommt. Hier finden wir keine weiteren Antworten«, sagte er laut. »Wir müssen Conan ergreifen.«

»Und dazu müssen wir an den Varg vorbei«, ergänzte Kouri.

»Wenn nötig, werden wir die grünen Wichte zermalmen.«

Conan kam recht schnell auf dem schmalen Pfad vorwärts. Der Sumpf hörte allmählich auf. Trockene Stellen wurden größer. Er wußte, daß es nicht mehr lange dauern würde, bis er die Straße nach Shadizar wieder vor sich hätte, auf der er den Riesen begegnet war.

Der Cimmerier schätzte sich glücklich, daß er frei war, und hatte die feste Absicht, den letzten Teil des Wegs in die berühmte Stadt der Diebe zurückzulegen, ohne sich auf gefährliche Abenteuer einzulassen. Er war am Leben, hatte aber furchtbaren Hunger. Mit jedem Schritt entfernte er sich weiter von Riesen und Zwergen. Er freute sich schon auf den Augenblick, wenn dieser große Sumpf endlich hinter ihm lag.

Gleich darauf stieß Conan auf Beeren, die eßbar waren, wie er wußte. Er legte eine kurze Pause ein und pflückte mehrere Hände voll. Es war zwar kein Fleisch, auch kein Geflügel, aber besser als nichts, um den knurrenden Magen zum Schweigen zu bringen. Dann wischte er sich mit dem Handrücken den Mund ab und marschierte weiter. Wenn ihn die Erinnerung nicht trog, mußte er die Straße bald erreichen. Für ihn konnte es gar nicht bald genug sein.

Der Wagen rollte auf der holprigen Straße dahin. Dake verfiel bei dem Schwanken in einen leichten Schlaf. Er hatte einen Traum. In diesem Traum war er der Besitzer eines riesigen Zirkus. Tausende von Zuschauern füllten das Zelt. Alle sahen gebannt zu, wie Hunderte von Mißgeburten – die Dake alle gesammelt oder gezüchtet hatte – ihre Kunststücke aufführten. Katzenfrauen zeigten akrobatische Tänze. Vierarmige Männer und Frauen jonglierten Dutzende von bunten Bällen. Grüne Zwerge und unendlich große Riesen marschierten im Gleichschritt auf und ab. Wolfmenschen bekämpften sich mit Zähnen und Klauen. Und alles das fand im größten Zelt der Welt statt, unter einer riesigen Kuppel aus blau-weiß gestreifter Seide, welche dem atemlosen Publikum Schatten spendete.

Plötzlich erklang ein lautes *Knacks!* Einer der hohen

Zeltpfosten brach entzwei. Das seidene Dach legte sich auf die Menge der Zuschauer und Mißgeburten. Die Menschen schrien ihn um Hilfe an. »Dake! Dake! Dake!«

Er wachte auf. Kreg schüttelte ihn. »Dake!«

Der Zauberer schlug wütend die Hand des Assistenten von der Schulter. »Wie kannst du es wagen, meinen Schlaf zu stören?«

Im selben Augenblick fiel ihm auf, daß sich der Wagen nicht bewegte.

»Warum halten wir? Ich habe keine Rast angeordnet.«

Kreg schüttelte den Kopf. »Ein Rad ist gebrochen.«

»Was? Zeig's mir!«

Dake stieg aus dem Wagen und folgte Kreg nach vorn. Das Rad auf der Seite, wo Teyle neben Penz saß, war in der Tat gebrochen. Vier Speichen waren zersplittert. Ein Stück des Rades unter dem schützenden Eisenbeschlag zeigte Risse.

»Bei Sets schuppigem Gemächt! Was ist passiert?«

Penz blickte vom Bock herab. »Wir sind über einen großen Stein gefahren, hinter dem ein tiefes Loch kam.«

»Du Tölpel! Warum bist du nicht ausgewichen?«

»Kein Platz. Sieh selbst!« Penz zeigte nach hinten. Er hatte offensichtlich recht. Die Straße war an der Stelle, wo der große Stein lag, sehr eng. An einer Seite standen Büsche, auf der anderen Seite gähnte ein Abgrund.

Dake fluchte wieder, wobei er sich an mehrere niedrige Gottheiten wandte und deren abstoßende persönliche Gewohnheiten aufzählte. Bei diesen Flüchen scharrten die Ochsen nervös mit den Hufen und legten die Ohren an.

Schließlich sagte Dake: »Packt das Ersatzrad aus und macht damit den Wagen wieder flott!«

Penz grinste. »Das können wir leider nicht. Wir haben das Rad schon drauf. Erinnerst du dich nicht an den steilen Weg zum Haraan-Paß?«

Dake ballte in ohnmächtiger Wut die Fäuste. Ja, der Wolfmann hatte recht. Sie hatten sich nach dem Unfall nicht die Zeit genommen, bei einem Stellmacher ein neues Rad machen zu lassen. Das Ungetüm von Wagen war so schwer, daß sie unbedingt sechs Räder brauchten.

»Kannst du das Rad nicht mit Magie reparieren?« fragte Kreg.

Nein, Dake hatte keine Zauber für diese Gelegenheit; aber er hielt es für unklug, die Grenzen seiner magischen Macht zu offenbaren, und schon gar nicht seinem dümmlichen Assistenten gegenüber. »Für derartig läppische weltliche Dinge darf man die Magie nicht verschwenden«, erklärte er von oben herab. »Du, Penz und Sab holt Werkzeug und schnitzt neue Speichen. Es stehen genügend Bäume herum, wo ihr passende Äste findet.«

»Aber – aber das dauert mehrere Stunden.«

»Na und? Mir steht der Sinn danach, diese Gegend eine Zeitlang zu genießen.«

»Welche Gegend? Hier gibt es nichts außer Büschen, Bäumen und einer roten Lehmstraße.«

»Halt's Maul, du Narr, sonst lasse ich dir die Zunge herausreißen!«

Kreg funkelte ihn empört an, schwieg jedoch. Er wußte, daß Dake dem Wolfmann nur einen Wink geben mußte, und Penz würde ihm mit Freuden die Kehle aufschlitzen. Dake konnte auch einfach den Gehorsamszauber über ihn werfen. Dann hätte Kreg hilflos dagestanden, während der Herr der Mißgeburten ihm mit dem nächsten Stein den Schädel eingeschlagen hätte. Kreg hatte schon oft gesehen, wie Dake jemand tötete, und wußte, daß ein Mord mehr oder weniger diesen überhaupt nicht belastete.

»Sab, bring Werkzeug! Wir müssen Speichen schnitzen!« brüllte Kreg. »Und du, Wolfschnauze, steig sofort vom Bock!«

Penz sprang vom Wagen und landete geschmeidig auf der Erde. Er grinste Kreg an. Dake sah, daß Kregs Beleidigung keine Wirkung hatte. Der Wolfmann genoß offenbar Kregs kaum verhohlene Wut. Hm, Kreg näherte sich langsam dem Punkt, wo er ihm nichts mehr nützte. Wenn Penz sich gut benahm, würde er ihm erlauben, seinen Quälgeist in die Grauen Länder zu schicken.

Die drei gingen zu den Bäumen, um trockenes und nicht verrottetes Holz zu suchen, aus dem sie neue Speichen schnitzen konnten. Dake suchte sich eine schattige Stelle, um seinen Mittagsschlaf fortzusetzen. Vielleicht kam der Traum wieder. Das wäre sehr angenehm.

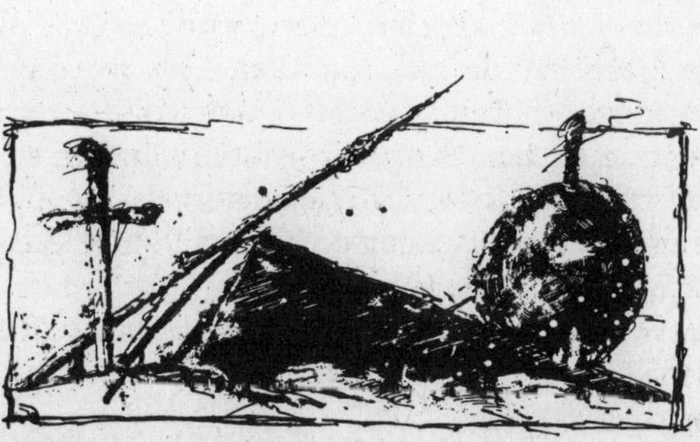

Elf

Sobald Conan die Straße erreicht hatte, beschleunigte er die Schritte. Er genoß das Gefühl des festen Bodens unter den Sandalen. Arme und Beine waren durch das Heben schwerer Steine und Stämme als Junge in Cimmerien gekräftigt worden. In den folgenden Jahren war er viel und ausdauernd marschiert. Daher setzte er trotz aller überstandener Strapazen mühelos einen Fuß vor den anderen.

Eigentlich hatte er das Abenteuer mit den Riesen recht gut überstanden, fand er. Es hatte ihn zwar Zeit und Ungemach gekostet; aber er hatte immer noch sein Schwert und war körperlich heil und gesund. Jetzt lag Shadizar vor ihm, die Stadt der Diebe. Conan hatte nicht vor, sich nochmals von diesem Ziel ablenken zu lassen.

Als der Tag langsam in die Abenddämmerung überging, suchte sich Conan einen Platz für das Nachtlager. Er legte Schlingen aus und fing gleich darauf einen Hasen. Als es dunkel war, saß er bei einem schönen Feuer und genoß den köstlichen Braten. Als er mit den starken Zähnen ein großes Stück Fleisch abgebissen hatte, grinste er. Irgendwann, wenn er alt und grau war, konnte er seinen Enkeln die Geschichte von den Riesen und den grünen Zwergen erzählen. Bis dahin würde er sich nicht weiter den Kopf über diese seltsamen Wesen zerbrechen. Nein, keinen Gedanken wollte er daran verschwenden. Das Abenteuer war überstanden und gehörte der Vergangenheit an.

»Das Rad ist repariert«, erklärte Kreg. Sein Gesicht und die Hände waren schwarz von der Wagenschmiere. Außerdem stank er nach Schweiß.

Der Halbmond stand am Himmel und ließ sein blasses Licht auf Dake und seine Mißgeburten herabscheinen.

»Lange genug hat es gedauert«, meinte Dake mürrisch. »Dort unten ist ein Bach. Geh und reinige dich und deine Kleidung. Nimm auch Sab und Penz mit. Die sollen sich ebenfalls waschen. Dann kommt ihr wieder her. Es ist zu dunkel, um weiterzufahren. Die Gefahr ist zu groß. Ich möchte nicht schon wieder ein Rad zerbrechen.«

Als Kreg, der Vierarmige und der Wolfmann zum Bach hinabgingen, blickte Dake auf die Straße hinter dem Wagen. Durch den erzwungenen Halt hatten sie mehrere Stunden von dem Vorsprung eingebüßt, den sie irgendwelchen Verfolgern gegenüber gehabt hatten. Allerdings hielt Dake es für unwahrscheinlich, daß jemand sie in der Dunkelheit durch den gefährlichen Sumpf verfolgte. Es kamen nur die Riesen in Frage. Doch diese waren auch jetzt, nach der Reparatur des zerbrochenen Rads, noch einen halben Tag hinter ihnen. Trotzdem würde Dake sich wohler fühlen, wenn die Sonne den Sieg über die Nacht davongetragen hatte und sie weiterfahren konnten.

Kreg, Sab und Penz kamen zurück. Dake befahl ihnen, den Wagen von der Straße wegzufahren. Er hatte eine kleine Lichtung zwischen Tannen mit rötlicher Rinde als geeigneten Lagerplatz gewählt. Als es empfindlich kalt wurde, kletterten alle in den Wagen und legten sich schlafen.

Fosull schlief schlecht. Alpträume peinigten ihn. Riesige rote Dämonen bedrohten ihn; halbnackte Männer, Jatte und Schemen, die er nicht kannte, umringten ihn.

Wach war Fosull ein hervorragender Läufer. Er konnte den Speer weit schleudern und verfehlte fast nie das Ziel. Jetzt im Traum jedoch konnte er nur kriechen. Die gesamte Kraft des Arms reichte nur aus, um den Speer mit der Geschwindigkeit eines von einem Baum fallenden Blatts zu werfen. Während er sonst immer einen kurzen Rock aus weichem Rehleder um die Lenden trug, war er jetzt splitterfasernackt. Er suchte verzweifelt seine Hütte; aber er irrte umher und konnte sich nicht mehr an den Weg nach Hause erinnern. Gerade als eine Meute scheußlicher Katzenfrauen die Krallen nach ihm ausstreckte, wachte Fosull auf und merkte, daß alles nur ein grauenvoller Alptraum gewesen war. Aber er konnte sich nicht gleich von den Schreckensvisionen befreien.

Dieser Traum war wirklich schlimm gewesen.

Raseri lag noch lange wach. Immer wieder führte er sich die Ereignisse der letzten zwei Tage vor Augen und bemühte sich, alle Teile dieses Durcheinanders zu ordnen. Es war schwierig, fast unmöglich. Zuviel Ungewisses mußte bedacht werden. Raseri kam trotz aller Anstrengungen nicht zu einer einzigen Theorie, die alles berücksichtigte, was er wußte.

Der Führer und Schamane der Jatte war vollkommen verwirrt. Sonst war er immer fähig, die Gründe für gewisse Ereignisse klar zu bestimmen. Natürlich lag das auch daran, daß in seiner Welt die meisten Dinge leicht zu begreifen und leicht zu erklären waren. Doch jetzt stand er vor einem so verworrenen Rätsel wie noch nie im Leben. Auf der einen Seite bereitete es ihm Qualen, auf der anderen fand er es auch durchaus reizvoll. Wenn man eine schwierige Situation löste, war die Genugtuung viel größer als bei der Lösung einer einfachen Aufgabe.

Raseri lächelte bei diesem Gedanken. Für ihn stand

fest, daß er das Problem lösen würde. Die Frage war nur: wann? Und wo? Und wie?

Er machte sich wegen seiner drei verschwundenen Kinder natürlich auch Sorgen. Aber er war sicher, daß die drei im Augenblick in keiner großen Gefahr schwebten. Wenn die Entführer – inzwischen war er überzeugt, daß es nicht die Tat eines einzelnen gewesen war – die Kinder hätten töten wollen, hätten sie sie kaum so weit vom Dorf weggebracht, um das zu tun. Nein, die Kinderräuber hatten andere Pläne, wie sie Teyle, Oren und Morja ausnutzen wollten. Vielleicht wollten sie auch – wie Raseri mit Conan – Experimente mit ihnen durchführen? Oder sie zur Schau stellen? Es gab so viele Möglichkeiten. Raseri ging sie im Geist immer wieder durch, bis endlich der Schlaf sein Recht beanspruchte und ihm die Augen schloß.

Conan stand früh auf, weil er so schnell wie möglich weit weg vom Dorf der Jatte kommen wollte, wo er beinahe sein Leben eingebüßt hatte. Sobald die erste Morgenröte am Himmel erschien, brach er auf. Er aß die Reste eines zweiten Hasen während des Gehens und hielt nur kurz an, um an einem klaren Bach die Fleischreste mit einer Handvoll Wasser hinunterzuspülen.

Als es richtig hell wurde, war er schon über eine Stunde marschiert.

Von einer Anhöhe aus sah er in der Ferne einen Wagen, der auf einer kleinen Lichtung neben der Straße stand. Der Wagen war sehr groß und hatte sechs Räder. Acht Ochsen grasten neben dem Gefährt, das beinahe so groß wie ein Haus war.

Conan lockerte das Schwert in der Scheide und suchte unter den Bäumen Deckung. Das letzte Abenteuer hatte seine Vorsicht verstärkt. Durchaus möglich, daß die Leute in dem Wagen harmlos waren, trotzdem war er nicht geneigt, jemandem blind zu vertrauen.

Der große Cimmerier bewegte sich geschmeidig und lautlos durch den Wald, immer darauf bedacht, durch Büsche oder Stämme geschützt zu sein, damit man ihn vom Wagen aus nicht sah.

Er fand einen hervorragenden Beobachtungsplatz. Hinter einem Busch lagen Fichtennadeln wie ein Polster aufgehäuft. Hier setzte er sich hin. Er wollte eine Zeitlang warten und sehen, was sich beim Wagen so tat.

Nach wenigen Minuten tauchte ein blonder Mann aus dem Gefährt auf. Dann folgte ihm ein zweiter Mann, der einen Umhang mit Kapuze trug. Conan erkannte die Züge des zweiten Manns nicht klar. Doch dann entstieg ein dritter Mann dem Wagen. Dieser bot einen seltenen Anblick; denn er hatte vier Arme.

Während der Cimmerier noch über diese Laune der Natur nachdachte, knarzte und schaukelte der Wagen. Eine riesige Frau schob sich heraus, die Mühe hatte, sich den Kopf nicht am Türrahmen zu stoßen. Als sie sich aufrichtete, sah Conan, daß es Teyle war.

Das Ganze kam ihm äußerst befremdlich vor. Doch dann wunderte er sich noch mehr; denn Oren und Morja, die Jatte-Zwillinge, folgten ihrer Schwester. Dahinter kam eine Frau, deren Haut mit seidigem Fell bedeckt war. Ihr Gesicht glich dem einer Katze. Und dann kletterte noch ein grüngesprenkelter Zwerg heraus, dessen Verwandten Conan vor nicht allzu langer Zeit begegnet war.

Conan sah, wie der Blonde und der Vierarmige die Ochsen holten und vor den Wagen spannten. Als der Mann mit der Kapuze das vordere Rad des Wagens untersuchte, rutschte die Kopfbedeckung nach hinten, und Conan sah ein Gesicht, das ihn an einen Hund erinnerte. Nein, verbesserte er sich in Gedanken, an einen Wolf.

Welch unglaubliche Sammlung merkwürdiger Gestalten! Alle unter dem Dach eines einzigen Wagens. Was hatte das zu bedeuten?

»Findest du Mißgeburten interessant?« fragte plötzlich jemand hinter Conan.

Der Cimmerier fuhr herum und zückte dabei das Schwert.

»Nein, so nicht!« sagte der Mann. Dann murmelte er etwas, das Conan nicht verstand, und machte eine schwungvolle Handbewegung.

Conan sprang näher und hob das Schwert. Wie war es dem Kerl gelungen, sich hinter ihn zu schleichen, ohne daß er ihn gehört hatte? Nur wenige Menschen hatten es bisher geschafft, sich unbemerkt so nahe an ihn heranzuschleichen, und dieser Mann sah keineswegs außergewöhnlich aus. Er war dunkelhäutig, mit schwarzem Haar und langem Schnurrbart. Conan senkte das Schwert nicht, obgleich er keine Waffen bei dem Fremden sah.

»Steck das Ding weg!« sagte der Mann. Dem Ton nach war es keine Bitte, sondern ein Befehl. Conan lachte laut auf.

Doch dann erstarb ihm das Lachen im Hals. Eiseskälte packte ihn. Seine Arme gehorchten dem Befehl des Fremden. Der Cimmerier hatte das Gefühl, als hätte man ihm Bleibarren an die Handgelenke gebunden.

Conan wehrte sich gegen die unglaubliche Kraft, die an ihm zerrte. Schweißperlen traten ihm auf das Gesicht. Einen Augenblick lang blieb das Schwert in der kühlen Morgenluft regungslos stehen.

Der Fremde runzelte die Stirn.

Die Klinge zitterte. Obwohl Conan sich mit der geballten Kraft seiner Schultern und Arme dagegenstemmte, senkte sich die Schwertspitze und näherte sich der Scheide.

Der Cimmerier sah sich zu, wie er die Waffe in die

Scheide steckte. Es war, als gehörten die Arme einem anderen.

»So ist es viel besser«, sagte der Mann und grinste.

In diesem Augenblick kam Conan die Erkenntnis, was geschehen war: Magie! Der Mann hatte einen Zauber auf ihn geworfen.

Der Cimmerier lachte grimmig und streckte die Hände aus, um den Zauberer zu erwürgen; aber die Luft schien sich zu verdichten und wurde zu einer Barriere, die Conan nicht durchdringen konnte.

»Du verschwendest nur Zeit«, sagte der Mann. »Ich bin Dake, und du wirst mir gehorchen, ob du willst oder nicht.«

Conan gelang ein Schritt nach vorn. Vor Anstrengung wurde sein Gesicht hochrot.

»Du bist sehr stark«, bemerkte Dake. »Vielleicht lasse ich dich vorerst leben. Mir wird schon etwas einfallen, wie du mir nützlich sein kannst. Wie heißt du?«

Conan war jetzt klar, daß er den Zauberer nicht angreifen konnte; daher gab er das Bemühen auf. Aber sprechen wollte er mit dem Schurken auch nicht. Er hielt die Lippen fest geschlossen. Doch dieselbe Kraft, die ihn gezwungen hatte, das Schwert in die Scheide zu stecken, zerrte an seiner Zunge.

Ein Dutzend Herzschläge gingen vorbei.

»Conan«, hörte er sich sagen.

»Na schön, Conan, komm mit!«

Dake ging am Cimmerier vorbei auf den Wagen zu.

Obwohl ihm die Fruchtlosigkeit der Bemühungen klar war, versuchte Conan Widerstand zu leisten. Doch es half nichts. Wie eine Marionette folgte er dem Zauberer. Er konnte die Füße nicht steuern. Der Bannzauber wurde kräftiger, je mehr der Cimmerier sich dagegen sträubte. Wie ein Hund an der Leine lief er hinter Dake her.

Conan war jetzt sicher, daß Dake es mit Hilfe von

Magie geschafft hatte, sich unbemerkt an ihn heranzuschleichen. Teyle und die Zwillinge standen wohl unter einem ähnlichen Zauberbann. Conan fragte sich, wie viele dieser seltsamen Wesen, die beim Wagen standen, unter dem Fluch des Zauberers litten.

Nun, er würde es bald erfahren.

Wie es aussah, war sein fester Plan, sich durch nichts vom geraden Weg nach Shadizar abbringen zu lassen, soeben wieder durchkreuzt worden.

Als Fosull mit seinen Kriegern das Ende das Sumpfs erreicht hatte, ohne eine Spur von den Nichtsumpfbewohnern oder seinem Sohn Vilken zu entdecken, fühlte er sich wie auf die Hörner des Unglücks gespießt. Es war für ihn sehr gefährlich, außerhalb des Sumpfgebiets herumzulaufen. Die Menschen dort waren nicht tolerant, wie die Varg im Lauf der Jahre schmerzlich hatten lernen müssen. Eine Gruppe seiner Leute rief mit Sicherheit einen Angriff hervor. Während die Varg sich gegen einen einzelnen Banditen oder einen vorwitzigen Bauern verteidigen konnten, waren sie gegen die Überzahl der Nichtsumpfbewohner völlig machtlos. Fosulls Großvater hatte während der großen Dürre vor über vierzig Jahreszeiten hundert Krieger auf der Suche nach Nahrung aus dem Sumpf herausgeführt. Er war nur mit der Hälfte der Leute zurückgekehrt. Offenbar lautete die Philosophie der Nichtsumpfbewohner: Wenn jemand anders ist als ich, dann muß ich ihn sofort töten.

Was konnte Fosull jetzt tun? Er wollte nicht, daß seine Krieger abgeschlachtet wurden. Aber er konnte nicht damit rechnen, ihre Achtung zu behalten, wenn er die Häscher seines Sohnes ungestraft davonkommen ließ. Fosull war sich bewußt, daß er älter wurde und nicht mehr der starke Varg wie früher war. Er traute sich zwar noch zu, jeden anderen Varg im Stamm zu besiegen; aber er war sich seiner Sache dabei keineswegs *sicher.* Gewiß würden alle es als Schwäche auslegen, wenn er zuließ, daß sein Sohn von Fremden entführt wurde, ohne daß er alles in seiner Macht Stehende tat, um das Kind zurückzubringen. Jedes Anzeichen der Schwäche rief jedoch unweigerlich Herausforderer auf den Plan. So war es nun einmal bei den Varg.

Fosull wünschte diese Nichtsumpfbewohner in die tiefsten Abgründe der Hölle.

Es mußte etwas geschehen! Während Fosull sich noch dagegen sträubte, die Wirklichkeit anzuerkennen, mußte er handeln. Fünfzehn Varg könnten außerhalb des Sumpfs nie und nimmer unbemerkt umherlaufen. Ein einzelner vielleicht.

Fosull rief die Krieger zusammen. »Kehrt zurück in unseren Bau. Ich werde Vilken allein zurückholen.«

»Aber, o Führer!«

»Als Gruppe fallen wir nur unnötig auf und werden mit Sicherheit angegriffen. Allein kann ich allen neugierigen Augen entgehen.«

»Aber – aber der rote Dämon!«

»Ich bin Fosull. Ich fürchte mich vor keinem Varg, keinem Nichtsumpfling oder Dämon. Tut, was ich euch befehle!«

Widerstrebend gehorchten die Varg ihrem Führer. Sie raunten sich zu, wie tapfer Fosull sei, weil er so ein Unterfangen ganz allein auf sich nehme. Fosull wußte, daß er – falls er das Ganze überlebte – so viel Achtung genießen würde, daß es bis zu seinem Lebensende reichte. Wer würde je einen Varg herausfordern, der es gewagt hatte, außerhalb des Sumpfs gegen einen Dämon anzutreten, der größer als ein Jatte war?

Fosull war von diesem Gedanken alles andere als begeistert; aber er hatte bereits einen Plan geschmiedet. Im Sumpf waren die grüngefleckten Varg von Natur aus getarnt. Sie konnten mit dem Hintergrund verschmelzen und jedem fremden Auge unentdeckt bleiben. Die Menschen, die nicht im Sumpf lebten, waren unterschiedlich groß. Manche waren nicht größer als Fosull, besonders die Kinder. Es gab immer Mittel und Möglichkeiten, sich zu verkleiden.

Ja, Fosull war sicher, es gab immer eine Möglichkeit.

ZWÖLF

Hinten am Wagen befand sich eine kurze Leiter, auf der Dake zu einem Tragebalken des Dachs hinaufsteigen konnte, wenn er Lust hatte, die Welt von oben zu betrachten. Das Zeltdach hätte sein Gewicht nicht getragen, aber der Balken war dick und stark genug. Dake genoß das Gefühl der Überlegenheit, hoch über allen anderen zu sein, wenn er sich die Sonne ins Gesicht scheinen ließ.

Dake fand, daß er guten Grund hatte, sich überlegen zu fühlen.

Dieser Neuzugang Conan, der Bursche mit den Muskeln, hatte ihn auf neue Gedanken gebracht. Die meisten Bewohner der Dörfer, wo der Zauberer seine Mißgeburten vorführte, waren schlichte Gemüter. Eine Katzenfrau oder ein vierarmiger Mann lockte stets Neugierige an; aber mit diesen Vorführungen machte Dake nur wenig Gewinn. Einige Kupfermünzen von hundert Seelen brachten kein Vermögen ein.

Dake hatte seine Börse damit aufgebessert, daß er seine Geschöpfe auf andere Art einsetzte. So manches verborgene Silberstück war zum Vorschein gekommen, weil ein Mann neugierig war, wie es wohl wäre, mit einer Katzenfrau zu schlafen. Penz verstand es, meisterhaft mit dem Seil umzugehen, und hatte schon viele Wetten gewonnen, wenn ein Dörfler meinte, er könne ebenfalls Dinge mit der Schlinge einfangen. Dake überlegte, daß der grüne Zwerg wohl die Bauern im Speerwurf besiegen könne. Die Riesin würde bei so manchem Mann Lust wecken; aber er mußte vorsichtig sein, daß sie nicht schwanger wurde, denn ein Miniaturriese würde niemanden beeindrucken.

Selbst im kleinsten Weiler war die Lieblingsbeschäftigung das Glücksspiel. An Orten, wo Männer hart arbeiteten, um das Land zu bestellen oder auf die Jagd zu gehen, liebte man es, Wetten abzuschließen, bei denen es um persönliche Kraft ging. Ringkämpfe waren Gelegenheiten, bei denen auch das einfache Volk gern ein paar Münzen wagte. Dake hatte gesehen, daß fünfzig Silberlinge, einmal sogar Goldmünzen, bei einem Ringkampf den Besitzer wechselten. Das war in einem Dorf geschehen, wo die armseligen Hütten und das karge Ackerland ihm kaum einige Kupferlinge wert erschienen waren.

Wenn er also einen Herausforderer anbot, der stark und behende war, konnte er viel Geld machen. Sicher, sobald sie Shadizar erreichten, würden die Monstrositäten allein so viele Zuschauer anlocken, daß er keinen Kämpfer mehr brauchte. Aber andererseits hatten die Diebe in Shadizar mehr Geld, um es zu verwetten, als Bewohner anderer Städte. Außerdem war ein Mann mit einem starken Schwertarm, der darüber hinaus durch den Zauber ein willenloser Sklave war, ein ausgezeichneter Bewacher der Reichtümer, die Dake erwerben wollte.

Dake mußte jedoch erst noch feststellen, wie fähig dieser junge Conan war. Nur aufgrund des Äußeren durfte man die Eigenschaften eines Manns nicht beurteilen, obgleich der Bursche kräftig, gesund und wild aussah. Dake mußte ihn auf die Probe stellen, ehe sie das nächste Dorf erreichten.

Dake lächelte. Er war wieder einmal äußerst zufrieden mit sich. Ein kluger Kopf kam eben immer an die Spitze, wenn er den Verstand richtig gebrauchte.

Conan musterte im Innern des Wagens seine Mitgefangenen. Aus der Nähe waren diese Wesen nicht weniger seltsam als aus einiger Entfernung. Die Katzenfrau saß neben dem Vierarmigen. Die beiden flüsterten. Der Wolfmann hatte die Kapuze ins Gesicht gezogen und schwieg. Der grüne Zwerg kratzte sich unter den Beinkleidern und grinste, so daß man die kleinen spitzen Zähne sah. Die drei Riesen machten traurige Gesichter. Im Augenblick fuhr der blonde Mann den Wagen, der als einziger nicht unter dem Bann des Zauberers zu stehen schien.

Teyle lag ausgestreckt auf einer provisorischen Matratze. Sie hatte sich auf einen Ellbogen aufgestützt und schaute zu Conan auf. »Bist du ohne fremde Hilfe dem Käfig meines Vaters entkommen?«

»Ja.«

»Ich bin beeindruckt.« Nach einer kurzen Pause fuhr sie fort: »Ich bin froh darüber.«

Der Cimmerier war überrascht. »Warum?«

Sie blickte im Wagen umher. »Ich wußte bis jetzt nicht, wie es ist, gefangen zu sein, und empfinde es als sehr unangenehm.«

Conan nickte, sagte jedoch nichts. Ja, Teyle hatte recht. Obwohl er schon mehrmals gegen seinen Willen festgehalten worden war, fand er diesen Zustand jedesmal wieder gräßlich. Sklaverei war schlimm für jeden Mann – oder für eine Frau.

»Was weißt du über den Mann, der sich Dake nennt?« fragte Conan.

»Er hat magische Kräfte«, antwortete Teyle.

»Ach was? Sag mir lieber, was ich noch nicht weiß.«

»Er bringt uns nach Shadizar, um uns dort als Mißgeburten und Launen der Natur zur Schau zu stellen. Dann will er uns irgendwie kreuzen, um neue Exemplare zu züchten.«

»Hat er dir das erzählt?«

»Nein, aber sein Lakai, der blonde Kreg, hat damit geprahlt. Und Tro, Sab und Penz haben diesen Plan bestätigt.«

Jetzt stellte Teyle dem Cimmerier die anderen Gefangenen vor. Der grüne Winzling hieß Vilken.

Conan mußte diese Neuigkeiten erst mal verdauen.

»Eine Flucht ist unmöglich«, erklärte Penz gleichsam als Antwort auf Conans unausgesprochene Frage. »Der Zauber Dakes ist sehr mächtig. Damit sind wir an ihn gebunden. Wir können ihn nicht verletzen oder uns seinen Befehlen nicht widersetzen.«

Conan nickte. Ja, er hatte sich mit aller Kraft gewehrt; aber gegen den Zauber war er ohnmächtig gewesen.

»Ich bin seit fünf Jahreszeiten Dakes Gefangener«, fuhr Penz fort. »Tro und Sab seit drei. In der ganzen Zeit ist der Zauber nicht schwächer geworden. Wir können gegen Dake nichts unternehmen.«

»Aber mein Vater kann es«, mischte sich Vilken ein und zeigte wieder die spitzen Zähne.

Conan blickte den grünen Zwerg an, der unangenehm scharf roch. »Dein Vater?«

»Ja, er ist der Führer unseres Stamms. Er wird kommen und mich befreien.«

»Wieso bist du so sicher?«

»Er kann nicht Führer bleiben, wenn er das nicht tut.«

Conan fand diese Erklärung einleuchtend.

»Und *unser* Vater kommt auch«, erklärte Oren. Seine Schwester Marja nickte bekräftigend.

Der Cimmerier schaute Teyle an. »Davon bin ich auch überzeugt. Unser Vater kann nicht zulassen, daß der Außenwelt bekannt wird, wo unser Dorf liegt. Außerdem ließe er niemals drei Kinder entführen, ohne den Versuch zu wagen, sie zu retten.«

»Hm«, meinte Conan. »Für grüne Zwerge und Riesen ist es schwierig, an Orten umherzulaufen, wo Menschen meiner Größe leben.«

»Mein Vater ist der klügste von allen Varg«, erklärte Vilken stolz.

»Und mein Vater ist doppelt so klug wie deiner, du Raubtier«, widersprach Oren.

Vilken zeigte die Zähne und wollte den jungen Riesen angreifen.

»Halt!« befahl Conan.

Die beiden schauten ihn verdutzt an.

»Wir erreichen gar nichts, wenn wir uns gegenseitig bekämpfen.«

»Varg sind aber nichts anderes als wilde Tiere!«

»Und Jatte sind blöde Fleischberge!«

»Es reicht!«

Der Riesenjunge und der Varg funkelten sich haßerfüllt an. Dann fuhr Vilken den Cimmerier an: »Wer hat dich überhaupt zu unserem Führer gewählt, daß du uns Befehle gibst?«

Conan lächelte bedrohlich und ballte eine Faust. »Ich habe mich selbst gewählt, weil ich keine Lust habe, den Rest meines Lebens als Gefangener zu verbringen. Dakes Zauber hindert mich nicht daran, für Ruhe zu sorgen.«

Die beiden Kampfhähne hielten es offenbar für besser, nicht länger zu widersprechen. Stillschweigend setzten sie sich wieder.

»So«, sagte Conan, »und jetzt will ich alles über Dake und seinen Hund Kreg wissen.«

Raseri hatte mehrere Möglichkeiten durchdacht, wie er die Schurken verfolgen sollte, die seine Kinder entführt hatten. Schließlich blieb ihm ein Plan, den er für den vernünftigsten hielt. Er schickte seine Begleiter zurück ins Dorf, verließ allein den Sumpf und trat hinaus auf die Straße der kleinen Menschen. Logik sagte dem Riesen, daß er am besten nachts marschierte und mit den Menschlein nur Kontakt aufnahm, wenn es unbedingt nötig war und er Erkundigungen wegen der Flüchtigen einholen mußte. Ein einzelner Riese würde Aufsehen erregen und für Gesprächsstoff sorgen, aber längst nicht so sehr wie eine Gruppe von Giganten. Raseri hegte die Hoffnung, daß er schneller als die Neuigkeiten vorwärtskäme.

Natürlich war es nicht ungefährlich, nachts unterwegs zu sein; aber ein Jatte mit Speer und Dolch aus Obsidian hatte wenige Raubtiere zu fürchten. Tagsüber wollte er schlafen und sich vor den Menschlein verstecken. Wichtig war, daß er die Spuren nicht verlor. Das war in der Dunkelheit schwieriger als am Tag; aber Raseri ging davon aus, daß die Gesuchten nicht so schnell die Richtung ändern würden. Ab und zu müßte er sich bei den Menschen vergewissern, daß er den Schurken noch auf den Fersen war. Bei diesen Fragen würde es ihm helfen, daß seine Kinder ebenfalls so auffällig wie er waren.

Sobald er die Entführer eingeholt hätte, würde er einen genauen Schlachtplan entwerfen, wie er seine Kinder zurückbekam. In großen Zügen stand dieser Plan allerdings fest: die Menschen töten und mit den Kindern zurückkehren ins Dorf.

Raseri suchte sich einen schattigen Platz, wo er vor den Augen zufällig vorbeikommender Reisender sicher war. Dort verzehrte er Hasenbraten und getrocknete Früchte, die er mitgebracht hatte. Danach wollte er bis zum Einbruch der Nacht schlafen.

Im großen und ganzen war Raseri mit seinem Plan zufrieden. Er war nicht zu schwierig und gestattete ihm, davon abzuweichen, wenn es nötig war. Ruhig schlief Raseri ein.

Fosull war bereits den ganzen Vormittag über unterwegs, als er feststellte, daß diejenigen, die er verfolgte, plötzlich mit einem Wagen weitergefahren waren. Eigentlich erleichterte das die Verfolgung, da die tiefen Eindrücke der Räder einfacher als die Fußspuren zu erkennen waren. Offenbar handelte es sich um ein sehr großes Gefährt, das auf der Straße bleiben mußte. Solange das Wetter trocken blieb, konnte ein Varg mit Fosulls Fähigkeiten diesen Furchen bis ans Ende der Welt folgen.

Aufschlußreich war die Tatsache, daß die Entführer seines Sohns mit drei Jatte reisten. Einer Frau und zwei Kindern. Obwohl die Fußspuren letzterer so groß wie die der Menschen waren, ließ Fosull sich nicht täuschen, was vielleicht einem weniger erfahrenen Fährtenleser passiert wäre; denn er kannte die Fußbekleidung der Jatte so gut wie seine nackten Zehen. Wenn das keine Jatte-Fußspuren waren, würde er jederzeit aufs Grab seines Vaters spucken!

Fosull hielt es für unwahrscheinlich, daß diese Jatte freiwillig mitgegangen waren. Jatte mochten Nichtsumpfbewohner noch weniger als die Varg. Sie aßen nicht einmal diejenigen, welche sie fingen und töteten.

Wirklich eine üble Sache, dachte Fosull. Diesen Menschen war es gelungen, gleichzeitig Jatte und einen Varg zu entführen.

Jedesmal, wenn Fosull sah, daß ihm jemand entgegenkam, verließ er rasch die Straße und versteckte sich.

Dann gelangte der Varg zu einer Weggabelung. Er wählte den rechten Weg, der zu einer kleinen Ansiedlung von Nichtsumpfbewohnern führte, obgleich er damit die Wagenspuren verließ.

Die wenigen Häuser bildeten nicht einmal ein Dorf. Selbst der Name Weiler wäre geschmeichelt gewesen. Fosull schlich sich vorsichtig hinein und war bedacht, immer den Wind von vorn zu haben, damit die Hunde ihn nicht witterten. Dann fand er, was er gesucht hatte.

In der Sonne hingen Kleidungsstücke von Nichtsumpfbewohnern an einer Leine. Der Varg sprang hinzu und riß ein Gewand mit Kapuze von der Hanfleine. Im nächsten Augenblick war er wieder verschwunden. Ein Hund hatte ihn aufgespürt und schickte ihm wütendes Gebell hinterher; aber der Varg war schon weit weg, als eine Frau aus dem Haus trat, um nach dem Grund des Bellens zu sehen. Fosull hatte keine Angst. Sollte der Hund ihm tatsächlich nachsetzen, würde er mit ihm fertig werden. Vor Höllenhunden hatte er Respekt, nicht aber vor gewöhnlichen Dorfkötern.

Als er ein gutes Stück vom Weiler entfernt war, kam er an einen kleinen Teich. Dort betrachtete er seine Beute genauer. Der Stoff war rauh und heimgesponnen. Das ursprüngliche Braun war durch vieles Waschen sandfarben geworden. In wenigen Minuten hatte Fosull Ärmel und Länge des Gewands gekürzt, damit es nicht auf dem Boden schleifte. Er streifte es über. Wenn er die Kapuze tief ins Gesicht zog, sah man nur noch Hände und Füße des Varg. Fosull nahm Schlamm vom Rand des Teichs und schmierte ihn sich auf Hände und Füße. Jetzt waren sie nicht mehr grün, sondern graugesprenkelt. Bei den Nichtsumpfbewohnern gab es auch Geschöpfe in Fosulls Größe: Kinder und Kleinwüchsige; aber keiner hatte grüngefleckte Haut. Fosull war einigermaßen zufrieden mit seinem Werk. In dem Gewand und mit den schlammbepackten Händen und Füßen konnte er sich sicherlich durchmogeln. Er hatte nicht vor, den Nichtsumpfbewohnern Gelegenheit zu genauer Musterung zu geben.

Fosull kehrte in dieser Verkleidung auf die Hauptstraße zurück und nahm die Verfolgung der Entführer seines Sohnes wieder auf. Die tiefen Wagenspuren wiesen ihm den Weg.

Dreizehn

Conan wachte schweißgebadet auf, als der Wagen anhielt.

Die dichte Zeltbahn des Dachs hielt zwar die heißen Sonnenstrahlen ab, saugte jedoch die Hitze in sich auf. Im Innern des Gefährts war es drückend heiß und stickig. Kein Luftzug brachte Kühlung.

Alle Bemühungen waren ergebnislos geblieben, mit denen sich der Cimmerier hatte von Dakes Zauberbann befreien wollen. Auch nach dem Aufwachen stellte er wieder seinen Willen gegen die Magie des Zauberers auf die Probe. Er befahl seinen Beinen, ihn vom Wagen fortzutragen.

Aber er hatte kein Glück. Der Bann hielt ihn fester als dicke Stricke. Hanfseile gaben zumindest ein wenig nach; aber dieser Fluch fühlte sich immer noch so an wie in der Sekunde, als er damit belegt worden war.

»Alle raus!« brüllte Kreg.

Langsam kletterten alle aus dem Wagen. Eine leichte Brise wehte an diesem sonnigen Nachmittag und blähte die rabenschwarze Mähne des Cimmeriers. Er genoß die Erfrischung nach der stickigen Luft im Wagen. Links von der Straße lag ein Wäldchen, rechts waren große Steine auf kahlem roten Boden zu sehen.

Der verhaßte Sklaventreiber Dake stand da und grinste seine Gefangenen an.

»Ich habe eine kleine Unterhaltung für euch vorbereitet«, sagte er. »Obgleich unser Neuzugang von der Natur nicht mit außergewöhnlicher Größe oder Häßlichkeit ausgestattet ist wie ihr anderen, strahlt er dennoch einen gewissen primitiven Charme aus.« Er lächelte Conan aufreizend an, doch dieser blickte ihn nur eiskalt an. »Barbaren sind für gewöhnlich gute Kämpfer. Große Muskelpakete bedeuten nicht immer große Kraft; doch unsern Conan hier halte ich für keinen Schwächling.«

Conan musterte die Gefährten. Penz machte ein ausdrucksloses Gesicht. Vilken grinste und zeigte wieder die spitzen Zähnchen. Die Katzenfrau und der Vierarmige betrachteten Dake mit leichter Besorgnis. Die Riesenkinder schauten neugierig drein. Teyle überragte alle. Sie hatte die Arme unter den üppigen Brüsten gekreuzt.

»Da, siehst du den Felsbrocken, Conan?« fragte Dake. »Bring ihn mir!«

Der Cimmerier wehrte sich mit aller Kraft gegen die Magie; aber es war, als gehörten seine Beine jemand anderem. Er schritt zu dem unförmigen Felsbrocken, der ihm bis an die Knie reichte und so breit wie seine Schultern war. Dann ging er in die Hocke, umfaßte den Stein mit beiden Armen und preßte ihn an sich. Unter Einsatz der kräftigen Schenkel und Hüften zog er den Stein aus dem staubigen Boden und richtete sich langsam auf. Conan schätzte, daß der Felsbrocken soviel wie er selbst wog.

Dann ging der Cimmerier zurück zu Dake. Kreg stand neben seinem Meister und starrte mit ungläubigen Augen auf Conan.

»Sehr gut«, sagte Dake. »Du kannst ihn jetzt absetzen.«

»Wo?«

»Nun, wo du willst. Das spielt keine Rolle.«

Am liebsten hätte Conan den Felsbrocken auf den Zauberer geschleudert. Dake hatte dem Cimmerier zwar die Wahl gelassen, wo er den Stein abladen wollte; aber das schloß nicht die Stelle ein, wo der Sklavenhalter stand. In ohnmächtiger Wut mußte Conan erkennen, daß es ihm nicht möglich war, den Feind zu zerschmettern. Da schleuderte er den Stein auf Kreg.

»Sets Gemächt!« kreischte der Blonde und sprang zurück. Beinahe wäre er gestolpert. Doch im letzten Moment konnte er vermeiden, daß der Stein ihn plattwalzte. Beim Aufprall wirbelte der Felsbrocken eine dicke Staubwolke auf.

»Du – du Narr! Beinahe hättest du mich getroffen!«

Conans Grinsen war ebenso wölfisch wie das von Penz, der wie alle anderen über Kregs Angst hämisch grinste.

Auch Dake konnte sich eines Lächelns nicht erwehren. »Nicht übel; aber ich bin sicher, daß du mehr vermagst. Hol mir jetzt den Stein dort drüben!«

Conans Grinsen verflog, als er den Brocken sah, den Dake ihm zeigte. Dieser Stein war größer als der erste und wahrscheinlich anderthalbmal so schwer wie der Cimmerier. Allerdings schien er nicht im Boden zu stecken.

Conan ging zu dem Findling, der wie ein mißgestalteter Pilz aussah. Mit aller Kraft packte er ihn unter der Kappe und hob ihn hoch. Seine Muskeln schienen zu bersten bei dieser Anstrengung. Doch schließlich trug er den Stein schweren Schritts zurück zu Dake, ohne daß der Stein auf der Erde dahinschleifte.

»Ausgezeichnet! Stell ihn ab!« befahl Dake. Er blickte seinen Assistenten an, dann den Cimmerier. »Gleich hier! Aber nicht zu nahe bei Kreg, damit du ihm nicht wieder Todesangst einjagst.«

Kreg funkelte Conan wütend an, als dieser den Stein ablegte.

»Nun, noch einen! Diesen dort!«

Conan folgte Dakes ausgestrecktem Zeigefinger.

Dieser Findling war größer als Conan und mindestens doppelt so schwer wie er. Außerdem war er glatt und lief nach oben spitz zu, so daß er wenig Halt bot. Conan schüttelte den Kopf, obwohl seine Füße bereits Dakes Befehl ausführten. »Ich habe keine Ahnung, wie ich diesen Brocken hochbekomme«, sagte er.

»Aber du mußt es versuchen.«

Wut flackerte in den eisblauen Augen des Cimmeriers auf. Er spürte, wie sie so heiß in ihm aufstieg, daß er glaubte, seine Haut werde verbrennen. Nein, er konnte es nicht ertragen, wie ein Hund herumkommandiert zu werden!

Einen Augenblick lang spürte Conan, wie der Bann etwas schwächer wurde, der ihn so willenlos machte. Es währte nur eine Sekunde lang, aber immerhin! Conan zeigte keine Spur von der Freude und der Hoffnung, die er empfand. Irgend etwas hatte den Fluch beeinflußt – aber was? Darüber mußte er später nachdenken.

Jetzt stand er wieder ganz unter dem Bann.

Conan betrachtete den Findling. Das war keine leichte Aufgabe. Der glatte Fels bot nirgends Halt und war zu groß, als daß er ihn hätte mit den Armen umschlingen können. Der Cimmerier dachte kurz über die Aufgabe nach. Dann hatte er eine Idee.

Er stemmte sich gegen die Spitze des Steins, bis dieser etwas schief stand. Dann trat er auf die andere Seite und drückte ebenfalls dagegen. Das Ganze wiederholte er mehrmals. Langsam lockerte sich der Findling. Conan wußte, daß der exakte Zeitpunkt lebenswichtig war. Als der gewaltige Stein das Gleichgewicht verlor, lief er schnell hinzu und schob den Rücken darunter.

Jetzt ruhte der Findling teilweise auf Conans Rücken, teilweise noch auf dem Boden. Ganz vorsichtig beugte sich der Cimmerier nach vorn, so daß immer mehr Gewicht auf ihm lag. Gleichzeitig ging er in die Knie. Jetzt diente sein Rücken als Hebepunkt. Der Stein senkte sich und kam zum Stillstand. Conan bemühte sich langsam, das Gleichgewicht herzustellen, und legte die Arme seitlich um den dicken Brocken auf dem Rücken und den Schultern.

Jetzt lag der Stein frei auf ihm. Conan merkte, daß er das Gewicht ziemlich unterschätzt hatte. Wenn er stolperte und fiel, würde der Findling ihn erdrücken.

Dann ging er langsam, aber sicher zurück zu Dake.

»Erstaunlich«, meinte der Sklavenhalter. »Ich hätte nicht gedacht, daß du das schaffst. Leg den Stein ab. Ich will nicht, daß du dir weh tust.«

Conan richtete sich etwas auf und ließ den Stein nach hinten rutschen. Es sah so aus, als werde er umfallen, aber nach kurzem Schwanken blieb der riesige Findling in leichter Schräglage aufrecht stehen.

»Sab, Penz, Kreg, kommt zu mir!«

Der Vierarmige und der Wolfmann liefen zu ihrem Meister. Der Blonde folgte ihnen.

»Hebt den Stein hoch!«

Die drei versuchten auf der glatten Oberfläche des Findlings Halt zu finden, doch vergebens.

»Dann legt ihn schräg wie Conan!«

Sie versuchten es; aber als der Stein aus dem Gleichgewicht geriet, konnten sie ihn mit vereinten Kräften nicht halten. Eine große Staubwolke wirbelte auf, als der Findling auf die Erde fiel.

»Das ist genug«, erklärte Dake. Dann wandte er sich an den Cimmerier. »Du bist sehr stark, Conan. Kannst du ringen?«

»Ja«, antwortete Conan widerwillig.

»Und hast du auch eine Ahnung vom Kampf mit den Fäusten?«

»Etwas.«

»Bist du ein Experte in einem von beiden?«

»In beidem.«

»Gut, gut! Wir werden jedes Dorf von hier bis Shadizar ausnehmen! Mit dir als meinem Champion werden wir bestimmt reich sein, wenn wir in der Stadt der Diebe eintreffen.«

Conan schwieg. Die Aussicht, bei Wetten zu kämpfen, behagte ihm ganz und gar nicht. Noch schlimmer war es für ihn, daß Magie ihn zu einer willenlosen Kampfmaschine gemacht hatte. Aber andererseits war es besser, wenn Dake ihn als Kämpfer schätzte, als wenn er ihn für nutzlos gehalten und getötet hätte. Solange man lebte, hatte man immer eine Gelegenheit, zu entkommen und sich bitter zu rächen. Tot mußte man in die Grauen Länder ziehen. Da der Cimmerier mittels Magie dort bereits einen Besuch abgestattet hatte, wußte er, daß das schlimmer als jeder Kampf in den Dörfern war.

Ja, er würde kämpfen, wenn es sein mußte! Aber er wünschte sich sehnlichst, gegen Dake antreten zu können.

Fosulls Plan glückte besser, als er gedacht hatte. Die wenigen Nichtsumpfbewohner, denen er begegnete, musterten ihn zwar neugierig oder machten Bemerkungen über seine Größe, belästigten ihn jedoch nicht. Vielleicht weil sie sahen, daß seine Speerspitze scharf und durch häufigen Gebrauch glatt war. Ein kleiner Mann mit einem Speer ist schließlich einem großen ohne Waffen ebenbürtig. Jedenfalls sah Fosull das so.

Als die Sonne vom höchsten Thron herablächelte, tauchte hinter dem Varg ein Wagen mit Holzfässern auf der Straße auf. Vier Ochsen zogen ihn. Ein fetter Nichtsumpfling saß auf dem Bock, dessen Haare und Bart wie rote Dornen in alle Richtungen standen.

Fosull trat beiseite, um den Wagen passieren zu lassen. Aber der rothaarige Fettsack, dessen ledernes Fransenhemd und dessen Beinkleider ebenso fettig wie die Haare waren, hielt an.

»He, Kleiner.«

»He!« rief Fosull mißtrauisch zurück. Warum hatte der Kerl angehalten?

»Willst du nach Elika?«

Fosull hatte keine blasse Ahnung, wo Elika lag, er wußte nicht einmal, was es war; aber es erschien ihm sinnvoll, irgendwohin zu wollen. »Ja«, antwortete er unter der Kapuze hervor.

»Na, dann steig auf und fahr mit. Ich bin ebenfalls auf dem Weg in dieses Nest und würde mich freuen, Gesellschaft zu haben.«

Der Varg dachte über den Vorschlag kurz nach. Die Spuren des Wagens, dem er folgte, führten ebenfalls geradeaus. Besser schlecht gefahren als gut gelaufen! Der Dicke schien freundlich zu sein. Fosull kletterte neben ihn auf den Bock.

Freund Fettsack trieb die Ochsen an, und der Wagen rollte weiter.

»Ich bin Balor der Weinhändler, Kleiner.«

»Fosull.«

»Freut mich, Fosull.«

Sie fuhren eine Zeitlang dahin. Balor bestritt den größten Teil der Unterhaltung. Offenbar war er zufrieden, wenn Fosull ab und zu nickte oder ein ermutigendes Wort einwarf.

»Natürlich gibt es hier auch Banditen«, erklärte Balor. »Deshalb habe ich auch mein eisernes Spielzeug immer griffbereit.« Er holte unter dem Sitz eine Streitaxt mit kurzem Stiel hervor. Die Waffe hatte schon viele Jahre und Kämpfe hinter sich, wie man an den vielen Scharten und dem abgenützten Stiel sah. Trotz der Rostflecken war die Klinge mit Sicherheit wirkungsvoll. Fosull packte den Speer fester; aber Balor schob die Streitaxt wieder unter den Sitz und lachte.

»Aber in letzter Zeit haben die Kerle schwer nachgelassen. Bestimmt hast du gehört, daß eine ganze Bande vor wenigen Tagen auf der Corinthischen Straße getötet wurde.«

Nein, Fosull hatte das nicht gehört. Die nächste halbe Stunde ließ Balor sich über alle Einzelheiten dieses Massakers aus. Er erzählte, daß der übelste Bandit in den Bergen getötet worden war. An den Resten, die Wölfe und Geier übriggelassen hatten, sah man, daß die meisten durch das Schwert umgekommen waren. Allerdings hatte einer ein Loch im Bauch, das so groß wie der Unterarm eines Mannes war. Und woher konnte eine solche Wunde stammen?

Fosull gestand, daß er das nicht wußte. Jetzt zählte Balor auf, welchen Wunden die vielen Menschen erlegen waren, die er bis jetzt im Leben gesehen hatte.

Ja, der Dicke hatte soviel Luft wie ein schnelles Reh im Frühling. Er schien beim Reden kaum atmen zu müssen. Aber solange Fosull in Begleitung eines dieser Menschen war, ließen ihn die anderen in Ruhe. Und wie gesagt: Besser schlecht gefahren als gut gelaufen! Dafür konnte er den geringen Preis zahlen, langweiligen Geschichten zu lauschen.

Der Varg fand sich kurz darauf noch bereitwilliger mit seinem Schicksal ab, als Balor ein Weinfaß vom Wagen holte und anzapfte. Er hasse es, allein zu trinken, meinte er, und Fosull werde ihm doch den Gefallen tun, ein paar Becher eines hervorragenden Jahrgangs mit ihm zu teilen.

Fosull kam dem Wunsch gern nach.

Je mehr Becher des wirklich köstlichen Weins die beiden leerten, desto angenehmer wurde die Fahrt. Es war erstaunlich, wie das Produkt der Rebe die Stimmung beschwingte.

Fröhlich schlug der Varg seinem neuen Reisegefährten auf den Rücken.

Ja, es war in der Tat erstaunlich!

Raseri besaß leider keine Zauberschuhe, die ihn mit einem Schritt eine Tagereise weit vorwärtstrugen. Trotzdem kam er anderthalbmal so schnell wie ein gewöhnlicher Mensch voran. Bis jetzt hatte ihn noch niemand angesprochen oder ihn aufgehalten. Offenbar wollte sich keiner der kleinen Menschen mit einem Riesen anlegen, der noch dazu mit einem Speer bewaffnet war.

Bis jetzt hatte niemand den Führer der Jatte überholt, und die Menschen, die ihm entgegenkamen, waren bald außer Sicht. Daher hatte auch niemand von einem umherstreunenden Riesen gehört, als Raseri zu einer einsamen und heruntergekommenen Schenke kam, die wie eine Kröte neben der Straße hockte.

Raseri mußte sich tief bücken, um durch die Tür zu kommen. Zu seinem Glück war der Schuppen so roh gebaut, daß er innen offen war und man die Dachbalken sehen konnte. Vor den Fenstern flatterte Ölleinwand. Der Riese konnte aufrecht stehen.

Der Führer der Jatte bemerkte, welche Wirkung sein Erscheinen auf die wenigen Gäste hatte. Auf ihren Gesichtern spiegelten sich Angst, Überraschung und Staunen. Die meisten waren wohl Bauern oder Schafhirten aus der Gegend. Es waren auch zwei Frauen dabei. Die eine war alt und verhutzelt, die andere jünger und aufreizend gekleidet. Raseri hielt sie für die Dirne der Herberge. Er hatte viel über die Sitten und Gebräuche der kleinen Menschen erfahren und wußte, daß bei ihnen gewisse Freuden käuflich waren.

»W-was w-willst d-du?«

Raseri schaute auf den Winzling hinab, der über einem Auge eine schwarze Klappe trug und am Kinn und an der Wange tiefe Narben aufwies, wo normalerweise ein Bart wuchs.

»Essen und etwas zu trinken.«

»Wir haben Schaf und Ale. Und W-wein.«

»Das reicht mir.«

Raseri holte aus dem Beutel am Gürtel ein paar der Kupfer- und Silbermünzen, die er über die Jahre den Gefangenen abgenommen hatte. »Ist das genug?«

Habgier blitzte in den Augen des Wirts auf und verriet dem Jatte, was er wissen wollte, noch ehe der Mann sagte:

»Ja, aber sicher!«

»Gib mir soviel, wie diese Münzen wert sind!« befahl Raseri. »Was ich nicht sofort esse, nehme ich mit.«

»Kommt sofort!«

Die jüngere Frau trat zu Raseri. Sie leckte sich die Lippen. »Möchtet Ihr vielleicht noch etwas anderes, Mylord Riese?« Ihre Stimme klang nervös.

»Wovon sprichst du?«

Die Frau deutete auf sich.

Die beiden Männer, die hinter Raseri am Tisch saßen und Ale tranken, lachten laut. Einer sagte: »Feki träumt schon, was?«

»Ich glaube, sie käme damit zurecht. Schließlich hat sie mit mir auch keine Schwierigkeiten«, meinte der andere.

»Ha, ha! Das hätte ein Mäuschen auch nicht!«

Raseri blickte die Frau an. »Ich brauche nur das Essen und eine Antwort. Ein großer Wagen ist vor kurzem hier durchgekommen. Wie lange ist das her?«

Die Frau nickte. »Ja, stimmt. Gestern, am frühen Nachmittag. Der Fahrer war seltsam. Trotz der Hitze trug er Handschuhe und hatte die Kapuze tief ins Gesicht gezogen.«

Der Jatte holte aus dem Beutel mehrere Silbermünzen und gab sie der Frau. »Für deine Mühe.«

Jetzt strahlte ihr Gesicht. »Danke sehr, Mylord Riese.«

Der Wirt brachte Stücke von kaltem, talgigem Hammelbraten und ein Fäßchen Ale. Der Riese verstaute den Proviant in einem Sack, den er über der Schulter trug. Er wollte beim Gehen essen.

Wenn er nur einen Tag hinter dem Wagen zurücklag, konnte er ihn einholen, da Ochsen langsamer waren als er. Wenn er nachts weitermarschierte, konnte er den Abstand noch schneller verringern, denn die kleinen Menschen waren in der Dunkelheit nicht gern unterwegs, nicht einmal auf guten Straßen. Doch was diesen Menschlein Angst einjagte, beunruhigte einen Riesen nicht.

Ja, diese paar Menschen hier in der Herberge hatten vor dem Riesen Angst; aber ein gut bewaffnetes Dutzend von ihnen würde sich nicht fürchten. Nicht immer lag die Stärke in der Größe, manchmal auch in der Zahl.

Raseri ließ die Bruchbude und das Gemurmel der Menschen hinter sich. Er verzehrte das kalte Hammelfleisch und spülte es mit Ale hinunter. Dabei hielt er das Fäßchen wie ein Mensch einen Becher.

Der Führer der Jatte dachte nach. Irgendwie fand er es gar nicht so schlecht, wieder einmal unter den kleinen Menschen zu sein. Er war schon viel zu lange nicht mehr dagewesen, und man konnte immer etwas lernen. Schließlich bedeutete Wissen die höchste Macht.

Vierzehn

Es war mehrere Jahre her, seit Dake das Städtchen Elika besucht hatte, das auf einer Nebenstraße eine halbe Stunde nach Südwesten lag. Das Ungetüm von Wagen hatte Mühe, auf der engen Straße vorwärtszukommen, doch schließlich lag die Kleinstadt vor ihnen, hineingeschmiegt in einer Schleife des Illitese-Flusses, den zahllose Bergbäche von der Südseite des Karpash-Gebirges speisten und der besonders zur Schneeschmelze Hochwasser führte.

Kreg lenkte den knarzenden Wagen durch eine Allee von weißstämmigen Bäumen, die so dicht standen, daß ihre Kronen ein Dach bildeten. Das Land war fruchtbar, das Klima so mild, daß der Haupterwerb der Bewohner der Weinanbau war. Die Elikaner fingen auch regenbogenfarbene Fische im Fluß und bauten verschiedene Getreidesorten und Ackerfrüchte an. Im Vergleich zu anderen Kleinstädten ging es den Elikern nicht schlecht. Man sah viele gutgenährte Menschen. Immer ein verläßliches Zeichen dafür, daß es genügend zu essen gab. Ja, hier wohnten keine besonders reichen, aber auch keine besonders armen Leute.

Als der Wagen ins Städtchen rumpelte, hatte sich die Nachricht von seinem Kommen bereits verbreitet, und viele Neugierige hatten sich versammelt. Männer, Frauen und Kinder.

Dann erschien Dake hinten am Wagen. Sofort lief Kreg herbei und zog eine dicke Planke hervor, die sonst unter dem Wagen versteckt war. Zwei Klappbeine waren daran befestigt. Eilfertig stellte Kreg die schmale Plattform an der rechten Seite des Wagens auf.

Großspurig betrat der Herr der Mißgeburten die Planke und schaute auf die Menge der Neugierigen. Dann begann er sein Spiel.

»Eliker, Freunde, der Herr einmaliger Kuriositäten der Natur ist gekommen, um euch zu eurem Ergötzen unvorstellbare Wunder zu zeigen!« Dake breitete die Arme aus. In wohleinstudierter, theatralischer Geste nahm er die Hände langsam zurück, um die dröhnende Stimme zu unterstreichen.

»Heute abend könnt ihr – für nur wenige Kupferlinge – Dinge sehen, welche kein Sterblicher bisher erblickt hat! Mit euren eigenen Augen könnt ihr den grünen, Menschenfleisch essenden Zwerg aus dem Dschungel des fernen Zembabwi sehen! Oder euch an Tro ergötzen, der Katzenfrau! Oder über Penz staunen. Seine Mutter war eine Wölfin – und sein Vater ein Verbrecher! Ferner könnt ihr den vierarmigen Sab sehen! Und vom Rand der Welt, noch hinter dem fernen Khitai, habe ich euch Riesen mitgebracht!«

Dake musterte die Menge, die ständig größer wurde, und lächelte. »Freunde, unter meinen Riesen ist auch ein Weib von so großer Schönheit und Körperfülle, daß jeder Mann beim Hinschauen blind werden könnte.« Er zwinkerte. Mehrere Männer lachten. Sie hatten verstanden, daß es eine Vorstellung für alle geben würde – und danach eine für Männer, die willig waren, dafür etwas mehr zu bezahlen.

»Abgesehen von diesen Wundern, welche in der gesamten zivilisierten Welt nicht noch einmal zu finden sind, bringe ich euch Conan den Cimmerier, einen barbarischen Kämpfer aus dem eisigen Norden, ungeschlagen als Boxer oder Ringer in über hundert Kämpfen! Conan fordert alle heraus. Sollte unter euch einer sein, der seine Kräfte mit dem Barbaren messen möchte, bietet er zwei Goldstücke, wenn er ihn besiegt!«

Das stachelte die Männer noch mehr an. Die meisten hatten schon nackte Frauen gesehen, gelegentlich auch eine menschliche oder tierische Mißgeburt, jetzt aber stieg ihnen der Duft einer Wette wie das Aroma eines köstlichen Mahls in die Nase. Es gab immer einen Schwachkopf, der sich stark genug fühlte, um gegen jeden oder jedes anzutreten – für Geld. Dake hatte gesehen, wie Männer nur wegen des Nervenkitzels in den Ring traten, um mit einem Bären zu kämpfen, dem man die Klauen gerissen hatte, oder mit Menschenaffen. Der Ruf des Goldes würde mit Sicherheit den örtlichen Champion auf die Matte bringen.

Immer mehr Menschen strömten herbei, um Dake zu lauschen. Mit wachsender Begeisterung pries er seine Attraktionen an. In Gedanken war er bereits weiter. Kreg mußte abends einen Ring aus Fackeln aufstellen und dafür sorgen, daß alle bezahlt hatten, ehe Dake mit der Vorstellung begann. Anfangen würde er mit ein paar Illusionen, vielleicht einem Dämon oder Feuer, das nichts verbrannte, oder er ließ Kröten herabregnen. Danach kam das lebende Inventar. Natürlich einer nach dem anderen. Dake wob um jeden eine phantastische Geschichte. Katzenfrau und Wolfmann riefen natürlich von Natur aus großes Erstaunen hervor; aber nach Dakes Schilderung waren sie vollkommene Wunderwesen.

Sobald das große Publikum befriedigt war, würde man die Frauen wegschicken, falls Dake sich entschloß, Tro und Teyle nackt vorzuführen. Danach war im Wagen Platz für die, welche den Preis zahlen wollten, um sich mit der Katzenfrau oder der Riesin zu vergnügen. Wahrscheinlich konnte sich das in dieser Kleinstadt keiner leisten; aber das wußte man nie sicher, bis man gefragt hatte. In Shadizar gab es mit Sicherheit viele, die über ausreichende Mittel verfügten.

Hinterher konnte Dake den Ring für den Kampf zwischen Conan und dem örtlichen Herausforderer benutzen. Das kam natürlich als letztes, denn ein guter Kampf war kaum zu überbieten. Morgen früh konnte Penz noch ein paar Kunststücke mit dem Seil zeigen oder Zielschießen mit Vilken. Der grüne Zwerg brüstete sich, ein Experte mit dem Speer zu sein. Dake wollte das herausfinden, ehe er ihn einem größeren Publikum vorführte.

Ja, Elika versprach ein lohnenswerter Zwischenhalt zu werden. Das hatte Dake in der Nase, und er kannte sich in seinem Gewerbe schließlich aus.

»Wunder, Freunde! Dinge, die weit über alle Vorstellungskraft hinausgehen! Heute abend! Und nur heute abend! Alle müssen kommen. Wer das verpaßt, wird es sein Leben lang bereuen!«

Conan hörte drinnen im Wagen Dakes tiefe dröhnende Stimme.

»Er lügt«, erklärte der Cimmerier.

»Natürlich.«

Conan schaute Penz an. Die Bitterkeit in der Stimme des Wolfmanns war nicht zu überhören.

»Meine Mutter war ebensowenig eine Wölfin wie seine. Sie war die Tochter eines vornehmen Manns in Argos. Ihr eigener Bruder tat ihr Gewalt an. Dadurch wurde mein Vater auch zu meinem Onkel. Er war ein Schurke, das stimmt; aber mein Aussehen hat mit echten Wölfen nichts zu tun.«

Jetzt erhob Tro die Stimme, was sie in Gegenwart des Cimmeriers selten tat. »Ja, wir sind alle Mißgeburten; aber wir haben nichts Übernatürliches an uns. Wir sind Irrtümer, Launen der Natur.«

»Nein, meine Ahnen sind durch Magie erschaffen worden«, widersprach Teyle. »Aber das liegt schon lange zurück, daß sich keiner von uns daran erinnern kann.«

»Möglich«, meinte Sab. »Ich habe Frauen gesehen, die von Müttern geboren wurden, die nicht einmal so groß sind wie ich. Und ihre Väter waren normal groß. Auch wenn Dake mein Leben noch so phantastisch schildert, kann ich doch nicht wie ein Vogel fliegen oder unter Wasser schwimmen, oder in die Tiefen der Gehenna hinabsteigen wie ein Dämon – und du ebensowenig.«

Teyle nickte zustimmend.

Vilken lachte. »Das nicht, aber wenn mein Volk Teyle fängt, würde sie in den großen Topf wandern und zu dem werden, was die Götter für sie planten: Essen für die Varg!«

Oren versetzte Vilken sofort einen Schlag gegen die Schulter. Obwohl der Riesenjunge nicht kräftig zugelangt hatte, fiel der grüne Zwerg von dem am Boden festgeschraubten Hocker. Blitzschnell sprang Vilken wieder auf und griff nach seinem Speer.

Conan war jedoch noch schneller und nahm ihm die Waffe vor der Nase weg. »Halt!« sagte er.

»Ich werde dieses Fleischmonster töten!«

»Du setzt dich sofort wieder hin, oder es wird dir leid tun!«

Conan sah, daß der grüne Winzling vor Wut kochte. Auch der junge Riese hatte die Fäuste geballt und war nicht weniger wütend.

»Laß den kleinen Laubfrosch es ruhig versuchen!« rief Oren. »Ich werde *ihm* diesen spitzen Stock zu fressen geben, den er Speer nennt!«

»Du bleibst auch sitzen!« fuhr ihn Conan an. »Sonst versohle ich dir den Hintern, wie du es verdienst.«

»Ich bin so groß wie du!« Oren sprang auf.

»Aber deine Größe bedeutet nichts. Setz dich!«

Conan sah, daß der junge Riese im nächsten Augenblick aufspringen würde, um sich auf Vilken oder ihn zu stürzen. Der Cimmerier machte sich bereit.

»Tu, was Conan sagt!« befahl Teyle.

»Aber – Schwester, du hast gehört, wie dieses grüne Scheusal uns beleidigt hat!«

»An einem anderen Ort und zu einem anderen Zeitpunkt würden wir Vilken nicht ungestraft davonkommen lassen; aber hier und jetzt ist Dake unser Feind. Möchtest du den Rest deines Lebens in diesem Wagen verbringen? Und gezwungen werden, mit deinen Schwestern zu schlafen, damit arme Kinder geboren werden, die ebenfalls als Sklaven aufwachsen müssen?«

Orens Wut verflog wie der Atem eines Sterbenden. Er setzte sich wieder auf die Bettkante.

Teyle blickte Vilken an. »Und du, Varg? Hast du vor, dein Leben damit zu verbringen, für die kleinen Menschen Kunststücke zu zeigen, weil Dake es dir befiehlt?«

Vilken war auch etwas ernüchtert. Er schüttelte den Kopf. »Nein, mein Vater wird kommen.«

»Vielleicht. Aber wer hilft dir in der Zwischenzeit?«

Vilken seufzte.

Conan war von Teyles Worten beeindruckt. Er bezweifelte nicht, daß er den jungen Riesen und den Varg hätte niederschlagen können, aber die Riesin hatte beide beruhigt, ohne auch nur die Stimme zu heben. Die Macht ihrer Worte hatte die Wut der Jungen vertrieben. Jetzt schaute Teyle ihn an. Er nickte kurz, um ihr seine Zustimmung zu zeigen. Der Cimmerier war stets bereit, einem anderen Anerkennung zu zollen, besonders wenn dieser etwas geschafft hatte, das ihm selbst so nicht möglich gewesen wäre.

Teyle lächelte ihn an und erwiderte das Nicken.

Nun gut! *Das* Problem war für den Augenblick gelöst, aber was würde der Rest des Tages bringen?

Conan fand die Antwort auf diese Frage in den nächsten Stunden. Dake schickte alle an die Arbeit. Wenige

Minuten vom Stadtkern entfernt ließ er eine kreisförmige Fläche mit hohen Fackeln abgrenzen, die in die Erde gesteckt wurden. Kreg scheuchte die Neugierigen davon.

Als die Schatten der Nacht sich über das Land legten, war die Arena fertig. Dake befahl allen, im Fluß zu baden. Conan störte sich nicht an der Anweisung des Zauberers, sich nackt auszuziehen; aber er sah, daß Tro und Teyle sich ihrer Nacktheit entsetzlich schämten. Dabei hatte keine der Frauen Grund dazu. Tro war von Kopf bis Fuß von feinem seidigen Fell bedeckt, und Teyle war so reizvoll gebaut wie jede schöne Menschin, die der Cimmerier bis jetzt gesehen hatte. Sie hatte feste Schenkel, einladende Hüften und pralle Brüste. Nirgends eine Falte. Der Cimmerier war ein junger Mann und wendete daher nicht die Augen von den nackten Frauen. Zum Glück war das Wasser so kalt, daß man nicht sah, wie groß sein Interesse und sein Wohlgefallen waren.

Sauber und erfrischt zog sich die Gruppe wieder an und kehrte zum Wagen zurück. Dort aßen sie kalten Braten und Obst – eine Art Apfel, die Conan nicht kannte. Dazu tranken sie milden Weißwein, den Kreg aus der Stadt geholt hatte.

Conan wollte sich nicht den Bauch vollschlagen und aß und trank daher sehr mäßig. Er wußte, daß ein Mann mit vollem Bauch langsamer und weniger kühn kämpfte. Hatte er jedoch zuviel Wein getrunken, verleitete ihn dieser zu leichtsinnigem, tollkühnem Verhalten, ohne das Können zu steigern.

Draußen hörte man das Raunen und Reden der Bewohner Elikas. Conans Schätzung nach mußte es eine ziemlich große Menge sein, die sich dort eingefunden hatte.

Nach einiger Zeit bestieg Dake die Plattform und erzählte laut und anschaulich von fernen Ländern und

Völkern mit unglaublichen Sitten und Gebräuchen, von Perversionen bei Mensch und Tier. Seine Stimme hob und senkte sich. Die Menge lauschte meist stumm, lachte aber über die gelegentlichen Scherze des Zauberers.

»... und herab vom Himmel, seht!«

Die Menge schrie und lachte. Beinahe wäre es zu einem Tumult gekommen.

Kleine Gegenstände prallten gegen das Zeltdach des Wagens. Es klang wie Tonklumpen.

»Ich dachte, es sei eine Illusion«, sagte Conan.

»Eine Illusion mit festen Körpern«, erklärte Penz. »Sie sehen echt aus, fühlen sich auch so an; aber nach wenigen Augenblicken sind sie verschwunden.«

Wieder dröhnte Dakes Stimme: »Mögt ihr etwa keine Kröten? Schaut her! Ich habe sie herbeigerufen, jetzt schicke ich sie wieder weg!«

Wieder staunendes Schnattern der Menge.

Kreg steckte den Kopf in den Wagen. »Du bist heute abend als erste dran, Tro. Dann Penz, Sab, Conan, Vilken und die Riesen. Und trödelt nicht!«

Da Conans Aufmerksamkeit auf Kreg gerichtet war, hörte er nicht alles, was Dake gesagt hatte, sondern nur den Schluß: »... und jetzt, Freunde, stelle ich euch die wunderschöne und unglaubliche Tro vor, die Frau, die auch eine Katze ist!«

Tro schob den Vorhang vor dem provisorischen Eingang zurück und zeigte sich dem staunenden Publikum. Erstauntes Raunen ging durch die Menge.

Jeder traten sie der Reihe nach hinaus: Penz, Sab und dann Conan. Hätten ihn die magischen Fesseln nicht gehalten, hätte der Cimmerier laut über die unglaublichen Lügen gelacht, die aus Dakes Mund strömten. Wie er, Conan, in über hundert Kämpfen gegen Männer, wilde Tiere, ja sogar Dämonen unbesiegt sei. Gut, es stimmte, daß der Cimmerier sich mit allen diesen

Wesen zu der einen oder anderen Gelegenheit hatte herumschlagen müssen. Manche hatte er mit dem Schwert, manche mit bloßen Händen bekämpft. Er hatte auch viele Kämpfe gewonnen; aber die Taten in Dakes Geschichten konnte nur ein Gott vollbringen. Der Kerl redete, als könne Conan eine Armee mit einer Hand vernichten, während er in der anderen einen Becher Ale hielt – und alles, ohne einen einzigen Schweißtropfen zu vergießen!

Vilken wurde mit einer ähnlichen haarsträubenden Geschichte eingeführt. Doch der grüne Zwerg grinste und zeigte die spitzen Zähne, als wäre alles wahr. Er genoß die Aufzählung seiner Heldentaten ungeheuer.

Schließlich kamen die drei Riesen. Sie beeindruckten die Menge am meisten, vor allem Teyle. Conan sah, wie eine Reihe von Männern die Riesin mit offenem Maul anstarrten. Man mußte nicht besonders scharfsinnig sein, um ihre Gedanken und Wünsche zu erraten.

Zur rechten Zeit kehrten die Frauen des Städtchens nach Hause zurück. Viele nahmen auch ihre Männer mit, obwohl diese nicht besonders begeistert waren, schon gehen zu müssen. Einige wurden von ihren Frauen gestoßen und gezogen. Als nur noch Männer im Publikum waren und Kreg noch mehr Münzen eingesammelt hatte, befahl Dake Tro und dann Teyle sich auszuziehen und vor den lüsternen Blicken der Männer nackt herumzuspazieren.

Der Cimmerier fand das entwürdigend. Es war eine Sache, die beiden beim Baden nackt zu sehen, aber eine andere, sich für Geld diesen Lüstlingen zur Schau stellen zu müssen, weil sie sich als Sklavinnen nicht gegen den Befehl des Herrn wehren konnten, versetzte Conan in Wut. Schließlich waren weder die Katzenfrau noch die Riesin gewöhnliche Dirnen, denen das alles Vergnügen bereitet hätte. Sie konnten keinen Widerstand gegen Dake leisten, dessen Börse sie dadurch noch mehr füllten.

Nach einiger Zeit hatte Dake offenbar genug obszöne Bemerkungen gehört. Er befahl den Frauen, sich anzuziehen und beiseite zu treten.

»So, Freunde, soweit das Vergnügen. Gibt es keinen Mann unter euch, der es wagt, mit dem ungeschlagenen Barbaren zu kämpfen?« Er deutete auf Conan, dessen wütende Blicke nicht im geringsten gespielt waren.

Die Männer lachten und tuschelten. Dann drang ein Name an Conans Ohren: Deri.

Die Menge teilte sich, und ein Mann trat vor.

Er war größer als der Cimmerier und sah ziemlich verkommen aus. Seine Nase war mindestens einmal gebrochen und saß etwas schief. Kinn und eine Wange waren von tiefen Narben durchkreuzt. Das linke Ohrläppchen fehlte. Er trug eine Lederweste auf der nackten Haut. Die Hosen unter dem Bauch waren aus Wolle und mit einem Strick als Gürtel zusammengehalten. Dichter Haarwuchs bedeckte die sichtbaren Teile des Körpers. Bart und Haupthaar waren lang und braun. Deris Füße waren nackt und schwarz vor Schmutz. Auf ihnen wuchs das Haar so dicht, daß man hätte meinen können, er trüge Pelzstiefel.

Conan musterte die muskulösen Arme und Schultern. Deri hatte mit Sicherheit schwere Lasten gehoben. Auch wenn er jetzt eine Fettschicht angesetzt hatte, waren die Muskeln darunter nicht zu verachten.

Als Deri lächelte, sah man eine Zahnlücke, wo die beiden oberen Schneidezähne hätten sein sollen.

»Ja, ich fordere deinen Champion heraus. Der Junge ist viel zu hübsch für einen Kämpfer! Sieht mehr wie 'ne Frau aus!«

Die Männer brachen in schallendes Gelächter über diesen matten Scherz aus.

»Bist du ein Boxer oder ein Ringer, Freund Deri?« fragte Dake.

»Freistil, alles ist erlaubt!« antwortete Deri.

»Es gilt!« erklärte Dake. »Zwei Goldmünzen für den Sieger.« Der Herr der Mißgeburten holte die Goldmünzen aus dem Gürtel und hielt sie zwischen Daumen und Zeigefinger hoch. Das Gold glitzerte im Schein der Fackeln.

»Du könntest sie mir auch gleich geben, finde ich.« Deri drehte sich um und grinste seinen Kumpanen zu. Einer schlug ihm auf den Rücken. Viele teilten lautstark seine Meinung.

»Wir werden sehen«, meinte Dake. »Vielleicht möchten einige von euch ehrbaren Männern eine kleine Wette auf den Kampf abschließen? Ich habe so viel Vertrauen in meinen Mann, daß ich – hm, sagen wir – zwei zu eins biete.«

Jetzt strömten die Männer zu Dake und schwenkten alle möglichen Münzen. Conan sah viel Kupfer, weniger Silber, aber auch einiges Gold blitzen.

»Langsam, Freunde, immer mit der Ruhe! Mein Assistent Kreg nimmt eure Wetteinsätze entgegen. Wählt einen von euch aus, der die ganze Summe aufbewahrt.«

Das ernste Geschäft des Wettens zog sich noch eine Zeitlang hin. Dake nahm Conan währenddessen beiseite. Als der Cimmerier bis auf den Lendenschurz die Kleidung abgelegt hatte, sagte Dake: »Besieg ihn nicht zu schnell. Laß dich von ihm ein- oder zweimal zu Boden werfen. Dann biete ich drei zu eins und hole mir den Rest des Geldes dieser Dummköpfe.«

Conan musterte Deri aufmerksam, als dieser sich auszog. »Als Gegner ist der Mann nicht zu unterschätzen«, meinte er trocken.

»Das spielt keine Rolle.«

»Ja, du trittst auch nicht gegen ihn an!«

»Ich habe vollstes Vertrauen in dich, Conan.« Dake schlug dem Cimmerier kräftig auf die Schulter. »Siehst du, Deri kämpft für das Preisgeld. Wenn er verliert, ist er so arm wie zuvor. Aber wenn du verlierst, werde ich dich zwingen stillzustehen, während ich Kreg gestatte, dich als Übungspuppe für seine Schwerthiebe zu benutzen.«

Fünfzehn

Balor war ein Mann, der nichts dagegen hatte, sich als wandelndes Beispiel für die stärkste Wirkung seiner Ware zu präsentieren. Im Augenblick lag der Dicke halb bewußtlos hinten im Wagen zwischen den Weinfässern. Obwohl das nicht bequem sein konnte, beschwerte er sich nicht. Nur wenn der Wagen in ein Loch oder in eine tiefe Furche rumpelte, richtete er sich etwas auf und brüllte mit einer Stimme, die Hunden und kleinen Kindern Angst einjagen konnte: »Verflucht seien alle Töchter Ophirs! Und ihre Mütter ebenfalls!«

Fosull spürte vom Wein keinerlei Unbehagen, nur eine angenehme warme Benommenheit. Er grinste vom Bock unter seiner Kapuze hervor und schüttelte den Kopf, wenn Balor wieder seine Lieblingsverwünschung ausstieß. Offensichtlich hatte der Weinhändler mit den Frauen von Ophir unliebsame Erfahrungen gemacht, wo immer das lag.

Der Varg fuhr den Wagen gern. Sie waren vor einigen Stunden an einer Herberge vorbeigekommen, hatten aber nur eine kurze Rast eingelegt und die Ochsen im nahen Fluß getränkt. Fosull hatte die Gelegenheit genutzt und wieder Schlamm über die Stellen im Gesicht, an Händen und Füßen geschmiert, an denen das Grün durchschimmerte. Balor, so besoffen wie eine Fliege auf einer in der Sonne vergorenen Mangofrucht, hatte nicht mitbekommen, daß sie angehalten hatten.

Fosull hatte keine Ahnung, wie weit es bis nach Elika war. Er hatte aus Balor nur herausgeholt, daß es sich um ein Städtchen handelte, das nicht weit von der Hauptstraße entfernt lag. Danach hatte der Fettsack sich wieder den Göttern des Weins ergeben.

Eigentlich spielte es keine Rolle, da die Wagenspuren immer noch vor ihm zu sehen waren. Ihnen würde Fosull folgen, bis er die Räuber seines Sohnes erwischt hätte. Falls sie die Abzweigung nach Elika verpaßten, würde er sich bestimmt nicht das Leben nehmen. Wenn Balor so viel an dem Ort lag, hätte er eben nüchtern bleiben müssen. Er, Fosull, ließe sich auf keinen Fall von seinem Ziel abbringen.

Der Abend breitete schon den dunklen Mantel über das Land. Wind kam auf. Fosull schnupperte. Ja, es roch nach Regen.

Da zuckte ein Lichtblitz über den dunklen Himmel hinter ihm. Gleich darauf erklang das dumpfe Grollen des Donners. Blitz und Donner waren Geschwister, wie der Varg wußte. Ein Gewittersturm würde bald losbrechen, der gewiß schneller war als die dahintrottenden Ochsen vor dem Wagen.

Das waren schlechte Neuigkeiten. Wenn die Ochsen im Gewitter durchgingen? Fosull hatte keine Ahnung, wie diese großen Zugtiere reagierten oder wie er sie zu behandeln hatte. Auf alle Fälle hielt er es für besser, sie irgendwo in Sicherheit zu bringen, ehe das Unwetter losbrach. Varg waren zwar keine Ameisen, die jeder Regenguß gleich hinwegschwemmte, wohl aber den Schlamm, mit dem er sich gerade getarnt hatte. Sobald die Tiere irgendwo sicher angebunden waren, konnten er und Balor unter dem Wagen Schutz finden; aber eine Höhle oder ein Haus, ja sogar ein dichtes Gebüsch, das wäre besser gewesen.

Fosull hatte von seinem Großvater gelernt, wie man die Entfernung eines Gewitters bestimmte. Dazu mußte man zählen. Auf diesem Gebiet war der Varg nicht gerade ein Genie; aber er wußte, wie viele Finger und

Zehen er hatte. Sobald er den nächsten Blitz sah, fing er zu zählen an. Wenn man langsam zählte und bis zum letzten Zeh kam, ehe es donnerte, war das Gewitter noch mindestens zehn Minuten entfernt. Fosull hatte zwar keine Ahnung, warum das so war, aber diese streng mathematische Methode hatte sich in der Vergangenheit meist als richtig erwiesen. Je weniger Finger oder Zehen man bis zum ersten Donnerschlag zählte, desto näher war das Gewitter – und der Regen. Fosull beschloß, nach einem Schutz zu suchen, wenn das Unwetter seiner Schätzung nach zehn Minuten entfernt war. Dann mußte er die Ochsen festbinden und Balor wecken, damit sie unter den Wagen kriechen konnten. Allerdings hoffte er auf eine bessere Lösung, sich vor dem Regen zu schützen.

Außer der Sorge, bis auf die Knochen naß zu werden, beunruhigte Fosull die Vorstellung, daß der Regen die Wagenspuren wegspülen würde, denen er folgte. Ein kräftiges Gewitter verwandelte die Erde in Schlamm, wo jeder Eindruck verloren war.

Was half's? Diesen Hund mußte er erschlagen, wenn er vor ihm auftauchte. Varg hatten keinen Einfluß auf das Wetter, obwohl der Schamane der Sonne und den Göttern manchmal beschwichtigende Opfergaben darbrachte.

Jetzt wurde der Geruch des Regens stärker.

Als die ersten schweren Tropfen fielen, näherte sich Raseri einem Wäldchen, weit weg von jeder anderen Unterkunft. Wie alle Jatte kannte er sich mit dem Wetter gut aus, was in einem Dorf von Bauern und Jägern kein Wunder, sondern Notwendigkeit war. Er blieb stehen. Ja, der Sturm würde heftig, aber kurz werden.

Raseri schnitt mit dem Obsidiandolch Zweige von den Bäumen und ging daran, eine provisorische Schutzhütte am Waldrand zu errichten. Dabei vermied er die hohen Bäume und wählte mit Bedacht eine mittelgroße Buche. Er wußte, daß die Götter zuweilen ihre Blitze auf die höchsten Punkte schleuderten – vielleicht um die Menschen damit Demut zu lehren. Der Führer der Jatte hatte keine Lust, geröstet zu werden. Er hatte gesehen, wie der Blitz einen Freund erwischt hatte. Das war kein schöner Anblick gewesen, wirklich nicht.

Nach wenigen Minuten hatte der Führer der Jatte die Äste gegen den Stamm gelehnt und dünne Zweige hindurchgeflochten. Dieses Schutzdach hielt zwar schwere Regengüsse nicht ab, war aber besser als nichts. Lieber etwas feucht unter einem Dach als bis auf die Knochen naß, zumal die Nacht empfindlich kühl war.

Raseri kroch auf allen vieren in die Schutzbehausung, als die ersten Tropfen fielen. Blitze flammten auf, gefolgt von ohrenbetäubendem Donner. Aber die Götter hatten beschlossen, ihn zu verschonen. Ganz in der Nähe schlug der Blitz in einen Baum. Der scharfe Geruch von brennendem Harz stieg dem Riesen in die Nase. Dann wusch der jetzt dicht fallende Regen den Geruch hinweg.

Raseri schätzte sich glücklich, die Nacht nicht ganz ohne Schutz vor dem Unwetter verbringen zu müssen.

Die Männer von Elika drängten sich fast vollzählig um Dakes Wagen, um den Kampf zu sehen. Das drohende Gewitter trug dazu bei, die erwartungsvolle Stimmung noch zu steigern. Auch Conan blickte zum Himmel. Windböen, Blitze und Donner kündeten das Unwetter an. Allerdings waren die Gedanken des Cimmeriers mehr bei dem Gegner als beim Wetter. Genau beobachtete er den Mann, der ihm gegenüber unruhig von einem Bein aufs andere trat. Der Schein der Fackeln warf flackernde Schatten; aber auch diese boten keinen Vorteil für Deri, den Herausforderer.

Der Cimmerier hatte schon mit vielen Männern gekämpft. Er hatte die rabenschwarze Mähne mit einem Lederband zurückgebunden, damit Deri sie nicht so leicht packen konnte. Der Bursche war groß und kräftig, wirkte jedoch etwas langsam. Doch darauf verließ sich Conan nicht. Er hatte erlebt, daß derartige Riesen sich viel schneller bewegten, als man auf den ersten Blick vermutet hätte.

Deri täuschte einen Angriff auf Conans rechtes Handgelenk vor, trat aber kraftvoll in Richtung des Kopfs des Cimmeriers.

Conan duckte sich, sprang auf und warf sich gegen Deris rechte Schulter.

Der Hüne geriet aus dem Gleichgewicht, rollte jedoch behende ab und war im nächsten Augenblick wieder auf den Beinen.

Der Mann *war* schneller, als er aussah! Außerdem verstand er sich aufs Abrollen. Conan fügte diese Erkenntnis seiner Erfahrung hinzu.

Deri grinste herausfordernd. »Ist das alles, was du kannst, Milchgesicht? Moskitos sind mir lästiger!«

Er redete gern. Manche Männer liebten es, beim Kämpfen Reden zu schwingen. Conan hob sich die Energie lieber für den Kampf auf, anstatt sie durch Worte zu verschwenden, es sei denn, daß er sich durch Sticheleien einen Vorteil verschaffen konnte. Manchmal versetzte ein Wort den Gegner so in Wut, daß er sich zu einer Dummheit hinreißen ließ.

»Ich habe mich nicht im Dreck gewälzt«, meinte er höhnisch.

Deri lachte, so daß man die Zahnlücke oben sah. »Man muß doch die Muskeln etwas lockern, stimmt's?«

Conan tänzelte im Halbkreis nach rechts. Der Schädel dieses Kerls war so dick, daß der Spott schon kräftiger sein mußte.

Deri verlagerte das Gewicht, als wolle er nach rechts

kämpfen, sprang jedoch mit ausgestreckten Armen plötzlich geradeaus vor.

Wieder duckte sich der Cimmerier und ballte die Rechte zur Faust. Mit diesem Hammer zielte er auf Deris Stirn, schlug aber daneben. Mit der Handkante erwischte er den Gegner unter der rechten Schulter auf dem Rücken. Es war, als hätte er auf einen mit Leder bezogenen Baumstamm geschlagen.

Deri grunzte und rollte wieder ab. Diesmal sprang er langsamer auf die Beine.

»Meine Schwester schlägt härter als du!«

»Man muß doch die Muskeln lockern!«

Wieder grinste Deri. »Ich werde dir die Gliedmaßen vom Leib lockern, elender Barbar!«

Conan überlegte, daß Deri größer als er und wahrscheinlich gleichstark wie er war und daß es deshalb ratsamer wäre, nicht in die Umschlingung dieser Arme zu geraten. Statt dessen wollte er treten und schlagen.

Deri sprang auf ihn zu, um ihn zu packen.

Conan stellte sich rasch seitlich und versetzte dem Gegner einen Faustschlag. Dabei erwischte er Deri mit den Handknöcheln über dem linken Auge. Die Haut platzte auf; aber der Hüne drehte sich nur und wollte sich sofort wieder auf den Cimmerier stürzen.

Conan lief einige Schritte zurück. Da brüllte Dake: »Bleib im Ring! Wer ihn verläßt, hat verloren!«

Conan schaute schnell nach unten, wo der Ring endete. Diese Ablenkung kam ihn teuer zu stehen.

Deri sprang fast waagrecht auf den Cimmerier zu und schlang ihm die Arme um die Mitte.

Conan hämmerte mit beiden Fäusten auf den Gegner ein; aber der Winkel war schlecht. Deri steckte die Schläge mit dem breiten Rücken mühelos weg.

Jetzt richtete Deri sich auf und hob Conan vom Boden hoch. Dann warf er sich nach hinten und schleuderte den kleineren Cimmerier durch die Luft.

Conan hatte aber ebenfalls Ahnung davon, wie man abrollte. Allerdings kam er so ungünstig auf, daß er sich die Schulter prellte. Ohne Rücksicht auf den Schmerz rollte er sogleich weiter auf den Gegner zu.

Die zweite Rolle überraschte Deri. Er hatte erwartet, daß Conan gleich wieder aufstehen werde. Jetzt verlor er beinahe das Gleichgewicht.

In diesem Augenblick schlug der Blitz in der Nähe ein. Der Donner erfolgte fast gleichzeitig mit der gleißenden Helle.

»Mitra!« schrie jemand in der Menge.

Blitz und Donner hatten Deri etwas abgelenkt. Conan senkte die linke Schulter und griff an. Er rannte auf Deri zu und rammte ihm die Schulter gegen die Brust.

Der Hüne fiel zu Boden. Conan mußte über ihn hinwegspringen.

Deri grinste nicht mehr, als er wieder auf den Beinen stand.

Jetzt fing es an zu regnen. Im Nu öffnete der Himmel die Schleusen und schickte einen Wolkenbruch herab.

Crom! Der Regen fiel so dicht, daß Conan sich das Gesicht abwischen mußte, um den Gegner klar zu sehen. Wenigstens mischte sich bei ihm nicht Blut in die Tropfen wie bei Deri.

Als Conan an Dake vorbeitänzelte, flüsterte dieser: »Hör auf herumzuspielen, Conan! Du kannst ihn jetzt erledigen. Bei Regen wird's ungemütlich.«

Der junge Cimmerier ließ nicht erkennen, daß er die Worte des Zauberers gehört hatte. Herumspielen? Dieser Deri war so stark wie ein Bulle! Wenn der ihn richtig zu packen bekäme, dann...

Dem Gedanken folgte sogleich die Tat! Deri stürzte vor, Conan rutschte auf dem schlammigen Boden aus, als er seitlich ausweichen wollte. Er fiel nicht hin, aber die ungeschickte Bewegung reichte aus, daß Deri die

Arme wieder um die Mitte des Cimmeriers schlingen konnte. Mit höhnischem Lachen hob er ihn hoch.

Conan wußte, daß Deri stark genug war, um ihm das Rückgrat zu brechen. Er mußte sich unbedingt aus dieser tödlichen Umschlingung befreien. Die Arme des Hünen preßten stärker. Conan Fausthiebe auf den Rücken und die Schultern blieben wirkungslos. Crom, diese Schmerzen …

Conan schlug, so kräftig er konnte, mit den flachen Händen auf beide Ohren Deris. Das Klatschen war weithin zu hören. Der Kerl mußte jetzt taub sein.

Deri stieß einen unartikulierten hohen Schrei aus und ließ Conan los, um sich die schmerzenden Ohren zu halten.

Mehr brauchte der Cimmerier nicht! Mit aller Kraft trat er dem Gegner zwischen die Beine.

Deris Augen traten hervor. Sein Mund öffnete sich zu einem stummen Schrei. Dann faßte er sich nach unten, wo ihn Conan so empfindlich getroffen hatte.

Der Cimmerier holte aus und schmetterte dem vor Schmerzen stummen Mann die Faust genau zwischen die Augen. Conans Knöchel taten weh, so hart hatte er zugeschlagen. Aber für Deri war es schlimmer. Wie ein gefällter Baum stürzte er nach hinten zu Boden. Wasser spritzte auf. Auch der Platzregen weckte seine Lebensgeister nicht. Reglos lag Deri in der tiefen Pfütze. Der Kampf war vorüber. Deri würde heute nur dann nach Hause kommen, wenn ihn seine Kameraden trugen.

»Gut gemacht!« sagte Dake.

Conan drehte sich um und blickte dem Mann ins Gesicht, der ihn zum Sklaven gemacht hatte. Unermeßliche Wut stieg in ihm auf. In diesem Augenblick spürte er wiederum, wie die Magie, welche ihn in Fesseln hielt, schwächer wurde. Allerdings nicht genug, um Dake anzugreifen; aber etwas mehr als beim letzten Mal.

»Kassier die Wetten, Kreg!« befahl Dake und wendete Conan den Rücken zu. »Ich gehe zum Trocknen in den Wagen.«

Dake stapfte durch die Pfützen zum Wagen.

Blitze zuckten, Donner grollte über dem Ring. Plötzlich war Conan furchtbar müde.

Nein, dieses Leben würde nicht angenehm werden.

Er mußte fliehen.

Irgendwie.

Sechzehn

Der Sturmwind zerrte am dicken Leinwanddach des Wagens, als Dake sich abtrocknete und saubere Kleidung anlegte. Er grinste zufrieden. Der Abend hatte einen schönen Profit eingebracht. Fast alle Einwohner Elikas waren gekommen und hatten sich begeistert gezeigt. Das war keine Überraschung; aber Conans Kampf mit dem Zahnlücken-Muskelprotz hatte mehr als erwartet eingebracht. Schade, daß das Unwetter dazwischengekommen war. Dake hatte nicht die Absicht, im Regen zu stehen, während sich die Männer mit der Katzenfrau oder der Riesin im Wagen vergnügten. Diese Einnahmen mußten auf einen besseren Abend verschoben werden. Alles in allem konnte er sich jedoch nicht beschweren. Das meiste Geld des Städtchens hatte den Weg in Dakes Tasche gefunden. Da war er sicher, und das war ein gutes Omen. Zwar garantierte ein guter Anfang noch kein gutes Ende; aber er half.

Dake ging zur Tür und schrie: »Kommt rein, ihr Narren! Ich will nicht, daß ihr euch im Regen den Tod holt!«

Folgsam – wie sonst? – kamen seine Sklaven dem Befehl nach.

Es hatte sich als unmöglich erwiesen, Balor zwischen den Weinfässern zu wecken. Daher ließ Fosull den Mann liegen und kroch unter den Wagen. Den Ochsen hatte er einen Strick durch die Nasenringe gezogen und sie dann an großen Felsbrocken festgebunden. So konnten sie nicht durchgehen. Als das Unwetter losbrach, hatte er immer noch keine Unterkunft gefunden, daher mußte er sich mit dem Wagen begnügen.

Als der Regen herniederprasselte, fing Balor furchtbar an zu fluchen. Dann hörte Fosull ein dumpfes Plumpsgeräusch, als der Dicke vom Wagen stieg – oder besser gesagt: rollte. Er landete neben dem linken hinteren Rad. Schnell kroch er durch die Schlammpfützen, die sich bereits gebildet hatten, und legte sich neben den Varg.

»Warum hast du mich nicht geweckt?«

»Ich habe es versucht. Du wolltest unbedingt weiterschlafen.«

»Ich hätte ertrinken können!«

»Bist du aber nicht.«

»Was ist mit den Ochsen?«

»Habe ich fest angebunden.«

»Ich schätze, du hast dir nicht die Mühe gemacht, etwas Wein mit nach unten zu nehmen, oder?«

»Zufällig doch!«

Im Schein des nächsten Blitzes sah Fosull das breite Grinsen auf Balors Gesicht. »Also, für einen so kleinen Mann wie dich hast du eine Menge Verstand.«

»Der Wein steht vorn neben dem Rad.«

Unter dem Wagenbett war nicht so viel Platz, daß Balor hätte aufrecht sitzen können, aber er konnte kriechen. Schnell hatte er das Fäßchen geholt. Nach einem kräftigen Schluck legte er sich neben Fosull.

»Ich befürchte, das Wasser überschwemmt unser Obdach«, sagte Balor.

»Ich habe einen Graben um den Wagen gezogen, um das zu verhindern.«

»Also du bist wirklich ein kluges Kerlchen! Einen Schluck Wein?«

Fosull nickte. »Ja, warum nicht?«

Als er trank, kamen Fosull dunkle Gedanken. Dies

war kein milder Frühlingsregen, sondern ein Wolkenbruch. Morgen früh wäre die Straße zwar trocken, aber damit hätten sich auch alle Spuren verwischt. Das würde es erschweren, dem Wagen zu folgen, der Vilken entführt hatte.

Warum nur legten ihm die Götter so schwere Bürden auf?

Erst zum Schluß des Unwetters drang Wasser in die Schutzhütte Raseris. Sie hatte dennoch ihren Zweck erfüllt, wie der Riese erwartet hatte. Er war fast trocken. Als Blitz und Donner weiterwanderten, überlegte er, welche Möglichkeiten ihm jetzt blieben.

Er konnte sofort aufbrechen, sobald der Regen aufgehört hatte; aber das schien ihm nicht sehr klug zu sein. Die Straße war mit Sicherheit ein Schlammbad, wo jemand, der so groß und schwer wie er war, nur schwierig vorwärtskam.

Es war besser, wenn er hier wartete, bis die Sonne einen Teil des Wassers aufgesogen und die Erde etwas getrocknet hatte. So gegen Mittag war wohl die beste Zeit. Wenn der Wagen, dem er folgte, auch in das Unwetter geraten war, wartete er bestimmt ebenfalls so lange. Ein schweres Gefährt sank noch tiefer in den aufgeweichten Grund ein als ein Riese.

Raseri war sicher, daß es die richtige Wahl war, den Vormittag noch abzuwarten. Zufrieden sank der Führer der Jatte in tiefen Schlaf.

Conans unterer Rücken schmerzte. Ebenso die Rippen. Er hatte gegen fähigere Männer gekämpft, aber nur wenige waren stärker gewesen als Deri.

Die Öllampe neben seinem Strohsack flackerte und schickte Rauchschwaden zu dem bereits stellenweise geschwärzten Zeltdach des Wagens hinauf und malte einen neuen Fleck auf die regennasse Leinwand.

Dake und Kreg schliefen fest. Die meisten anderen auch. Nur Teyle, die dicht neben dem Cimmerier lag, war wach.

»Hast du Schmerzen?« fragte sie leise.

»Etwas, aber sie sind erträglich.« Auch er flüsterte nur, um niemand zu wecken.

»Wo tut es weh?«

Conan zeigte auf die verletzten Stellen.

Die Riesin schob sich näher. Obwohl sie sich langsam und sehr vorsichtig bewegte, knarrte der Wagen unter ihrem Gewicht. Sie wartete kurz; aber das Geräusch hatte anscheinend keinen Schläfer geweckt. Jetzt war sie dicht neben Conan. Sie setzte sich auf.

»Leg dich auf den Bauch«, sagte sie.

»Warum?«

»Mein Volk versteht sich auf die Methode, mit den Händen zu heilen. Vielleicht kann ich deine Schmerzen lindern.«

Conan nickte und rollte sich auf den Bauch.

Dann spürte er Teyles Hände. Ganz sanft strich sie ihm über den unteren Rücken. Nach einigen Bewegungen hielt sie die ausgebreiteten Handflächen über die Stellen, wo er die stärksten Schmerzen verspürte.

Nach einigen Minuten spürte Conan, wie Teyles Hände auf seiner Haut warm wurden. Es war, als dringe diese Wärme aus ihr heraus. Jetzt wurde auch sein Körper an den Stellen immer wärmer, wo dic Hände der Riesin lagen.

Die Wärme tat ihm gut. Allerdings hätte er es nie für möglich gehalten, daß Hände soviel Hitze ausstrahlen konnten. Wohlig entspannte er sich unter Teyles heilenden Händen.

Er wußte nicht, wie lange ihre Hände auf ihm gelegen hatten. Als sie sie wegnahm, waren die Schmerzen viel weniger geworden. Ja, eigentlich kaum noch zu spüren.

Conan setzte sich auf. Die Riesin lächelte auf ihn herab. Selbst sitzend war sie viel größer als der Cimmerier.

»Es tut nicht mehr weh«, flüsterte er. »Ist das eine Art Magie?«

»Vielleicht. Ich weiß es nicht. Meine Großmutter hat mir das Handauflegen beigebracht. Sie meinte, daß jeder es lernen könne. Daher glaube ich, daß es sich um Naturmagie handelt – wenn es überhaupt Magie ist«, antwortete Teyle. Traurigkeit schwang in ihrer Stimme mit.

Conan fühlte, daß die Riesin trotz ihrer Größe Angst hatte und Trost brauchte. Am liebsten hätte er sie in die Arme geschlossen; aber noch war sein Gesicht auf Brusthöhe mit ihr. Dennoch streckte er die Arme aus und zog sie zu sich herab.

Teyle wehrte sich nicht, sondern legte den Kopf an seine Schulter.

»Ich habe so schreckliche Angst. Was werden sie mit meinem Bruder und meiner Schwester anstellen, Conan?« fragte sie leise. »Ich fürchte mich auch vor dem, was der Schurke Dake mir antun wird.«

»Hab keine Angst, Teyle. Ich werde einen Weg finden, damit wir alle freikommen.«

Doch während der Cimmerier sie streichelte und tröstete, fragte er sich, wie er dieses Versprechen einlösen sollte.

Ein wolkenloser Morgenhimmel strahlte über dem Städtchen. Dake stand auf dem Bock des Wagens und musterte das Land ringsum. Wo der Boden kahl war, hatte sich alles in eine Schlammwüste verwandelt. Auch die Bäume und Sträucher waren vom Unwetter zerzaust und noch naß. Der Wagen würde keine zwei Spannen schaffen, ehe er steckenblieb. Nein, sie mußten einige Stunden warten, ehe sie aufbrechen konnten.

Als alle wach waren, befahl Dake Tro, das Frühstück zu bereiten. Dann teilte er allen mit, warum sich der Aufbruch verzögerte.

»Aber kann dein Dämon nicht den Wagen aus dem Schlamm ziehen, wenn wir steckenbleiben?« fragte Vilken.

Kreg lachte. »Du Schwachkopf! Der Dämon ist doch nur eine Illusion!«

»Kreg! Hüte deine Zunge oder ich lasse sie dir herausreißen!« Dake warf dem Assistenten einen wütenden Blick zu. Der Narr plauderte Dinge aus, die geheim bleiben sollten. Allerdings war es bei den Sklaven nicht so wichtig. Doch Dake hätte sich nicht gewundert, wenn Kreg dasselbe auch in einem Raum voll möglicher Feinde gesagt hätte. Es bestand eigentlich kein Zweifel mehr, daß Kreg ihm nicht mehr nützlich war. Dagegen mußte er etwas tun – und zwar schon bald.

Dake und Kreg verließen den Wagen, um die Straße zu begutachten, die aus der Stadt hinausführte. Kaum waren sie weg, wandte Conan sich an die anderen Gefangenen. »Ich habe nicht die Absicht, in Shadizar als Sklave einzuziehen«, sagte er. »Wir müssen zu fliehen versuchen.«

»Das haben wir schon oft versucht, aber immer ohne Erfolg«, erklärte Penz niedergeschlagen.

»Habt ihr schon einmal versucht, alle gleichzeitig zu fliehen?«

»Aber ja«, meinte Tro lakonisch. »Aber auch zu dritt war es unmöglich.«

»Jetzt sind wir acht«, sagte der Cimmerier. »Manchmal sind mehrere kräftiger.«

Die drei ersten Gefangenen blickten mißtrauisch drein.

»Dake wird nur wütend und bestraft uns grausam«, sagte Sab schließlich.

»Und wenn er nichts davon erfährt?«

»Er weiß immer alles«, sagte Penz. »Die Magie ist direkt mit ihm verknüpft.«

»Dann könnt ihr ihm doch sagen, daß ich euch zum Fluchtversuch gezwungen habe«, erklärte Conan.

Einer nach dem anderen stieg aus dem Wagen. Conan führte sie an. Er stapfte durch den dicken Schlamm ein Stück vom Wagen weg in die Gegenrichtung, in der Dake und Kreg verschwunden waren.

Doch nach ungefähr zehn Schritten hielt eine Barriere den Cimmerier auf. Es war in der klaren Morgenluft nichts zu sehen, doch Conan hatte das Gefühl, als drücke er gegen einen Zaun aus prall gespannten riesigen Bogensehnen. Dieser Zaun gab etwas nach, schnellte jedoch sofort wieder zurück. Unter Aufbietung aller Kräfte schaffte er es, noch zwei Schritte weiterzugehen, doch dann stieß diese unsichtbare Wand ihn so hart zurück, daß er drei Schritte in den Schlamm zurückglitt, ehe er wieder festen Halt gefunden hatte.

»Kommt her und stellt euch neben mich!« befahl Conan.

Als alle acht Gefangene sich gegen die unsichtbare Barriere stemmten, gab diese etwas nach. Der Gruppe gelangen sechs hartumkämpfte Schritte, ehe Schluß war. Der magische Schutzzaun schob sie sanft, aber nachdrücklich zurück zum Wagen. Alle Mühe war vergeblich gewesen.

Conan kochte vor Wut. Wieder rannte er gegen die Barriere an, diesmal mit gezücktem Schwert. Vielleicht konnte er eine Bresche in die Freiheit schlagen …

Zu seiner und seiner Gefährten Überraschung kam der Cimmerier im Schlamm über fünfzehn Spannen vorwärts. Über dreimal so weit, wie sie es alle gemeinsam geschafft hatten. Das Schwert hatte er noch nicht benutzt. Hoch schwebte die Klinge in der Luft. Als Conan wieder von der elastischen Barriere aufgehalten wurde, stieß er einen wütenden Fluch aus und schlug mit dem Schwert gegen die unsichtbare Wand, die ihn zurückstieß.

Der Zauberbann brach!

Conan arbeitete sich weitere fünf Schritte vorwärts. Seine Wut wich einem Triumphgefühl. Er besiegte den Bann des Zauberers!

Als jedoch seine Wut abnahm, packte ihn die unsichtbare Hand und schleuderte ihn zurück. Der junge Cimmerier flog durch die Luft wie ein Felsbrocken, den ein Gott aus Spaß geworfen hatte. Conan landete hinter den Gefährten im Schlamm und rutschte bis fast zum Wagen zurück.

Der Cimmerier stand auf und wischte sich den Schlamm ab. Dabei fragte er sich verblüfft, was geschehen war. Er war sicher, daß es ihm gelungen war, den Bann zu brechen. Aber danach?

In diesem Augenblick kam Dake mit seinem Schergen Kreg zurück. Conan sah Besorgnis, dann aber Erleichterung auf dem dunklen Gesicht des Zauberers.

»Hast versucht, uns zu verlassen, Conan? Warum kapierst du nicht, daß das nur eine Verschwendung deiner Kraft und Energie ist? Du solltest deine Kräfte für die Kämpfe schonen, die ich auf dem Weg nach Shadizar für dich anberaumen werde. Mein Zauberbann ist unlösbar.«

Conan wischte sich weiterhin den Schlamm vom Körper und schwieg.

»Da ich dein Herr und Meister bin, Conan, muß ich jeden Versuch, sich mir zu widersetzen, streng bestrafen.«

»Laß deinen Ärger an mir aus«, sagte Conan. »Ich habe die anderen gezwungen, es zu versuchen.«

Dake musterte seine Sklaven, dann wieder den Cimmerier. »Ja, das sieht dir ähnlich. Du willst jedes Problem mit roher Gewalt lösen. Na schön, dann mußt du eben leiden!«

Der Zauberer wandte sich an Kreg. »Du kannst ihm weh tun; aber nicht so verletzen, daß er ernstlich Schaden nimmt. Verstanden?«

Kreg grinste.

»Und du, blöder Barbar, bleibst schön still stehen und läßt dich von Kreg bestrafen!« sagte Dake zu Conan. »Und denk immer daran: Es ist sinnlos, sich gegen mich aufzulehnen.«

Kregs erster Schlag traf Conan ins Gesicht. Er konnte sich nicht wehren, auch nicht ausweichen. Voll tiefster Verachtung blickte der Cimmerier den Schergen Dakes an. Obwohl er wußte, daß es nicht klug war, konnte er nicht der Versuchung widerstehen, Kreg zu verhöhnen. »Ist das alles, was du kannst, du blonder Köter? Ein Moskitostich ist schlimmer.«

Kregs Gesicht färbte sich vor Wut tiefrot. Er hob den Fuß, um Conan mit dem Stiefel zu treten.

»Vorsicht, Kreg!« warnte Dake. Seine Stimme klang sanft. »Wenn er so verletzt ist, daß er nicht kämpfen kann, werde ich dir entsprechende Wunden zufügen.«

Kregs Wutausbruch wurde durch diese Warnung abgemildert. Er zog den Fuß zurück, ohne Conan zu treten. Statt dessen versetzte er dem Cimmerier einen Stoß unters Brustbein. Der Stoß war so kräftig, daß selbst Conans Muskeln ihn nicht ganz abfangen konnten. Der Cimmerier ging leicht in die Knie, als ihm der Atem wegblieb. Nur seiner übergroßen Körperbeherrschung verdankte er, daß er nicht zu Boden ging.

»Ich kann dir Schmerzen zufügen, ohne dich zu sichtbar zu verletzen, Barbar.«

Kregs Grinsen wurde noch breiter, als er Conan den Beweis für diese Worte lieferte.

Siebzehn

Langsam holperte der Wagen über die aufgeweichte Straße. Conan lag auf dem Strohsack, und Teyle kümmerte sich um die frischen Verletzungen, die Kreg ihm zugefügt hatte. Er hatte viele Blutergüsse; aber schlimmer als die körperlichen Schmerzen waren die, welche sein Stolz erlitten hatte.

Während Teyle sich bemühte, Conans Schmerzen zu lindern, saß Penz daneben und spielte mit dem Hanfseil. Immer wieder legte er es in enge Schlingen und entrollte es danach. Kreg saß neben Dake auf dem Bock und fuhr den Wagen.

»Er hat es mit uns genauso gemacht«, sagte Penz leise im Wagen. »Tro, Sab und ich haben alle Kregs Fäuste zu spüren bekommen. Er genießt es, sie zu benutzen.«

»Das ist mir nicht entgangen«, meinte Conan. Unter Teyles heißen Händen verschwand wieder ein Schmerz.

»Es ist besser, ihn nicht wütend zu machen«, sagte Sab.

»Ein Mann in Wut verliert oft die Herrschaft über sich«, sagte Conan, der auf dem Bauch lag. »Ich wollte, daß er mehr Energie verbrauchte und so schneller fertig wurde.«

»Das war tapfer. Er hätte dich ernstlich verletzen können«, sagte Oren.

»Mich hat der Gedanke getröstet, daß Dake den Hund bestraft, wenn er nicht aufpaßt.«

»Trotzdem war es gefährlich«, meinte Penz.

»Das ganze Leben ist eine einzige Gefahr, mein Freund.«

»Wenigstens wissen wir jetzt, daß wir Dakes Bann nicht brechen können.« Teyle seufzte tief.

Conan überlegte kurz, ob er den Mitgefangenen erzählen sollte, zu welchem Schluß er bezüglich des Banns gekommen war, aber dann entschied er sich dagegen. Er war zwar sicher, daß er ihnen trauen konnte; aber Dake hatte vielleicht Möglichkeiten, sie zu Antworten auf Fragen zu zwingen, die besser ungestellt blieben. Es bestand kein Zweifel, daß der Herr der Mißgeburten gefährlich und verschlagen war. Was die Gefährten nicht wußten, konnten sie auch nicht verraten. Das war besser für sie – und auch für ihn.

Aber Conan war sicher, *daß* der Bann gebrochen werden konnte.

Obwohl dem Cimmerier gewisse zivilisierte Manieren fehlten, war er kein Schwachkopf, wenn es um logisches Denken ging. Am meisten Erfolg gegen Dakes magischen Bann hatte er gehabt, wenn er vor Wut geschäumt hatte. Jedesmal hatte der Zauber ihn wieder eingefangen, sobald seine Wut nachgelassen hatte. Beim letzten Versuch war er beinahe freigekommen. Erst als seine Freude über die nahe Rettung die Wut gedämpft hatte, war der Zauber wieder übermächtig geworden.

Dieses Wissen verlieh ihm Macht. Ein Schwert war eine gute Waffe. Wenn jemand es jedoch verstand, mit der Klinge umzugehen, wurde sie zwölfmal besser und gefährlicher. Mit diesen neuen Erkenntnissen bewaffnet, hatte Conan jetzt einen Plan, den er den anderen zum rechten Zeitpunkt mitteilen wollte. Seiner Meinung nach mußte es glücken, die magische Barriere zu durchbrechen und die Freiheit zu gewinnen, wenn alle so wütend wurden wie er bei seinen Versuchen. Die

Götter waren sein Zeuge: Grund genug zur Wut hatten sie!

Am besten wagte man den Versuch, wenn Dake nicht da war, da nichts den Zauberer hindern konnte, den Gehorsamsbann wieder zu verhängen. Außerdem konnte man den Zustand schäumender Wut nicht ewig beibehalten. Sobald er sich von Dakes Einfluß befreit hatte, konnte er mit starkem Arm einen Speer oder Stein schleudern und die Bedrohung durch diesen Schurken ein für allemal aus der Welt schaffen.

Der Plan des Cimmeriers war recht einfach; und oft gelingen die einfachsten Pläne am besten.

Für den Augenblick jedoch wollte Conan seinen Gefährten diesen Plan noch nicht offenbaren. Er wartete. Der richtige Zeitpunkt würde kommen. Shadizar mußte noch in einiger Entfernung sein.

Geduld war nicht Conans Stärke; aber er hatte lernen müssen, daß manchmal nichts anderes möglich war. Nein, er mußte noch abwarten, ehe er zuschlagen konnte.

Fosull konnte die Klagen seines Gefährten allmählich nicht mehr ertragen. Der rothaarige Fettsack hielt den Pegel seiner Betrunkenheit, indem er stets für Nachschub an Wein sorgte. Sein ewiges Geschwätz störte die Konzentration des Varg.

Fosull trank nichts mehr von dem Rebensaft in den Fässern, denn er mußte nüchtern und mit klarem Kopf seine eigentliche Aufgabe weiterverfolgen. Nach dem Unwetter hatten sich die Folgen gezeigt, die er befürchtet hatte: Die Straße war schlammig und von den Wagenspuren weitgehend nichts mehr zu sehen. Nur ab und zu sah der Varg noch einen besonders tiefen Eindruck, aber nur wenn er genau hinschaute. Balors Geschwätz lenkte ihn ab, das konnte er sich nicht leisten.

Fosull überlegte scharf, welche Möglichkeiten er

hatte. Er konnte den Wagen verlassen und zu Fuß weitermarschieren. Dann kam er jedoch langsamer als jetzt vorwärts – und mit der üblichen Gefahr des Auffallens. Natürlich konnte er dem Weinhändler den Speer ins Herz stoßen, die Leiche verstecken und allein weiterfahren. Dann bestand aber die Gefahr, daß jemand den Wagen Balors erkannte und sich wunderte, wieso ein schlammbedeckter kleiner Kerl damit umherfuhr. Fosull hatte keine Lust, Fragen dieser Art zu beantworten.

Natürlich konnte er weitermachen wie bisher: die Ohren vor dem Geschwätz des Dicken verschließen, bis dieser im Suff wieder einschlief, was bald geschehen würde.

Schließlich fand Fosull, daß letzteres wohl die beste Lösung sei. Balor nutzte ihm mehr, als daß er schadete, und während seiner klaren Momente hatte er dem Varg erzählt, daß sie bald schon das Städtchen Elika erreichen würden. Dort hatten bestimmt schon einige Leute den Wagen mit den Schurken gesehen und konnten ihm sagen, in welcher Richtung er weitergefahren war. Dann konnte er die Verfolgung wieder aufnehmen.

Als die Sonne die nasse Erde zum Dampfen brachte, fuhr Fosull den Wagen mit den Fässern weiter und hielt angestrengt Ausschau nach Spuren, die der Wagen der Entführer seines Sohns hinterlassen hatte.

Dicht vor Raseri holperte ein offener von Ochsen gezogener Wagen auf der Straße dahin. Der Schamane der Jatte verlangsamte die Schritte, um das Gefährt nicht zu überholen. Dann pirschte er sich vorsichtig näher, um Wagen und Fahrer genauer zu betrachten, ohne gesehen zu werden. Auf dem Wagen waren Fässer gestapelt. Wenn ihn der schwache Duft nicht trog, enthielten sie Wein. Zwei Menschlein saßen auf dem Bock. Der mit der Kapuze in der Stirn war offenbar noch ein

Kind. Vater und Sohn, die ihre Ware zu einer Stadt fahren, dachte Raseri.

Obwohl der Riese schneller schritt, als der Wagen fuhr, beschloß er, sich eine Zeitlang im Hintergrund zu halten. Der Grund für diese Überlegung war einfach: Wenn jemand aus der Gegenrichtung käme, bliebe er mit Sicherheit stehen und würde mit den Menschen auf dem Wagen plaudern. Damit hatte Raseri Zeit genug, sich zu verstecken, wenn er es für nötig hielt. Vom Wagen schien keine Bedrohung auszugehen. Es war immer gut, sich mehrere Möglichkeiten offenzuhalten. Schon bald mußte er bei den kleinen Menschen Erkundigungen nach dem Verbleib des großen Wagens mit seinen Kindern einholen, da der Regen die Spuren verwaschen hatte. Raseri hoffte, ein Dorf oder einen Bauern in der Nähe der nächsten Weggabelung zu finden, wo er fragen konnte, um nicht die falsche Abzweigung zu nehmen.

Der Führer und Schamane der Jatte hielt sich hinter den beiden Menschlein so weit zurück, daß er sich jederzeit seitlich in die Büsche schlagen konnte, wenn der Wagen anhielt.

Nach kurzer Zeit kroch der größere der beiden Fahrer hinten auf den Wagen und war nicht mehr zu sehen. Raseri befürchtete, daß der Mann ihn gesehen habe; aber das Gefährt fuhr mit unverminderter Geschwindigkeit weiter. Offenbar hatte ihn weder Vater noch Sohn bemerkt. Das Kind trieb die Ochsen an.

Mehrere Stunden hinter dem Städtchen Elika mündete die Straße aus Westen, aus Ophir, in die breitere Straße nach Süden, nach Shadizar. Als der Herr der Mißgeburten mit seiner Truppe sich diesem Punkt näherte, hatte die Sonne schon mehrere Pfützen getrocknet. Weiter vorn sah man sogar eine Staubwolke. Kreg machte seinen Herrn darauf aufmerksam.

Dake, der gerade ein Nickerchen auf dem Bock gemacht hatte, fuhr hoch. Ja, Kreg hatte in der Tat recht. In der Ferne verhüllte Staub den Horizont. Dake sah ebenfalls, daß die breite Straße, die zum Ophirpaß hinaufführte, der gerade nördlich der Grenze nach Koth lag, von tiefen Wagenspuren gezeichnet war. Außerdem sah er noch viele Abdrücke von Sandalen und Stiefeln.

»Aha«, meinte Dake. »Vor uns zieht eine reiche Karawane dahin. Ihr Vorsprung ist nicht sehr groß.«

Kreg blickte seinen Meister verblüfft an. »Woher weißt du das alles?«

»Du hast mich doch gerade selbst auf die Staubwolke aufmerksam gemacht«, antwortete Dake.

»Ja, schon, aber – aber woher weißt du, daß eine reiche Karawane den Staub aufwirbelt und nicht Bauern mit einer Schaf- oder Schweineherde?«

Du lieber Himmel war dieser Bursche blöde! Dake seufzte. »Benutz zur Abwechslung mal deinen Verstand! Vor uns sind die Spuren von mindestens einem Dutzend Wagen und die Abdrücke von dreimal so vielen Menschen zu Fuß. Kein armer Bauer könnte so viele Leute aufbieten, um eine Schafherde zu treiben. Außerdem sind die Spuren frisch. Sie wurden nach dem Regenguß gemacht und kommen aus Richtung des Ophirpasses. Eine einfache Schlußfolgerung.«

»Stimmt; aber es könnten doch auch mehrere Bauern sein, oder?«

Wieder seufzte Dake. Warum sollte er sich die Mühe machen, diesem Schwachkopf etwas zu erklären? »Hast du vergessen, daß es am Ophirpaß nur so von Banditen wimmelt, die ahnungslosen Reisenden auflauern?«

»Ach ja.«

»Wieviel Widerstand könnte eine Schar einfacher Bauern diesen Banditen deiner Meinung nach entgegensetzen?«

»Nicht viel, schätze ich.«

»Also: Wenn die Schar aus dieser Richtung kommt, muß sie von bewaffneten Truppen eskortiert sein. Wahrscheinlich Söldnern, vielleicht sogar regulären Soldaten. Diese Soldaten kosten aber eine Menge Geld. Daher muß das, was sie bewachen, sehr wertvoll sein. Verstanden?«

Er beobachtete Kregs Gesicht. Es war, als ginge die Sonne am Morgenhimmel auf, als er allmählich begriff. »Ja, ja, jetzt sehe ich, was du meinst.«

Ja, so wie ein Blinder die Farben sieht, dachte Dake. Es war leichter, einer Ziege das Fliegen beizubringen, als Kreg zu bewegen, seinen Verstand zu benutzen.

»Fahr schneller!« befahl Dake. »Ich möchte gern sehen, wer die Leute dieser Karawane sind.«

Gehorsam trieb Kreg die Ochsen an, schneller zu laufen.

Die Sonne hatte bereits den halben Tageskreis durchmessen. Balor lag immer noch bewußtlos und sturzbetrunken zwischen den Fässern. Fosull lenkte das Ochsengespann, als er an die Abzweigung nach Elika kam. Der Varg hätte es nicht gewußt, wenn nicht ein Einheimischer gerade in diesem Augenblick von der anderen Seite gekommen wäre.

»Ho!« rief der Mann. »Ist das nicht Balors Weinwagen?«

»Ja, stimmt«, antwortete Fosull.

»Und wo ist Balor?«

In diesem Moment war Fosull dankbar, daß er den Trunkenbold nicht umgebracht hatte. »Er schläft hinten auf dem Wagen.«

Der Bauer lachte laut. »Ich wette, er war mal wieder sein bester Kunde, was?«

»So ist es. Sag mir, Freund, hast du hier in der Gegend einen sehr großen Wagen gesehen?«

»Du meinst Dake und seine Mißgeburten?«

Fosulls Herz schlug schneller. »Ja, möglich.«

Der Mann schüttelte den Kopf und machte ein trauriges Gesicht. »Der Mann hat wirklich eine riesig interessante Sammlung von Mißgeburten gezeigt; aber dann habe ich meinen letzten Kupferling auf Deri gewettet, daß er nämlich Dakes Champion im Kampf besiegen würde. Wer hätte gedacht, daß dieser junge Barbar so schnell wäre.«

»Weißt du zufällig, wo Dake und seine Truppe jetzt sind?«

»Auf der Straße nach Shadizar«, antwortete der Mann und zeigte in die Richtung, aus der er gekommen war. »Sie sind so vier oder fünf Stunden weiter vorn.«

Jagdfieber ergriff den Varg. Nur wenige Stunden Vorsprung!

»Noch eine Frage, Freund. Muß man irgendeine Abzweigung nehmen, um nach Shadizar zu gelangen?«

»Nein, immer geradeaus. So wie die Krähe fliegt.«

Fosull grinste. In letzter Minute erinnerte er sich, daß seine spitzen Zähne vielleicht für Aufregung sorgen könnten, und schloß den Mund schnell wieder. »Ich danke dir. Aber jetzt müssen wir weiter.«

»Aber willst du nicht in Elika anhalten und einige Fässer von Balors Wein verkaufen?«

»Natürlich, aber ... nun ... auf dem Rückweg, in ein paar Tagen.«

Dann ließ Fosull die Zügel über den Rücken der Ochsen schnalzen. Der Wagen fuhr los. Balor lag immer noch wie ein lebender Leichnam auf dem Wagen. Er hatte von dem Gespräch nichts mitbekommen. Sollte er später aufwachen und fluchen, weil sie nicht in Elika angehalten hatten, konnten sie sich immer noch trennen. Auf gütliche oder weniger gütliche Art. Angst hatte der kleine Varg nicht.

Raseri beobachtete, wie der Wagen hielt und der kleine Fahrer mit dem Bauern plauderte. Der Riese stand ganz in der Nähe in einem dichten Gebüsch, gleich neben der Straße. Um mehr zu hören, trat er etwas näher. Dabei gab er sich Mühe, mit den großen Füßen nicht zu viele Pflanzen und Zweige zu zertreten. Schließlich legte er sich hin und kroch zum Wagen, bis er nur noch wenige Spannen entfernt war. Von hier aus konnte er teilweise die Unterhaltung zwischen dem Fahrer und dem Bauern belauschen.

Die Stimme des Fahrers verriet ihm, daß er kein Kind war. Dann sah er einen winzigen grünen Fleck unter der grauen Haut der Hand des kleinen Manns. Mehr brauchte der Führer der Jatte nicht zu sehen: Ein Varg lenkte den Wagen mit den Weinfässern!

Dann fuhr der Wagen mit einem heftigen Ruck an. Der Bauer verließ die Straße und verschwand in den Büschen. Raseri überdachte die Neuigkeiten.

Der Wagen mit seinen Kindern unterstand also dem Befehl eines Manns, der Dake hieß. Das war gut zu wissen. Aber was im Namen des Schöpfers tat ein *Varg* hier – so weit entfernt von der Heimat?

Als der Wagen ein gutes Stück auf der Straße weitergefahren war, hielt Raseri es für ungefährlich, auch weiterzumarschieren. Er verließ das Versteck im Gebüsch.

Varg verließen ebensowenig wie Jatte ihre Heimat, um unter den kleinen Menschen umherzureisen. Raseri war hier, weil ein zwingender Grund vorlag. Der Varg mußte ebenfalls aus einer Notlage heraus die Straße nach Shadizar aufgesucht haben. Auch er folgte den Spuren derer, die drei Jatte entführt hatten …

Aha!

Raseri war klar, warum der Varg hier war! Der Bauer hatte diesen Dake einen Herrn der Mißgeburten genannt, der seltsame Wesen zur Schau stellte. Für die

Menschlein war ein Jatte mit Sicherheit ein seltsames Wesen. Und ein Varg ebenfalls!

Dieser Dake hatte auch einen Varg gefangengenommen!

Und dieser siegreiche Kämpfer, dieser Barbar? Raseri war sicher, daß es sich um Conan handelte. Damit bestätigte sich sein früherer Verdacht, daß sein ehemaliger Gefangener im Bunde mit den Schurken war, die seine Kinder entführt hatten. Und sie hatten nur wenige Stunden Vorsprung!

Raseri lächelte grimmig. Der schwere große Wagen kam langsamer vorwärts als der mit den Weinfässern oder Raseri zu Fuß. Vielleicht holten dieser unbekannte Varg und er die Gesuchten bei Einbruch der Dunkelheit noch ein.

Der Führer und Schamane der Jatte wirbelte probeweise den Speer zwischen den Fingern der rechten Hand. Dieses Abenteuer war bald zu Ende, und das Blut derer, die ihn da hineingetrieben hatten, flösse knöcheltief über die Straße. Ein oder zwei Varg waren die besondere Mühe schon wert.

Eine Stunde nach der Begegnung mit dem Bauern merkte Fosull, daß er verfolgt wurde. Er gab sich Mühe, nicht zu zeigen, daß er etwas gemerkt hatte. Unauffällig zügelte er die Ochsen und tat so, als sähe er nach dem schlafenden Balor.

Fosull sah die dunkle Haut eines großen Manns, der schnell zwischen die Bäume neben der Straße lief, um sich zu verstecken. Der einzige Blick hatte genügt. Der Verfolger war zu groß für einen der Nichtsumpfbewohner.

Der Varg drehte sich wieder um und fuhr weiter. Er überlegte, was er tun könne. Es war zweifellos ein Jatte. Keiner der Menschen hier war so groß. Aber – warum folgte der Riese dem Wagen des Weinhändlers?

Aber folgte er wirklich diesem Wagen?

Nun ja, er lief hinterher. Daran bestand kein Zweifel; aber war das sein wirkliches Ziel? Jatte verließen ihr Dorf nicht oft – und dann meist in Gruppen von drei oder vier Mann. So war es auch, als sie diesen seltsamen großen Nichtsumpfbewohner verfolgten. Was wollte ein einzelner Jatte hier, so weit entfernt von der Heimat?

Da fielen dem Varg die Fußspuren wieder ein, die er gesehen hatte, als er zum ersten Mal auf den Wagen gestoßen war. In dem Wagen, in dem sein Sohn gefangen war, befanden sich auch Jatte!

Natürlich, so war es! Ein Jatte hatte sich aufgemacht, um seine Leute zurückzuholen.

Fosull lächelte. Diesmal zeigte er die spitzen Zähne, da kein Mensch ihn sah. Auch gut! Vielleicht konnte er diesen blöden Riesen für seine Zwecke einspannen. Und wenn nicht – ein guter Happen Fleisch war im Dorf immer willkommen! Wenn er und Vilken sich beeilten, brachten sie die Beute nach Hause, ehe sie verdorben war.

Ein überaus angenehmer Gedanke.

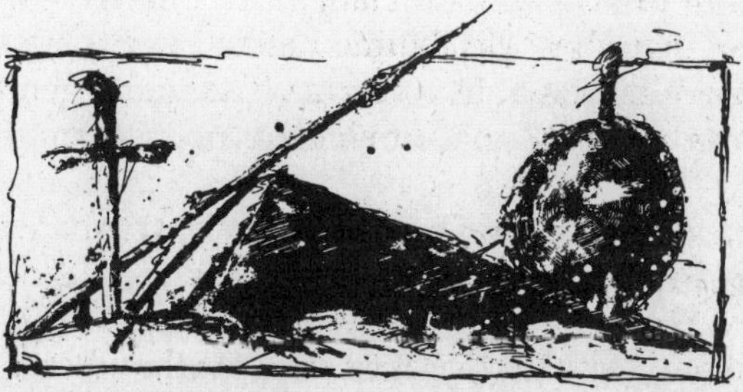

Achtzehn

Als erstes Zeichen, daß sie sich der Karawane näherten, tauchte plötzlich die Nachhut im Staub auf. Mit erhobenen Lanzen liefen sie vor Dakes Wagen. Ihr Aussehen raubte einem nicht gerade die Sinne: Die Männer waren gut ausgerüstet, mit dicken Lederschienen für Schienbeine und Arme. Über dünnen Wollhemden trugen sie Kettenhemden. Kleine runde Schilde aus mehreren Lagen Leder hingen an breiten Gürteln. Jeder Mann hatte ein Kurzschwert in der Scheide über der linken Hüfte und eine dünne Lanze mit Doppelklinge, die eher zu Reitern als zu Fußsoldaten gepaßt hätte, aber leicht und kurz genug war, um mühelos mitgeführt zu werden. Alle trugen kräftige Lederstiefel. Da Dake öfter mit derartigen Waren gehandelt hatte, sah er auf den ersten Blick, daß die Herren dieser Burschen bei der Ausrüstung mehr auf Qualität als auf Kosten geachtet hatten.

»Halt! Wagen anhalten! Wohin wollt ihr?«

Dake antwortete dem Mann höflich, den er für den Anführer der sechs Soldaten hielt. Der Kerl war untersetzt, hatte krumme Beine, rotes Haar, eine gesunde Gesichtsfarbe und verschlagene tiefliegende Augen, die im grellen Sonnenlicht noch kleiner wirkten.

»Wir sind auf dem Weg nach Shadizar.«

Der Anführer blickte seine Männer an, dann wieder Dake. »Hm, klingt logisch. Ihr seid ja auf der Straße nach Shadizar. Und was wollt ihr dort?«

»Geschäfte machen.« Dakes Stimme klang immer noch ruhig, aber etwas weniger höflich.

»Welche Art von Geschäften?«

Geduld war nie die Stärke des Zauberers gewesen. Jetzt war er nahe daran, die Beherrschung zu verlieren. »Meine Geschäfte gehen dich überhaupt nichts an, Soldat!«

Der Mann blinzelte und überdachte kurz Dakes Antwort. Dann kratzte er sich unterm Kinn. »Nun ja, schon möglich; aber wir müssen deinen Wagen untersuchen.«

»Wer hat euch die Befugnis erteilt?«

Der Rotschopf grinste und hob die Lanze. »Mit der Befugnis, daß du wie ein Sieb aussiehst, wenn du uns aufzuhalten versuchst.«

Dake lächelte, aber es war ein böses Lächeln. »Nun, dann nur zu! Schau nach!«

Der Rotschopf streckte die Brust heraus und grinste seinen Männern über die Schulter zu. Diese nickten. »Sind vielleicht auch Weiber im Wagen?«

»Zufällig ja. Drei.«

»Habt ihr das gehört, Männer? Weiber!«

Die fünf lachten und machten mehrere rohe Bemerkungen.

Während der Rotschopf eilfertig zur Rückseite des Wagens ging, flüsterte Dake durch die Leinwand ins Innere: »He, Conan, ein widerlicher kleiner Mann wird gleich die Tür hinten öffnen. Schlag ihn bewußtlos, aber bring ihn nicht um.«

Kreg neben Dake grinste gemein.

»Und ihr anderen! Hier draußen sind noch fünf Dumpfbacken auf der Straße. Wenn Conan sich den ersten vornimmt, springt ihr heraus und kümmert euch um den Rest. Die Kerle sind bewaffnet. Paßt auf, daß euch keiner durchbohrt oder verwundet. Ich möchte möglichst alle sechs lebendig haben.«

Dake war sich bewußt, daß er ein Risiko einging,

hielt es aber für gering. Beim Anblick von Dakes Mißgeburten würde auch der härteste Soldat erst einmal erschrecken. Wenn er sich nicht sehr täuschte, würden die Burschen blitzschnell die Flucht ergreifen, sobald sie sähen, was sie erwartete, wenn sie blieben. Teyle allein jagte allen Männern Furcht und Schrecken ein. Und dann noch die anderen ... ein Mann mußte schon sehr, sehr tapfer sein, wenn er nicht davonlief.

Der lüsterne Rotschopf griff nach oben, um die hintere Tür des Wagens zu öffnen.

Die Wagenspuren waren frisch. Allerdings war die Straße in letzter Zeit sehr häufig befahren worden. Fosull hielt den Wagen mehrmals an und stieg ab, um die tiefen Rillen genau zu untersuchen. Seiner Meinung nach waren vor dem sechsrädrigen Ungetüm viele Menschen zu Fuß gegangen. Außerdem sah er Abdrücke von Pferdehufen und anderen Wagen. Inzwischen kannte der Varg aber die charakteristischen Scharten der sechs schweren Räder des gesuchten Gefährts ganz genau. Schließlich folgte er ihnen schon eine Zeitlang.

Die meisten Leute machen alles viel zu kompliziert, dachte Fosull, als er aufstand und sich den Staub von den Knien wischte. Das war ein Fehler, denn dadurch lösten sich auch Flocken des getrockneten Schlamms von den Handflächen, so daß seine grünfleckige Haut zum Vorschein kam. Seine Tarnung war an vielen Stellen schon hauchdünn. Wäre Balor nicht ständig stockbetrunken gewesen, hätte er das schon längst bemerkt.

Fosull fragte sich, wie der Dicke es wohl je schaffte, seinen Wein abzuliefern, wenn er soviel Zeit damit verbrachte, ihn in die eigene Kehle zu gießen.

Als der Varg wieder auf den Bock kletterte, warf er einen vorsichtigen Blick nach hinten auf die Straße. War der große Schatten noch da? Er sah den Jatte nicht, fühlte aber dessen Gegenwart. Irgendwo da draußen war er. Aber mit diesem Problem konnte er sich später befassen. Erst mußte er den Wagen dieses Dake einholen und seinen Jungen befreien. Seiner Berechnung nach müßte er ihn gegen Abend sehen.

Der Trunkenbold hinten auf dem Wagen schnarchte weiter.

Raseri hielt sich für keinen so guten Fährtensucher wie der Varg, aber auch er wußte, daß die Gesuchten nicht mehr weit sein konnten. Die Wagenrillen waren frisch, aber schwieriger auszumachen, weil so viele Menschen diese Straße benutzt und auch befahren hatten.

Wohin wollten alle diese Menschen? Raseri hatte keine Ahnung, aber es war ihm gleichgültig, solange er die Spuren *seines* Wagens sah.

Was aber sollte er wegen des Varg unternehmen? Er konnte nicht zulassen, daß das kleine grüne Biest ihm die Verfolgung verdarb. Die Varg verfügten über eine gewisse Verschlagenheit, das mußte er zugeben, aber wenn es darum ging, klar zu denken, lagen sie weit unter dem landesüblichen Durchschnitt der Jatte. Damit wollte Raseri allerdings nicht behaupten, daß auch dieser Varg auf dem Wagen geistig zurückgeblieben war. Wenn jemand so weit gekommen war und zumindest einem kleinen Menschen erfolgreich vorgespielt hatte, kein Varg zu sein, zeugte das von einer mehr als mittelmäßigen Schläue. Doch hielt es der Schamane der Jatte für unter seiner Würde, die geistigen Fähigkeiten dieser grünen Biester allzu hoch einzuschätzen.

Der Jatte wartete, bis der Wagen nur noch als Punkt auf der Straße sichtbar war, ehe er das Versteck verließ und ebenfalls weitermarschierte. Ab und zu blickte der Varg zurück in seine Richtung. Es war möglich, daß die Kreatur bemerkt hatte, daß er nicht allein war. Doch dagegen konnte Raseri nicht viel unternehmen. Er hatte keine Angst vor dem Zusammentreffen mit einem einzelnen Varg, auch wenn dieser wie er bewaffnet war. Am besten hielt man sich immer möglichst viele Möglichkeiten offen. Wissen war Macht, wie jeder wußte, der wenigstens ein halbes Gehirn besaß.

Während Raseri dem Wagen mit den Fässern folgte, machte er alle möglichen Pläne. Er versuchte, sich die verschiedensten Situationen auszumalen, um die Schwierigkeiten bereits vorher im Geiste zu lösen. Das Glück war auf Seite dessen, der gut vorbereitet war! Er war zuversichtlich, daß er alles bewältigen konnte, ganz gleich, wie das Leben so spielte.

Der Cimmerier war bereit, als sich die Tür an Dakes Wagen öffnete. Mehr als bereit, die Wut an jedem auszulassen, der es auch nur annähernd verdiente. Er hatte von dem Gespräch zwischen Dake und dem Soldaten genug gehört, um zu wissen, daß der Kerl hochmütig und übereifrig war. Lieber wäre Conan natürlich Dake an die Kehle gegangen; da das aber nicht möglich war, freute er sich auf ein anderes Opfer. Besser als nichts! Und dieser Halunke wollte Frauen belästigen? Nur zu!

Die Tür schwang an den geölten Angeln weit auf. Der lüstern grinsende Rotschopf steckte den Kopf in den Wagen.

Das Grinsen verging ihm, als Conan ihn ansprang.

»Mitra!« konnte der Soldat gerade noch keuchen, ehe der Cimmerier ihn packte.

Der Kampf war für Conan leider viel zu kurz. Er versetzte dem Mann einen kräftigen Faustschlag an die linke Schläfe, worauf dieser bewußtlos die Stufen hinabfiel und im Staub der Straße liegenblieb.

Crom! Der Kerl hätte wirklich besser kämpfen können! Der enttäuschte Cimmerier stieß einen leisen Fluch aus.

Hinter ihm drangen jetzt die anderen Insassen des Wagens ins Freie und bauten sich drohend vor den Soldaten auf. Vilken war als erster herausgeklettert und fletschte die spitzen Zähne. Penz, Oren, Morja, Tro und Sab folgten. Als letzte kam Teyle.

Dake hatte dem Cimmerier nicht verboten weiterzukämpfen. Daher lief er mit wildem Kampfschrei auf die Soldaten zu.

Doch ehe er sie erreicht hatte, ließ Dake seinen roten Dämon erscheinen.

Der Ausdruck auf den Gesichtern der fünf Soldaten war köstlich! Wie auf Kommando machten sie kehrt und rannten davon, so schnell sie das in der leichten Rüstung konnten.

Vilken schleuderte den Speer hinterher und traf einen Mann an der ungeschützten Achillessehne. Der Soldat stolperte und fiel aufs Gesicht.

Penz ließ sein Seil durch die Luft sausen. Blitzschnell legte sich die Schlinge um die Füße eines zweiten Manns. Auch dieser stürzte auf die Straße.

Conan lief los und hatte den dritten Soldaten schnell eingeholt. Er versetzte ihm von hinten mit beiden Händen einen kräftigen Stoß. Dieser plötzlichen Beschleunigung war der Soldat nicht gewachsen, und er verlor das Gleichgewicht. Er landete auf dem Rücken und schrie um Hilfe.

Der vierte hielt schützend die Hände über den Kopf, als die Katzenfrau und der Vierarmige ihn mit vereinten Kräften bearbeiteten. Sab rief dabei alle möglichen Götter um Beistand an.

Der letzte Soldat schlug sich von der Straße seitlich in die Büsche. Doch da erwischten ihn Teyle und ihre Geschwister. Als er die Riesin auf sich zukommen sah, warf er die Lanze weg und streckte ihr die ausgebreiteten Hände zum Zeichen der Ergebung entgegen.

Conan war nicht überrascht, daß seine Gefährten auf die Soldaten einen furchterregenden Eindruck gemacht hatten. Trotzdem widerte es ihn an, wie leicht die Männer sich geschlagen gegeben hatten. Wer auch immer diese sechs Kerle bezahlte, bekam nichts für sein Geld.

»Bringt sie her!« befahl Dake. »Ich glaube, daß wir auf den Führer der Karawane großen Eindruck machen, wenn wir seine Nachhut anschleppen, als wären sie Schweine auf dem Weg zur Schlachtbank.«

Es kamen natürlich sogleich weitere Bewaffnete, um Dakes Wagen zu eskortieren. Sie waren ziemlich verblüfft, die Kameraden an Armen und Oberkörper so gefesselt zu sehen, so daß sie nur mühsam gehen konnten. Die Gruppe erregte großes Aufsehen, als sie bei der Karawane eintraf.

Die Karawane war so reich, wie Dake es vorausgesagt hatte. Die Wagen waren mit weißen und roten Zeltdächern bedeckt. Ein Gefährt war noch größer als Dakes Ungetüm. In den Schweißgeruch der Pferde und Soldaten mischte sich der Duft schweren Parfüms und exotischer Gewürze. Dake hörte auch Frauenstimmen aus einem Wagen. Der Herr der Mißgeburten hätte gewettet, daß der Wert der Waren, welche diese Karawane mit sich führte, einem Großteil des Bazars in Shadizar gleichkam.

Über dreißig Bewaffnete sorgten für den Schutz der Karawane. Einige senkten die Lanzen oder machten Abwehrzeichen gegen den bösen Blick.

»He, was ist das für eine Schurkerei?« rief ein großer Soldat.

Dake stand hinter den gefangenen Soldaten auf dem

Bock seines Wagens. »Ich möchte mit eurem Herrn sprechen«, sagte er mit seiner schönsten Stimme.

Nach kurzer Zeit erschien ein großer Mann in königlicher Haltung. Er trug ein blaues Gewand aus feinster aquilonischer Seide und einen goldenen Kopfschmuck. Mit schnellen Schritten trat er auf Dake zu. Seine Füße steckten in Stiefeln aus der Haut großer Wüstenechsen. Im schwarzen Vollbart zeigten sich einige graue Strähnen. Die Nase unter den stahlblauen Augen ähnelte einem Raubvogelschnabel. Das Gesicht wirkte grausam und hochmütig und gehörte einem reichen und mächtigen Mann, der es gewohnt war, stets alles zu bekommen, was er wollte.

Dake war zufrieden.

»Ich bin der Herr dieser Karawane und der Männer, welche du mißhandelt hast«, erklärte der Mann mit tiefer Baritonstimme. »Und wer bist du? Wie kannst du es wagen, meine Diener anzurühren?«

Dake war im Umgang mit Reichen erfahren und wußte, wann er schmeicheln und wann er prahlen mußte. »Ich? Ich bin nur Dake, der Herr der Mißgeburten, o großer Herr«, sagte er unterwürfig. »Ich bin auf dem Weg nach Shadizar, um dort einen Mäzen zu suchen, der mit seinen Mitteln die unglaublichste Sammlung von seltsamen Wesen fördert, die je ein Mensch gesehen hat. Ich wollte nur zeigen, wie wenig diese sogenannten Soldaten es verdienen, für einen Mann von deiner Größe und Bedeutung zu arbeiten.«

Der Karawanenbesitzer warf einen Blick auf die gefesselten Soldaten. »Ja, es ist offensichtlich, daß es Taugenichtse sind.« Nach einer kurzen Pause. »Herr der *Mißgeburten?*«

Dake streckte die Hand ins Wageninnere und winkte. Wieder stiegen seine Sklaven aus. Staunendes Raunen ging durch die Karawane.

»Seht selbst, Mylord ...«

»Ich heiße Capeya«, sagte der Karawanenbesitzer. »Aber ich bin kein Lord, nur ein einfacher... Kaufmann.«

»Ah, ein Mann, der seinen Reichtum *erarbeitet*, nicht geerbt hat.«

Capeya lächelte. »Genauso ist es, Freund Dake.« Dann musterte er die Mißgeburten. Offensichtlich war er beeindruckt. »Das ist wirklich eine beachtliche Sammlung. Noch nie habe ich so viele verschiedene Kreaturen gesehen, nicht einmal während des großen Fests in Shadizar. Eine einzigartige Sammlung.«

»So ist es.« Dake lächelte zufrieden.

»Wenn du sie vorführst, werden viele Menschen kommen.«

»Und sie sind noch besser, als sie aussehen, großer Kaufmann.« Dake gab sich Mühe, das Wort ›Kaufmann‹ möglichst wie ›Mylord‹ auszusprechen. »Sie haben die sechs Soldaten überwältigt, und das – ich muß es gestehen – mit wenig Mühe.«

»Ah, das klingt gut«, meinte Capeya. »Und du suchst jetzt einen Gönner?«

»Ja, so ist es.«

»Mein Wagen ist einigermaßen bequem ausgestattet, Freund Dake. Vielleicht möchtest du mit mir dort eine Probe eines nicht üblen Weins nehmen, den ich erst kürzlich erworben habe. Dort könnten wir uns unterhalten über Dinge, aus denen wir beide ... einen gewissen Vorteil ziehen könnten.«

Dakes Freude kannte keine Grenzen. Diese Karawane zu finden, war ein unerhörter Glücksfall. Shadizar lag noch einige Tage entfernt, aber er hatte schon einen Mäzen gefunden. Keinen Augenblick lang zweifelte er daran, daß er sich mit Capeya einigen würde.

Doch als er antwortete, machte er ein nichtssagendes Gesicht. »Aber gewiß doch. Ich würde mich freuen, Freund Capeya.« Innerlich grinste er wie ein Dorftrottel. Noch nie war er einem Kaufmann begegnet, der ihn über den Tisch gezogen hatte. Er hielt auch Capeya für keine Ausnahme dieser Regel.

Ja, Dake war sicher, er hatte die erste Stufe zu unermeßlichem Reichtum erklommen!

Neunzehn

Conan gefiel es überhaupt nicht, daß sich Dake mit dem Herrn der Karawane so gut verstand. Die beiden waren sich so ähnlich wie zwei Flöhe auf einer Kellerratte. Der Cimmerier spürte, wie sich eine Verbrüderung der beiden Schurken anbahnte. Das bedeutete ein neues Hindernis für eine Flucht. Zwar konnte er sich mit Leichtigkeit freie Bahn durch die Soldaten erkämpfen, falls es ihm gelang, sich von Dakes Bann zu lösen. Er hatte sein Schwert, und der letzte Auftritt der Schutztruppe der Karawane hatte ihn keineswegs beeindruckt. Für einen zusammengewürfelten Haufen Bergbanditen waren diese Soldaten vielleicht eine Bedrohung, nicht jedoch für den Cimmerier. Conan hatte auf den ersten Blick erkannt, daß es sich um Rabauken handelte, die durch ihr Auftreten Eindruck schinden wollten. Gewiß war es nicht ungefährlich, sich durch diese Schläger hindurchzukämpfen; aber davor hatte er keine Angst. Schließlich war er ein stolzer Cimmerier aus dem Norden und aus anderem Holz geschnitzt als gewöhnliche Bergbanditen. Er mußte ja auch nicht alle Soldaten überwältigen, nur zwei oder drei, die zwischen ihm und der Freiheit standen.

Doch für seine Gefährten – vor allem für die Kinder – wäre es nicht so leicht. Conan wollte aber unter keinen Umständen allein fliehen und sie als Dakes Gefangene zurücklassen. Trotz des anfänglichen Betrugs hatte Teyle sich als gute Freundin erwiesen, wenn sie seine Schmerzen linderte und ihm in der Nacht auch sonstigen Trost spendete. Conan hatte ihr längst verziehen, daß sie ihn ins Dorf ihres Vaters gelockt hatte. Sie hatte jetzt am eigenen Leib zu spüren bekommen, was es hieß, ein Sklave und gefangen zu sein. Er war nicht so engstirnig, einer reuigen Frau eine Wiedergutmachung zu verweigern. Teyle konnte aber nicht ohne die jüngeren Geschwister fliehen. Und wenn er schon drei mitnahm, konnte auch gleich der Rest mitkommen. Irgendwie war ihm die Gruppe inzwischen ans Herz gewachsen. Trotz ihres ungewöhnlichen Aussehens waren sie weit bessere Menschen als Dake und sein Lakai. Penz war urhäßlich, hatte jedoch ein gutes Herz. Kreg sah blendend aus, war aber verdorben bis ins Mark. Ja, man durfte sich nie durch das Aussehen täuschen lassen. Diese Lektion hatte der junge Cimmerier bereits gelernt.

Conan marschierte neben dem Wagen seines Herrn und Meisters. Die Tiere und Menschen vor ihm wirbelten dicke Staubwolken auf, die in Nase und Mund drangen und das Atmen erschwerten. Den Gefährten ging es nicht viel besser, mit Ausnahme von Teyle, da die Riesin so groß war, daß sie verhältnismäßig saubere Luft einatmen konnte. Conan hätte viel darum gegeben, wenn er in einer heißen Quelle hätte baden können. Aber dieser Wunsch war so erreichbar wie ein Palast voller Rubine.

Kreg lenkte den Wagen. Er machte ein finsteres Gesicht. Wahrscheinlich war er wütend, weil Dake ohne ihn mit dem Kaufmann fortgegangen war, um gepflegt zu speisen und Wein zu trinken. Gut so! dachte Conan. Jede Kleinigkeit, die Kreg erboste, hob Conans Wohlbefinden. Vielleicht würde der Lakai aus Wut seinen Herrn meuchlings erdolchen. Es waren schon seltsamere Dinge geschehen.

Da Dake in einiger Entfernung beschäftigt war, wäre die Gelegenheit zur Flucht eigentlich günstig gewesen;

aber es war noch heller Tag. Conan bezweifelte nicht, daß er mit Leichtigkeit einen oder zwei Soldaten erledigen konnte; aber da er gegen die Barriere des Banns ankämpfen mußte und daher behindert war, hätte Kreg ausreichend Zeit, ihm einen Speer in den Rücken zu schleudern. Der Cimmerier war sich bewußt, daß er von allen Sklaven am entbehrlichsten war.

Daher marschierte er weiter und wartete auf einen günstigen Zeitpunkt. Früher oder später käme die Gelegenheit zur Flucht – und er war stets bereit.

Fosull war überrascht, als er feststellte, daß die Entführer seines Sohns sich mit den anderen Wagen weiter vorn verbündet hatten. Er wußte nicht viel über die Sitten und Gebräuche der Nichtsumpfbewohner, hatte aber angenommen, daß die vielen Wagen und Männer vor ihm nur zufällig in dieselbe Richtung unterwegs waren. Beim linken Hoden des Grünen Gottes! Das machte alles schwieriger!

»W-wo sind w-wir?«

Fosull drehte sich um. Balor hielt sich mit einer Hand den Kopf und kämpfte sich mühsam hoch.

»Auf der Straße, wo sonst?«

Der Fettsack schaffte es. Er saß aufrecht da und blickte umher. »Aber wir sind längst an Elika vorbei!«

»Wir haben heute vormittag dort angehalten«, log Fosull dreist. »Kannst du dich nicht mehr erinnern?«

»Ach ja? Wir haben angehalten?«

»Selbstverständlich. Du hast zwei Fässer Wein verkauft und das Geld bei einem Rennen von Mistkäfern wieder verwettet.«

»Nein!«

»Doch!«

Balor schüttelte vorsichtig den Kopf und stöhnte. Dann legte er beide Hände an die Schläfen. »Ich kann mich an überhaupt nichts erinnern. War ich betrunken?«

»Ja, du hast ein Dutzend Krüge gelüpft!«

»Was, nur ein Dutzend? Seltsam, sonst verliere ich davon nicht die Erinnerung.«

»Ja, die zwölf waren vor dem Käferrennen. Danach hast du ein weiteres Dutzend Krüge geleert.«

»Aha, das erklärt alles. Vielleicht war das ein Becher zuviel.«

»Vielleicht möchtest du jetzt noch einen Schluck zu dir nehmen. Du scheinst dich nicht wohl zu fühlen.«

»Haare aus dem Fell des Hundes, der mich gebissen hat als Medizin, was? Keine üble Idee. Wie heißt du gleich wieder, mein kleiner Freund?«

Fosull konnte ein Grinsen nicht unterdrücken.

Balors Augen wurden groß. »Vielleicht habe ich doch zuviel Wein erwischt, Freund. Ich habe Wahnvorstellungen.«

»Wein ist bei vielen Krankheiten das beste Heilmittel, stimmt's?«

»Da hast du recht. Es ist nett, daß du den Wagen fährst, während ich mich auskuriere. Ich werde dich in Shadizar dafür belohnen – wenn ich dann noch lebe.«

Stöhnend legte Balor sich wieder hin und griff nach einem Fäßchen.

Fosulls Problem war aber noch ungelöst. Die Schurken, die seinen Sohn entführt hatten, gehörten jetzt zu einer großen Schar von Menschen. Damit stand er vor einer neuen Situation. Wie konnte er es schaffen, das geliebte Kind zu befreien und die Feinde gerecht zu bestrafen? Vielleicht sollte er die gerechte Strafe vergessen und sich nur darauf beschränken, Vilken zu befreien. Seiner Berechnung nach war er eine Stunde hinter der Karawane. Bald wäre es dunkel. In den heimischen Sümpfen war die Nacht eine Freundin der Varg, und Fosull war sicher, daß sie ihm auch hier gewogen war. Unter dem Mantel der Dunkelheit konnte er viel tun, das im grellen Licht der Sonne mißlang, vor allem dann, wenn keiner wußte, daß er hier war.

Aber da war noch dieser verfluchte Jatte, der ihn hartnäckig verfolgte. *Er* wußte von Fosulls Existenz. Der Varg fand es nicht übermäßig erstrebenswert, zwischen den vielen Menschen und dem Riesen in der Klemme zu sitzen. Er mußte wegen des Jatte etwas unternehmen – und zwar bald.

Plötzlich drang ein Gedanke wie ein Blitz durch das Gewölk seines Verstands. Beinahe wäre der Varg aufgesprungen. Diese Idee sproß wie ein Fliegenpilz nach einem warmen Regen. Wo gerade noch nichts war, stand jetzt ein Pilz. Die Lösung war so unglaublich nahe, daß es ihn beinahe überwältigte. Ganz einfach ... möglich ... ja, so konnte er seinen Sohn befreien *und* den Jatte erledigen.

Fosull grinste. Jetzt hatte er keine Angst mehr, daß Balor die spitzen Zähne sehen könnte. Seine Idee war so kühn, daß kein Varg vor ihm darauf gekommen war; aber er fand sie ausgezeichnet. Und war er nicht Fosull, der tapferste und klügste aller Varg? War es da nicht passend, daß er als erster etwas so Radikales versuchte?

Ja, es war passend!

Natürlich war es auch gefährlich, vielleicht tödlich; aber ohne Risiko war das Leben nun einmal nichts wert!

Bei allen Göttern! Er würde es tun!

Als andere Rillen die Spuren des sechsrädrigen Wagens teilweise überdeckten, wußte Raseri, daß er vor neuen Schwierigkeiten stand. Jetzt bewegten sich die Gesuchten mit einer ziemlich großen Gesellschaft eigener Leute weiter. Das verhieß für den Führer der Jatte nichts Gutes. Selbstverständlich hatte er auch diese Möglichkeit bereits erwogen; aber er hatte sie als höchst unwahrscheinlich verworfen, ehe sie an eine größere Ansiedlung kämen. Da hatte er sich verrechnet. Raseri war keiner, der eine solche Niederlage leicht wegsteckte.

»Der schlimmste Fluch des Schöpfers möge euch alle treffen!« stieß er hervor.

Raseri war über seine Fehleinschätzung so erschüttert, daß er kaum noch auf die Wagenspuren achtete. Er hatte geglaubt, solange er den Wagen mit den Fässern in der Ferne sah, brauchte er nicht übermäßig aufzupassen. Doch das erwies sich als der nächste Irrtum.

Plötzlich tauchte aus dem Gebüsch links neben der Straße der Varg in seinem Kapuzengewand auf und schwang drohend den Speer.

»Halt, Jatte!«

Raseri hob seinen Speer. »Hast du den Verstand verloren, Varg, daß du es wagst, mir allein gegenüberzutreten?« Raseri schwang den Speer in die Luft, um die kleine grüne Bestie zu durchbohren.

»Nein, warte, Jatte!«

»Warum sollte ich?« fragte der verdutzte Raseri.

»Wir verfolgen dieselben Leute.«

»Na und?«

»Sie haben meinen Sohn Vilken entführt.«

»Das kümmert mich soviel wie Käfermist!«

»Aber sie haben auch drei aus deinem Volk.«

Raseri erinnerte sich, daß Wissen Macht bedeutete. Er senkte ein wenig den Arm mit dem Speer. »Du hast sie gesehen?«

»Nein, aber ich habe vor kurzem ihre Fußspuren auf der Straße gesehen. Daher weiß ich, daß sie noch leben.«

»Dank sei dem Schöpfer!« rief Raseri. »Warum hast du angehalten und mir aufgelauert, du lebensmüder Varg?«

»Ich will meinen Sohn zurück. Du willst die Deinigen

zurück. Da vorn sind viele Menschen, wir sind beide allein.«

»Das stimmt, na und?«

»Ich schlage vor, daß wir uns verbünden... auf Zeit.«

Raseri hätte fast laut aufgelacht; aber der Vorschlag klang irgendwie verführerisch. Er senkte den Speer noch mehr. »Ein Bündnis? Jatte mit Varg? Du bist verrückt!«

»Jeder von uns hat gewisse Fähigkeiten, die der andere nicht hat. Du hast viel mehr Kraft, ich kann mich an Orten verstecken, wo es dir nicht möglich ist. Du bist auf eine andere Art und Weise gerissen und klug als ich. Ich bin behende, du bist stark. Meiner Meinung nach hätten wir bessere Aussichten, unser jeweiliges Ziel zu erreichen, wenn wir gemeinsam handeln. Na?«

Raseri stellte den Speerschaft auf den Boden. Mit großen Augen betrachtete er den kleinen grünen Varg. »Für ein kleines Biest bist du gar nicht so dumm. Ich muß zugeben, daß die Idee nicht übel ist.«

Auch der Varg ließ grinsend seinen Speer sinken. »Dann wirst du über meinen Vorschlag nachdenken?«

»Nein, ich habe bereits darüber nachgedacht. Obwohl ich nicht gewillt bin, dir zu trauen, klingt dein Vorschlag vernünftig.«

»Wärst du zufrieden, wenn ich dir mein Wort als Führer der Varg gebe, daß dir von mir keine Gefahr droht, bis unsere Leute befreit sind?«

»Du bist der Führer der Varg?«

Das kleine grüne Geschöpf richtete sich zu voller Größe auf. »Das bin ich. Ich heiße Fosull.«

»Also, da soll man mich doch in Ziegenjauche tauchen! Ich bin Raseri, Schamane und Führer der Jatte.«

»Dann gilt unser Waffenstillstand?«

Raseri überlegte kurz. Er konnte den Varg jederzeit zermalmen, falls es nötig war. Aber der Plan des kleinen Schurken hatte eine bezwingende Logik, der er sich nicht verschließen konnte.

»Gut, schließen wir Waffenstillstand.«

»Abgemacht! So, Raseri, und jetzt los! Wir müssen einen Weg finden, um unsere Lieben zu befreien.«

Raseri war noch nicht bereit, dem Varg den ungeschützten Rücken zuzuwenden; aber er war verblüfft. In seiner langjährigen Erfahrung mit den Varg war es noch nie geschehen, daß einer der grünen Winzlinge soviel Verstand bewiesen hatte. Offensichtlich hatte er die grünen Bestien unterschätzt – und zwar gründlich.

Wunder über Wunder!

Im Austausch für den nicht zu verachtenden Schutz des Kaufmanns würde Dake ihm ein Viertel des Gewinns aus den Vorstellungen mit den Mißgeburten geben. Selbstverständlich nach Abzug der Betriebskosten. Und wenn nicht der Tag kam, da Dake für sich weitere fünfzehn Prozent herausschlagen könnte, würde er nackt, mit einem stinkenden Ziegenbock auf den Schultern, durch die Straßen Shadizars tanzen.

»Und was nun die Züchtung betrifft...«, meinte Capeya vorsichtig.

»Was meinst du, lieber Partner?«

»Hm, könnten wir nicht... äh... Eintritt nehmen fürs Zuschauen?«

Dake überspielte das Lächeln, indem er schnell einen Schluck Wein aus dem kostbar geschnitzten Holzbecher nahm. Dieser Kaufmann war noch gerissener, als er aussah. Sein Vorschlag war eine hervorragende Idee.

Das sagte er auch und erntete dafür ein Kopfnicken und ein Lächeln.

»Ich finde deine Idee eines... Zirkus, wie du es nennst, einen großen Kreis mit vielen Attraktionen gleichzeitig, auch nicht übel. In der Stadt Arenjun habe ich einige Grundstücke, ebenfalls südöstlich davon, im

Nachbarland Khauran. Was hältst du davon, dort Filialen deines Zirkus einzurichten, vorausgesetzt, du kannst genügend Mißgeburten produzieren, um sie auszustatten?«

»Keine Angst, guter Mann! Das ist keine Schwierigkeit für mich. Ich bin nicht ohne gewisse ... magische Fähigkeiten. Du kannst dich auf mich verlassen, daß ich meinen Teil unseres Geschäfts erfülle.«

»Ausgezeichnet! Ich sehe eine lange und gewinnbringende Geschäftsverbindung voraus, mein Freund.«

»Ich auch. Laß uns darauf trinken – und darauf, daß du dich noch lange bester Gesundheit erfreuen mögest.«

»Und auch auf deine Gesundheit, Dake.«

Beide Männer tranken kräftig.

Dann stellte Capeya den Becher ab und klatschte zweimal in die Hände.

Eine junge Frau in rotem Seidengewand, das so gefältelt war, daß es von ihren Reizen mehr enthüllte als verbarg, betrat den großen Wagen.

»Das ist eine meiner Sklavinnen«, erklärte der Kaufmann. »Du kannst dich ihrer nach Belieben bedienen.«

»Also, daß ist zu gütig, lieber Freund. Vielleicht fändest du Gefallen daran, eins meiner Geschöpfe näher zu besichtigen? Das ist das wenigste, was ich tun kann.«

Plötzlich glitzerte es in den Augen des Kaufmanns. »Ach ja. Diese Riesin, die jüngere, ist ziemlich hübsch. Sie erinnert mich an eine meiner Töchter. Mit ihr würde ich mich gern unterhalten.«

Dake lächelte sein Gegenüber verstehend an. Schließlich waren sie beide Männer von Welt.

»Nichts leichter als das! Wenn die Wagen heute abend anhalten, werde ich sie dir herbringen lassen, damit du dich nach Herzenslust mit ihr vergnügen kannst.«

»Du bist ein großzügiger Mann.«

»Nicht mehr als du.«

Wieder lächelten sich die beiden an. Aha, dachte Dake, du hast mir soeben eine Schwäche enthüllt, Partner. Ich werde nicht vergessen, daß du ein Kinderschänder bist.

Dabei war Dake das Schicksal des Mädchens völlig gleichgültig. Er hätte sie selbst schon genommen, wenn sich ein günstiger Zeitpunkt ergeben hätte. Vielleicht würde er das noch erledigen, ehe er die junge Riesin zum Wagen des Kaufmanns schickte.

Dake lächelte. Auf seinem Gesicht spiegelten sich die verschiedensten Gedanken.

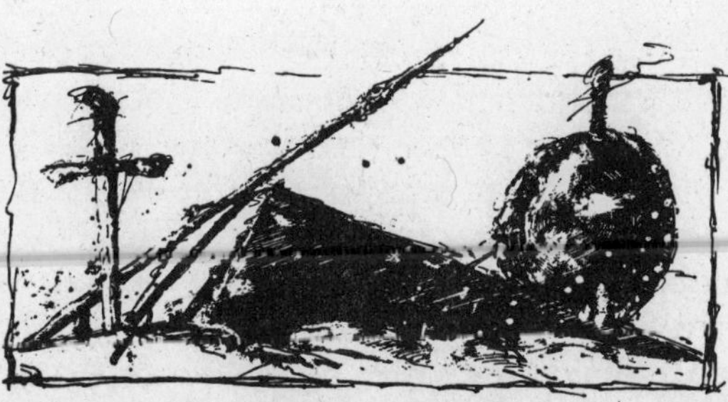

Zwanzig

Die Nacht verstreute ihre Sterne wie blitzende Sandkörner auf dem Himmel. Sie glichen winzigen Löchlein in dem dunklen Vorhang, durch welche die reine Helligkeit hindurchschien. Ein beinahe voller Mond badete das Land in silbernes Licht, so daß alles seltsame, bizarre Schatten warf. Das Nachtlager der Karawane lag weit weg von der nächsten menschlichen Behausung. Die wenigen Feuer brannten niedrig. Die Pferde und Ochsen suchten sich in der spärlichen Vegetation Futter.

Conan kehrte zum Wagen zurück, nachdem er ein natürliches Bedürfnis erledigt hatte. Er blieb einen Augenblick lang stehen, betrachtete das Lager und sog die verschiedenen Gerüche ein. Wäre er frei, würde er sich in dieser Umgebung sehr wohl fühlen. Die Ruhe der Nacht war ihm lieber als der Lärm der Städte. Es gab hier keine Schenken und Herbergen, wo man einen Schluck lüpfen oder sich mit losen Weibern vergnügen konnte; aber diese einsame Gegend hatte ihren eigenen Reiz.

Kurz vor dem Wagen sah der Cimmerier im Mondlicht, wie jemand sich schnell hinter einem Busch versteckte, an dem er gerade vorbeigegangen war.

Conans Augen waren zwar schärfer als die der meisten Menschen. Trotzdem konnte er nicht durch die Blätter sehen, wer sich dahinter verbarg. Die Gestalt, die blitzschnell dahingehuscht war, schien ein Kind zu sein. Jedenfalls war es kein Erwachsener. Aber Conan hatte das Gefühl, daß es sich um kein Kind handelte. Er konnte allerdings nicht genau sagen, warum er das so empfand.

Er konnte nicht hinlaufen, um der Sache auf den Grund zu gehen, da ihm Dakes Bann lediglich gestattete, seinen natürlichen Bedürfnissen nachzukommen. Danach mußte er zum Wagen zurück. Einfache Neugier war nicht stark genug, um die magische Barriere zu durchbrechen.

Kaum hatte Conan den Wagen betreten, vergaß er den Schatten hinterm Busch. Jetzt gab es dringendere Probleme.

Morja saß in einer Ecke und weinte leise vor sich hin. Teyle hatte den Arm um die kleine Schwester gelegt. Mit schmerzerfüllten Augen blickte sie den Cimmerier an. Dake wollte das Mädchen zum Herrn der Karawane schicken, damit er sich mit ihr vergnüge. Keiner von ihnen konnte etwas dagegen unternehmen. Ohnmächtiger Zorn beherrschte die Atmosphäre des Wagens. Alle schäumten vor Wut.

Conan wandte sich an die Katzenfrau: »Bitte Dake um die Erlaubnis, den Wagen zu verlassen. Wenn du hinausgehst, wirf einen sorgfältigen Blick auf den großen Busch, der nach ungefähr dreißig Schritten links steht.«

Tro schaute ihn fragend an.

»Jemand versteckt sich dort, und ich wüßte gern, wer.«

Die Katzenfrau nickte und ging nach vorn, um Dake zu fragen, der auf dem Bock saß.

Kaum war Tro gegangen, trat Conan zu Teyle, um sich mit ihr zu beraten.

»Wir können nicht zulassen, daß er ihr das antut«, sagte sie. Ihre Stimme klang brüchig. »Sie ist doch noch ein Kind.«

Conan nickte. »Vielleicht können wir etwas tun.«

Der Hoffnungsschimmer in ihren Augen traf den Cimmerier mitten ins Herz. »Was denn?«

Er wollte ihr sagen, daß seiner Meinung nach ein ausreichendes Maß an Wut und Haß den Bann brechen könne.

Aber in diesem Augenblick steckte Dake den Kopf in den Wagen und unterbrach sie. »Ich gehe und genieße die Großzügigkeit meines Wohltäters«, sagte er. »Eine schöne Frau in roter Seide wartet mit Ungeduld auf mich.« Er warf einen Blick auf die weinende Morja. »Kreg holt dich in ein paar Minuten. Hör auf zu heulen! Nein, warte! Weine ruhig weiter. Das wird Capeyas Lust noch steigern, wenn ich mich nicht irre.«

Er blickte die anderen an. »Ihr verhaltet euch ruhig, bis ich morgen früh zurückkomme, verstanden?«

Dann verschwand Dake.

»Conan?«

Der Cimmerier schüttelte den Kopf. »Warte noch einen Augenblick.«

Grinsend kam Kreg herein. »Komm, kleines Riesenmädel! Heute wirst du erleben, wie du eine Frau wirst.«

Teyle wollte der Schwester hinterherlaufen, als Kreg sie vom Wagen wegführte; aber sie rannte gegen die unsichtbare Wand. Dake hatte allen den magischen Befehl gegeben, Kreg nicht aufzuhalten.

Tro kam zurück.

»Conan!« Teyle versagte die Stimme.

»Ich verstehe deine Angst«, sagte der Cimmerier. »Aber hab noch einen Moment Geduld.« Er schaute die Katzenfrau an. »Na und?«

»Da sind zwei Männer. Einer ist sehr klein. So groß wie Vilken. Der andere ein Riese, größer als Teyle.«

»Vater!« riefen Vilken und Oren wie aus einem Mund.

Conan lächelte. Gut. Je mehr Durcheinander desto

besser! »Jetzt hört genau zu!« sagte er zu den Gefährten. »Ich glaube, daß wir Dakes Zauber brechen können. Aber wir müssen uns beeilen, wenn wir Morja retten wollen.«

»Die Frau, die so aussieht wie ein Katze, hat uns gesehen«, sagte Fosull.

»Vielleicht nicht«, meinte Raseri. »Sonst hätte sie bestimmt laut geschrien.«

»Nicht, wenn sie auch gefangen ist wie die anderen. Ich glaube, der einzige freie Mensch ist der Angeber mit den blonden Haaren. Und natürlich der dunkle, dieser Dake.«

»Ist es nicht merkwürdig, daß weder sie noch der Barbar zu fliehen versuchten? Keiner hat sie bewacht, als sie gingen, um ihre Notdurft zu verrichten. Was hat sie davon abgehalten, einfach zu verschwinden?«

Der Varg schüttelte den Kopf. »Ich verstehe es auch nicht. Wie du gesagt hast: Es ist äußerst merkwürdig.«

Raseri dachte nach. Dann sagte er schließlich: »Hm, Dake und der blonde Mann sind weggegangen, und das Mädchen bei letzterem ist meine Tochter Morja. Wir sollten erst die im Wagen befreien und dann sie.«

»Einverstanden. Mich sieht man nicht so leicht wie dich. Halte du Wache, während ich zum Wagen schleiche.«

»Das klingt vernunftig.«

Fosull holte tief Luft, stieß sie wieder aus und rannte zu dem Wagen, in dem sein Sohn gefangengehalten wurde.

Dake lehnte sich auf den weichen Kissen wohlig zurück, mit denen das Innere des Wagens ausgelegt war, und gestattete der hübschen Sklavin, ihm noch einen Becher des köstlichen Weins einzuschenken. Er nippte und lächelte die junge Frau an. Gezwungen lächelte sie zurück. Der flackernde Schein der Kerzen fiel auf ihre ebenmäßigen Züge.

»Ich möchte sehen, wie du unter den Seidenfetzen aussiehst«, sagte Dake. »Zieh sie aus!«

Die Sklavin gehorchte. Der Zauberer war beeindruckt von dem, was er sah. Ihre Haut war hellbraun und makellos. Die Brüste waren schwer, die Hüften breit. Ein Körper, wie geschaffen, um einem Mann Freude zu bereiten, dachte Dake.

»Komm näher, schönes Kind.« Dakes Augen funkelten lüstern.

Conan spürte, wie die Wut der Gefährten ebenso brodelte wie seine. Es war unerträglich, Sklave zu sein und gezwungenermaßen Dake jede Laune erfüllen zu müssen!

Für einen Barbaren, der es gewohnt war, seine Gefühle zu zeigen, war es nicht schwer, seiner Wut freien Lauf zu lassen. Aber wenn Conan gedacht hatte, die anderen seien weniger wütend als er, hatte er sich getäuscht, wie er bald feststellte.

Penz glühte förmlich vor Zorn. Seine Augen waren geweitet, die Lippen zurückgezogen, so daß man die Wolfszähne sah.

Tro und Sab bebten vor Haß. Die Katzenfrau stieß ein tiefes Grollen aus. Der Vierarmige ballte alle vier Hände zu Fäusten.

Aus Vilkens Mund flog Schaum, als er immer wieder wilde Worte hervorstieß, die Conan nicht verstand.

Teyle starrte stumm auf die Stelle, wo sie die Schwester zuletzt gesehen hatte. Ihr Gesicht war gerötet. Sie atmete heftig und stoßweise.

Der Cimmerier empfand die Wut aller wie etwas, das man greifen konnte. Die Luft um sie herum schien sich zu verdichten, zu einer dunklen Wolke zu werden, als fülle sich der Wagen mit schwarzem Rauch.

Immer weiter steigerte sich die Wut. Dann wußte der Cimmerier, daß er sofort handeln mußte – oder sterben.

»Jetzt!« schrie er. »Jetzt!«

Fosull hatte den Wagen beinahe erreicht, als die Tür hinten aufflog und der fürchterliche Barbar herausstürmte.

Ein Mann folgte ihm. Nein, es war ein junger Jatte, der etwas Unverständliches brüllte …

Dann zerriß die schwere Leinwand. Ein Wolfmann zerfetzte sie mit seinen Klauen. Dann flog er laut heulend durch die Luft …

Vorn brachen aus dem Wagen die Katzenfrau und ein Vierarmiger. Beide fielen auf die Erde, rollten sich kurz ab und sprangen sofort wieder auf …

Vilken – *Vilken!* – schlitzte mit dem Speer die Seite des Zeltdachs auf und sprang heraus. Dabei stieß er, so laut er konnte, den Schrei der Zwergenkrieger aus …

Jetzt platzte oben das Dach. Der Kopf der Riesin erschien. Mit beiden Händen zerriß sie die schwere Leinwand, als wäre sie ein Spinnennetz. Dabei rief sie mit lauter Stimme nach einer Morja …

Fosull stand wie gelähmt da. Bei soviel plötzlicher Betriebsamkeit wußte er nicht, was er denken, sagen oder tun sollte.

»Hierher!« ertönte die tiefe Stimme Raseris, die laut genug war, um Tote zu erwecken.

Fosull sah, daß die Flüchtigen den Führer der Jatte ebenfalls gehört hatten.

»Vater!« rief Vilken. »Ich wußte, du kämst!«

Fosull lächelte seinen Sohn an. »Ja, mein Junge. Aber ich wollte dich mit weniger Lärm holen. Wir müssen schnell weg.«

»Ist das ein *Jatte* neben dir?«

»Darüber reden wir später. Deine Gefährten sind aber nicht weniger seltsam.«

»Stimmt, Vater, da hast du recht.«

Fosull lief schnell zu Raseri, der aufgeregt winkte. Der Lärm vom Wagen hatte die ganze Karawane alarmiert. Aufgeregt schrien die Männer umher. Der Plan, sich heimlich davonzuschleichen, war geplatzt. Am besten war es jetzt, schnell wegzulaufen und jeden mit dem Speer zu durchbohren, der sich in den Weg stellte.

Dake stöhnte wohlig unter den geübten Händen und Lippen der nackten Sklavin. Da fühlte er plötzlich einen Stich. Einen Augenblick lang hielt er es für starke Lust, doch dann merkte er schnell, daß es damit nichts zu tun hatte.

Die Sklaven waren seiner Herrschaft entkommen!

Der Zauberer sprang auf und stieß die verblüffte Frau mit schrecklichen Flüchen zur Seite.

»M-m-mylord?«

»Schweig, Weib! Wo ist mein Gewand?«

Während Dake rasch das Gewand überstreifte und in die Stiefel schlüpfte, spürte er, wie die Gegenwart seiner Gefangenen mit jedem Augenblick schwächer wurde. Was war geschehen? Nie zuvor war sein Zauberbann gebrochen worden! Wie konnte das sein? Hatte Capeya die Hände im Spiel? Verfügte er über magische Kräfte, von denen er nichts wußte? War das irgendein Verrat des Kaufmanns?

Sobald Dake angezogen war, sprang er aus dem Wagen. Er brauchte Antworten – und zwar schnell!

Das ganze Lager war in Aufruhr. Die Männer schrien sich in der Dunkelheit an und fluchten, wenn sie übereinander stolperten. Keiner wußte, was geschehen war. Dake hatte Mühe, sich zu seinem Wagen durchzukämpfen. Dabei rief er nach Kreg.

Was im Namen der Sieben Höllen war geschehen?

Conan lief, so schnell er konnte. Trotzdem konnte er nicht mit Teyle mithalten, die vor ihm herrannte.

Der Bann war gebrochen. Sie waren frei; aber der Cimmerier hielt das Schwert griffbereit, falls er Dake irgendwo begegnete. Conan hatte vor, dem Zauberer die kalte scharfe Klinge in den Leib zu stoßen, ehe dieser einen neuen Zauberspruch aussprechen konnte.

Teyle rief laut nach ihrer Schwester ... und erhielt Antwort. Morja meldete sich aus einiger Entfernung.

Im nächsten Augenblick hatte Conan die Riesin aus den Augen verloren. Sie war in der Dunkelheit zwischen den Wagen der Karawane verschwunden. Dann liefen ihm zwei Männer vor die Füße. Sie hielten die Kurzschwerter kampfbereit.

Der Cimmerier lief so schnell, daß er nicht ausweichen konnte. Blitzschnell schwang er seine Klinge nach rechts und nach links.

Die beiden hatten Conans Geschwindigkeit arg unterschätzt. Ehe ihre Kurzschwerter in das Todeslied des Breitschwerts einstimmen konnten, flog der Kopf des einen Soldaten durch die Luft. Der Arm des zweiten wurde über dem Ellbogen feinsäuberlich abgetrennt und fiel auf die Erde.

Die beiden Hiebe verlangsamten Conans Schritt nur geringfügig. Ohne auf die Schreie des Verwundeten zu achten, stürmte er weiter.

Da sah er Teyle wieder. Sie hatte Krieg beinahe erreicht. Der Blonde ließ Morja los und wollte gerade den Dolch zücken, als Teyle ihm mit der offenen Hand einen Schlag ins Gesicht versetzte. Er machte einen Salto nach hinten und blieb mit gebrochener Nase liegen.

Conan war sicher, daß er bewußtlos, wenn nicht gar tot war. So heftig war der Schlag gewesen.

»Teyle!«

Die Riesin drehte sich um und blickte dem Cimmerier entgegen.

»Es geht ihr gut«, sagte Teyle. »Sie waren noch nicht zum Wagen des Kaufmanns gekommen.«

»Gut! Aber nun schnell weg von hier!«

Teyle und Morja nickten und folgten dem Cimmerier.

Sie waren frei, aber das half ihnen wenig, wenn sie von den Soldaten erschlagen würden. Obwohl die Kerle nicht besonders klug waren, befanden sie sich klar in der Überzahl. Conan war noch nicht bereit zum Sterben, vor allem jetzt nicht, nachdem er gerade wieder ein freier Mann geworden war.

Er lief mit den beiden Riesinnen weiter und suchte die anderen.

Einundzwanzig

In der Tat war es eine seltsame Schar, die im Schein des Mondes den Lagerplatz von Capeyas Karawane verließ. Conan führte. Ihm zur Seite die Katzenfrau, weil sie nachts am besten sah, und der Wolfmann, weil er die feinste Nase hatte. Danach kamen vier Riesen, zwei grüne Zwerge und ein vierarmiger Mann. Alle liefen um ihr Leben.

Sie kamen an einem kleinen Wagen vorbei, auf dem ein fetter Mann saß und sich den Kopf hielt. Als der Dicke die Gruppe sah, wurden seine Augen groß. Conan hörte ihn stöhnen. Dann murmelte er etwas vor sich hin – irgend etwas über den Genuß von zuviel Wein …

Der Cimmerier legte einen strammen Schritt vor, da er nicht wußte, ob man sie verfolgte oder wann man die Verfolgung aufnähme. Trotz des beinahe vollen Mondes war es gefährlich, jemanden in der Nacht zu verfolgen. Es war nicht klug, durch unbekanntes Gelände zu laufen. Gefühlsmäßig hatte Conan eigentlich die Straße verlassen und über die Hochebene weitergehen wollen.

Er war sicher, daß Dake versuchen würde, sie wieder in seine Gewalt zu bekommen. Schließlich hatte er mit ihnen seinen Lebensunterhalt verdient. Jetzt war er mittellos. Außerdem kochte Dake bestimmt vor Wut. Conan hatte als Gefangener selbst erlebt, daß der Zauberer es nicht ertragen konnte, irgendwie zu scheitern. Und der Ausbruch der Sklaven war ein schwerer Schlag gegen Dakes Stolz.

»Vorsicht, da kommt eine Bodenmulde!« warnte Tro.

Conan schob den Gedanken an die Verfolger beiseite und starrte angestrengt in die Dunkelheit. Ja, er sah die Mulde links. Schnell bog er nach rechts, um ihr auszuweichen. Die anderen folgten seinem Beispiel.

»Ich habe nichts gesehen«, gestand Oren.

»Das kommt daher, weil du ein blöder, blinder Fleischkloß bist«, sagte Vilken.

»Ach ja? Und du bist dümmer als Hundekot!«

»Ruhe!« ertönten Raseris und Fosulls Stimmen gleichzeitig.

Conan grinste und lief weiter in die Nacht hinein.

Es war gut, daß Dakes magische Kräfte nicht besonders groß waren; denn hätten seine Blicke zu zerstören vermocht, hätte nichts mehr existiert, so weit das Auge sah.

Kreg saß zu Füßen seines Herrn und hielt sich die schmerzende Nase. Die Blutung hatte aufgehört; aber das Gesicht des Manns würde nie wieder so hübsch sein wie zuvor.

»Auf die Beine, du elender Schwachkopf! Wir müssen sie verfolgen.«

Kreg zog sich mühsam am Rad des Wagens hoch, neben dem er saß. »In der Dunkelheit?«

»Im Feuersturm der tiefsten Gehenna, wenn es sein muß!«

Dake blickte Capeya an, der abwartend danebenstand. »Hast du damit auch Schwierigkeiten? Du besitzt ein Viertel des Gewinns an denen, die geflohen sind.«

»Ja, und ich möchte sie zurückhaben. In dieser Gegend gibt es keine Banditen. Wir lassen ein Dutzend Männer als Bewachung der Karawane zurück und nehmen mit doppelt so vielen die Verfolgung auf.«

»Wirst du dich selbst auch beteiligen?«

Capeya grinste. »Allerdings. Ich habe beträchtliche Erfahrungen als Großwildjäger. Ich habe wilde Eber und Büffel erlegt. Menschen sind leichter zur Strecke zu bringen.«

Dake nickte, aber insgeheim stimmte er dem Kaufmann nicht zu. Eber und Büffel waren wilde Tiere, aber sie verfügten nicht über die Verschlagenheit der Menschen. Sie konnten auch keine Speere schleudern oder Schwerter schwingen. Andererseits mußte er nur nahe genug an die Flüchtigen herankommen, um sie wieder unter seine Herrschaft zu bringen. Das nächste Mal wäre er wachsam, bis alle in einem steinernen Gefängnis steckten und genügend Wachtposten sie nicht aus den Augen ließen. Die Flucht war für ihn eine schreckliche Pleite, wahrscheinlich dadurch verursacht, daß er sich von der Sklavin hatte ablenken lassen.

»Wie schnell können wir aufbrechen?« fragte Dake.

»In etwa einer halben Stunde.«

»Gut.«

Während Capeyas Männer sich zur Verfolgungsjagd sammelten, holte Dake einige persönliche Dinge aus dem Wagen. Er besaß noch einige Zauber, die sich als nützlich erweisen könnten. Sorgfältig packte er die magischen Gegenstände ein, die er zur Ausübung dieser Zauberhandlungen brauchte. Wenn nötig, konnte er Kröten herabregnen oder den roten Dämon auftreten lassen. Doch gegen seine früheren Gefangenen würden diese Tricks nichts nützen, da sie wußten, daß es sich nur um Illusionen handelte.

Keine Minute zweifelte Dake daran, daß er die Flüchtigen wieder in seine Gewalt bringen würde. Sie waren zu Fuß unterwegs und schlecht ausgerüstet. Es war nur eine Frage der Zeit, bis man sie eingeholt hatte. Befanden sie sich erst einmal innerhalb seines magischen Machtbereichs, mußte er aufpassen, daß die wertvolleren Exemplare nicht beschädigt wurden. Dieser Conan war allerdings unbrauchbar für ihn geworden. Der Mann war gefährlich. Er hatte bei der Flucht einen Soldaten getötet und einen schwer verwundet. Je früher dieser Barbar tot war, desto besser!

Nach einer Stunde in der Freiheit hielt Conan lange genug an, um die neuen Gefährten richtig zu begrüßen. Teyle hatte ihrem Vater erklärt, wie sie und die Geschwister in Gefangenschaft geraten waren. Dabei hatte sie Conan von jeglicher Schuld freigesprochen.

Die Freude des Cimmeriers, den Führer der Jatte wiederzusehen, hielt sich in Grenzen. Lieber hätte er den Riesen mit dem Schwert aufgespießt, als ihm die Hand zu reichen. Doch im Augenblick drohte ihm von Raseri weniger Gefahr als von Dake und seinen Schergen.

Vilken stellte den Gefährten Fosull mit großem Stolz als seinen Vater vor.

Natürlich hätte Conan auch die Entführer seiner Kinder gejagt, wäre er in dieser Situation gewesen. Kein Mann, der dieser Bezeichnung wert war, hätte anders handeln können. Dennoch wäre er viel lieber weit weg von allen Riesen und Zwergen gewesen, wenn er die Wahl gehabt hätte.

Aber im Augenblick hatte er keine Wahl. Natürlich konnte er weglaufen. Er war sicher, daß er um die Karawane einen Bogen schlagen und ungehindert weiter nach Shadizar ziehen konnte. Obwohl dieser Capeya in der Stadt anscheinend viel zu sagen hatte, war diese wohl so groß, daß der Cimmerier dort untertauchen konnte. Vielleicht konnte er mehrere Monate oder Jahre dort verbringen, ohne je dem Kaufmann oder seinen Söldnern zu begegnen. Aber Conan haßte es, immer mit offenen Augen und Ohren schlafen zu müssen. Nein, er hatte keine Lust, ständig auf der Hut zu sein, um nicht von Capeya entdeckt zu werden. Das war so, als hätte er einen spitzen Stein im Stiefel, der so lange

Schmerzen bereitete, bis er ihn entfernte. Für den Augenblick war es wohl das beste, wenn er weiter mit diesen Kreaturen vor Dakes Rache floh.

»Wir können sie aber nicht zu uns nach Hause führen«, erklärte Raseri.

»Da hast du recht«, pflichtete Fosull ihm bei.

Conan schüttelte den Kopf. »Dake weiß doch bereits, wo ihr lebt. Dort findet ihr Hilfe. Eure Überlegung ergibt keinen Sinn.«

»Hat dieser Dake den anderen erzählt, wo wir leben?« fragte Fosull.

»Das glaube ich nicht«, antwortete Penz. »Er gibt nichts preis, das von Wert ist.«

»Na, dann brauchen wir nur ihn und seinen Gehilfen zu töten, und dann ist niemand mehr übrig, der verraten kann, wo wir leben«, erklärte Raseri.

Conan musterte die Gruppe. »Wir haben ein Schwert, drei Speere – zwei davon ziemlich kurz – und ein Hanfseil. Mit dieser Bewaffnung können wir kaum zwanzig oder dreißig gut bewaffnete Soldaten besiegen, selbst wenn diese schlecht ausgebildet sind.«

»Wir haben den Vorteil der Überraschung auf unserer Seite«, warf Fosull ein.

»Abgesehen von der zahlenmäßigen Überlegenheit der Feinde gibt es noch eine andere Schwierigkeit, selbst *wenn* ihr Dake und Kreg tötet«, fuhr Conan fort.

Raseri warf dem Cimmerier einen verschlagenen Blick zu, der Conan nicht entging.

»Ich verstehe das nicht«, sagte Teyle.

»*Wir* kennen euer Dorf«, erklärte Conan. Dann zeigte er auf Tro, Sab und Penz.

»Na und?« fragte die Riesin.

»Sie sind keine Jatte, Tochter.«

»Auch keine Varg«, fügte Fosull hinzu.

Teyle blickte ihrem Vater in die Augen. »Vater, allein Conan haben wir es zu verdanken, daß wir frei sind. Er hat mir geholfen, Morja zu retten. Und Conan hat gegen Dake mehr Widerstand geleistet als wir alle.«

»Das mag sein; aber nichts davon macht ihn zu einem Jatte, Tochter.«

»Dann würdest du ihn und die anderen töten, obwohl ihr einziges Verbrechen darin besteht, keine Jatte zu sein?« Sie schaute Fosull an. »Oder Varg?«

»Ihr Verbrechen besteht darin, daß sie wissen, wie man uns findet.«

»Sollen wir uns für den Rest unseres Lebens und des Lebens unserer Kinder und Kindeskinder verstecken? Die Nichtsumpfbewohner werden immer mehr. Sie kommen in immer neue Gegenden. Da ist es doch unvermeidlich, daß sie eines Tages auch über uns stolpern werden.«

»Vielleicht. Auch der Tod ist unvermeidlich, aber man kann sich bemühen, ihn möglichst lange hinauszuzögern.«

Während Vater und Tochter miteinander sprachen, zückte Conan verstohlen sein Schwert. Als Raseri das sah, griff er nach dem Speer.

»Dann laß uns gleich hier entscheiden, wer lebt und wer stirbt«, erklärte der Cimmerier.

Raseri schwang den Speer. Auch Fosull und Vilken griffen zu den Waffen.

Penz, Tro und Sab standen gespannt da, bereit zu Verteidigung oder Angriff.

»Nein!« schrie Teyle.

Raseri schaute zu ihr hinüber. »Es muß sein, Tochter!«

»Diese Menschen sind inzwischen meine Freunde geworden, Vater. Wenn du sie tötest, mußt du mich ebenfalls töten!« rief Teyle erregt.

»Du hast den Verstand verloren!«

»Nein, ich habe ihn gewonnen.«

Oren und Morja stellten sich neben Teyle. »Sie hat

recht, Vater«, sagte das Mädchen. »Es sind auch unsre Freunde.«

»Anscheinend habt ihr allesamt den Verstand verloren«, sagte der Führer der Jatte und schüttelte den Kopf.

»Was ist mit dir, Vilken?« fragte Fosull.

»Ich möchte dich nicht verärgern, Vater; aber für Fleischtiere haben sie sich wirklich anständig benommen.«

»Hört auf eure Kinder!« mahnte der Cimmerier. »Wenn dieser Kampf nicht so endet, wie ihr es wünscht, und wir überleben, dann seid ihr völlig sinnlos gestorben.«

Conan hielt das Schwert locker in der Hand, konnte jedoch jederzeit losschlagen. Die Jatte hatten zwar außergewöhnlich harte Knochen – wie er aus eigener Erfahrung wußte –, aber seine Schwertspitze konnte in ihre Körper eindringen. Sollte der Riese den Speer auf ihn richten, würde er sofort Raseris Herz durchbohren. Dazu war er entschlossen. Der Jatte war stark, aber der Cimmerier wußte, daß er schneller war. Er sammelte sich für den entscheidenden Sprung.

Raseri stand stumm da. Allen kam es wie eine Ewigkeit vor. Schließlich sagte er: »Mein Volk kennt einen Trank, welcher zum Vergessen führt. Er vernebelt die Erinnerung an Ereignisse, die vor kurzem geschehen sind. Wenn wir den Kampf mit Dake und seinem Schergen überleben …« Er machte eine Pause und blickte Conan an. »Wärt ihr dann bereit, diesen Trank zu trinken?«

Conan betrachtete seine Gefährten: den Mann mit dem Gesicht eines Wolfs, die Frau mit den Zügen einer Katze und den vierarmigen Mann. Jeder nickte. Ohne es zu wollen, war er ihr Anführer geworden. Sie fügten sich seiner Entscheidung.

Der Cimmerier blickte Raseri scharf an. »Wenn du

beweisen kannst, daß dieses Gebräu kein Gift ist, werden wir darüber nachdenken.«

»Ich bin bereit, selbst als erster davon zu trinken«, antwortete Raseri. »Reicht das als Beweis?«

»Zusammen mit deinem Wort, daß der Trank nur unsere Erinnerung vernebelt – ja!«

»Ich gebe euch mein Wort.«

»Nun gut. Aber … aber wenn du über ein derartiges Mittel verfügst, wundere ich mich, daß du es nicht den anderen gegeben hast, die in eurem Dorf waren. Dann hättest du sie doch lebendig wegschicken können.«

»Ich habe dem Trank nicht so weit getraut. Wer weiß? Vielleicht läßt die Wirkung im Lauf eines langen Lebens nach.«

»Aber jetzt traust du ihm?«

»Ja, denn ich will nicht gegen meine Kinder kämpfen.«

Conan nickte. »Gut, aber zuerst müssen wir den Kampf mit Dake und seinen Schergen überleben.«

»Conan, hörst du das?« fragte Penz.

Der Cimmerier lauschte angestrengt, hörte aber nichts.

»Es nähern sich Menschen und Pferde«, erklärte der Wolfmann.

»Dann los!« rief Conan. »Laufen wir weiter. Wir können später über alles reden; aber dieser Ort ist als Verteidigungsstellung völlig ungeeignet.«

»Einverstanden«, sagte Raseri.

Fosull wendete sich an seinen Sohn. »Lauf voraus und suche einen günstigen Platz. Los, beeil dich!«

Vilken verschwand in der Dunkelheit, die anderen folgten ihm.

»Da sind Spuren, Mylord«, sagte der Soldat.

Dake schaute vom Pferd hinab und sah, daß es wieder der Rotschopf mit den tiefliegenden Augen war, der ihm diese Meldung machte.

Der Herr der Mißgeburten drehte sich zum Kaufmann um. »Ich war sicher, daß du diesem Versager längst die Eingeweide hast herausreißen lassen.«

»Ja, das hätte ich auch getan. Aber trotz seines mangelnden Verstands ist er unser bester Fährtenleser.«

»Schade.«

»Ist es nicht immer so? Heutzutage ist es überaus schwierig, gute Leute zu finden und zu halten.«

Dake warf einen Blick zu Kreg hinüber, der immer noch an der gebrochenen Nase herumfingerte. Ja, bei allen Göttern: So war es!

Der Rotschopf beugte sich mit zwei Fackelträgern zur Erde hinab. Dann kniete er nieder und strich über den Boden. Gleich darauf richtete er sich wieder auf und trat zu seinem Herrn.

»Es waren zehn, Mylord. Vier groß und schwer, einer davon sogar noch größer als das Riesenweib. Zwei sind ziemlich klein – wahrscheinlich der grüne Zwerg und noch so ein Frosch. Der Rest ist normal groß.«

Dake überdachte diese Mitteilung. Aha, noch ein Riese und noch ein Zwerg waren gekommen. Sehr aufschlußreich. Vielleicht hatten die beiden einen Gegenzauber mitgebracht, mit dem sie die Gefangenen befreien konnten. Aber eigentlich hielt er das für unwahrscheinlich. Wären sie mächtige Magier, hätten sie viel mehr Schaden angerichtet und wären nicht nur geflohen. Erstaunlich war allerdings, daß sie ihn so weit verfolgt hatten. Offenbar waren sie hartnäckig. Auch das war eine wichtige Neuigkeit.

Seltsam, daß sie sich zusammengetan hatten! Laut Vilken haßten sich die beiden Völker abgrundtief. Das mochte ein schlechtes Zeichen sein.

Ach was! Jetzt konnte man nichts tun. Er war nicht bereit, umzudrehen und die Grundlage seines künftigen Reichtums kampflos aufzugeben. Im schlimmsten

Fall bekam er nicht alle Mißgeburten zurück, sondern nur ein paar. Aber das war besser als gar nichts!

»Los, wir müssen sie finden!« rief Dake. »Weit können sie nicht sein. Wenn das Glück auf unsrer Seite ist, haben wir sie eingefangen, ehe der morgige Tag verstrichen ist.«

Dann gab er dem Pferd die Sporen. Der Herr der Karawane folgte ihm mit seinen Söldnern.

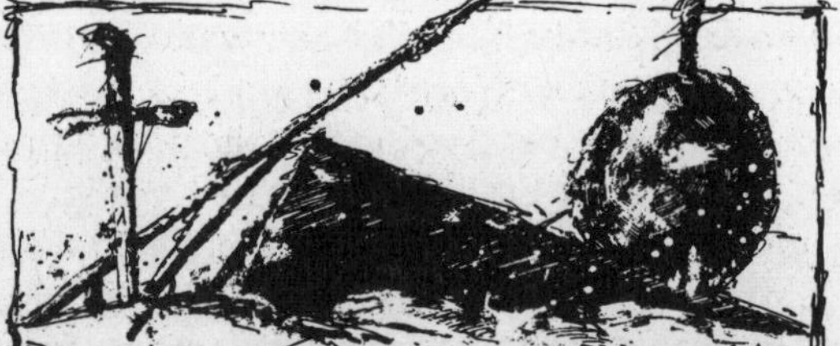

Zweiundzwanzig

Vilken tauchte nach wenigen Minuten atemlos auf, um seinem Vater Meldung zu machen.

»In dieser Richtung kommt nirgends eine Anhöhe«, stieß er hervor. »Alles ist flach. Hinter den wenigen Büschen kann sich kaum ein Hase verstecken, noch weniger wir. Wenn wir nach Süden laufen, erreichen wir felsiges Gelände gegen Morgen.«

»Unser Vorsprung beträgt kaum eine halbe Stunde«, meinte Conan nachdenklich. »Sie sind zwar in der Dunkelheit langsamer als wir, aber sobald es hell geworden ist, kommen sie schneller vorwärts.«

»Hast du irgendeinen Vorschlag?« fragte Raseri.

»Ja, wir schlagen uns in die Berge. Auf dem felsigen Gelände kann man unsere Spuren nicht so leicht verfolgen. Vielleicht können wir sie auch durch einige Maßnahmen aufhalten, wenn wir uns beeilen.«

Da niemand eine bessere Idee hatte, stimmten alle Conans Plan zu, obwohl er beschwerlich klang.

Raseri hatte das Gefühl, daß er die Lage beherrschte – soweit es möglich war. Sein Hauptziel hatte er erreicht: Er hatte seine Kinder befreit. Das zweite Ziel – die Vernichtung derer, welche wußten, wo das Dorf der Jatte lag – lag unmittelbar in Reichweite. Er hatte seiner Tochter vorhin nur die halbe Wahrheit gesagt. Der Tod sollte so lange wie möglich hinausgezögert werden, jedoch dann nicht, wenn der Tod einem höheren Ziel diente. Er mußte verhindern, daß jemand wußte, wo sein Volk lebte. Dafür würde er auch den größten Preis entrichten. Wenn nötig, würde er mit dem eigenen Leben bezahlen.

Conan mußte sterben, ebenso die Mißgeburten und diejenigen, die seine Kinder gefangengehalten hatten. Wenn das nicht im Kampf geschah, der unvermeidlich war, mußte er später dafür sorgen.

Es gab bestimmt Tränke, welche die Erinnerung vernebelten; aber Raseri, der Führer und Schamane der Jatte, kannte keinen. Er verstand sich jedoch auf das Mischen von über einem Dutzend tödlicher Tränke. Dazu brauchte er nur bestimmte Kräuter, Blüten oder Blätter zu sammeln. Mit Sicherheit gab es einige dieser Pflanzen auch hier. Daraus würde er einen Todestrank für alle Überlebenden des Kampfes bereiten. Sie mußten sterben!

Gewiß, er hatte sein Wort gegeben; aber ein Versprechen, das man einem Feind gab, war in Raseris Moralkodex bedeutungslos. Der Schutz seines Volkes war wichtiger als alles andere. Als Schamane und Führer war das seine heilige Pflicht, die er erfüllen mußte, ganz gleich, was es kostete. Er mußte nur so lange überleben, bis seine Kinder in Sicherheit waren. Er hielt sich für sehr gerissen, daß er bis jetzt einen Zusammenstoß mit Conan und den Mißgeburten vermieden hatte. Seine Stunde würde kommen. Aber erst, wenn er sicher war, alle vernichten zu können, welche seine Lieben bedrohten.

Fosull wäre sofort mit Vilken weggelaufen, wenn er geglaubt hätte, dadurch seine Aussicht auf eine sichere Heimkehr zu verbessern. Obwohl er seinen Gefährten, mit Ausnahme seines Sohns natürlich, nicht traute, sah er im Fall eines Angriffs in ihnen doch einen gewissen Schutz. Außerdem konnte er mit Vilken im Durcheinander eines Kampfes immer noch fliehen. Vorsichtshalber hatte er die Speerspitze mit dem Saft der Glitbeere bestrichen, einem schnell wirkenden Gift. Drang es ins Blut, war das Opfer nach wenigen Herzschlägen tot. Normalerweise benutzten die Jäger dieses Gift nicht, weil das Fleisch des erlegten Wilds nicht mehr eßbar war; aber im Fall der Selbstverteidigung war essen weniger wichtig als atmen.

Während die Gruppe in der Dunkelheit auf die Berge zu marschierte, überlegte der Varg, in welchen seiner möglichen Feinde er den Speer als erstes stoßen sollte, wenn es nötig wurde. Raseri war der stärkste und wohl auch der gefährlichste – Fosull hatte gesehen, wie ein Jatte einen Varg auf hundert Schritte Entfernung aufspießte. Aber dieser Conan war auch nicht zu unterschätzen! Er war schnell und überdurchschnittlich stark, wenn er Vilkens Bericht über die Gefangenschaft glaubte, den dieser ihm unterwegs leise erzählt hatte. Auch die Riesin durfte er nicht vergessen. Sie konnte einen Varg mit einem Tritt oder Faustschlag töten. Die Jatte-Kinder waren zwar auch kräftig, aber noch sehr unerfahren. Wolfmann, Katzenfrau und der Vierarmige waren Unbekannte. Ein Feind, über den man nichts wußte, war immer eine große Gefahr. Wozu waren diese drei fähig? Er hatte gesehen, wie hervorragend sie nachts sahen und hörten. Das stimmte ihn nachdenklich.

Beinahe wäre Fosull über einen Stein gestolpert. So angestrengt hatte er nachgedacht. Vorsicht, du Tor! ermahnte er sich. Mit gebrochenem Bein konnte er sämtliche Pläne vergessen, wie er die Feinde besiegte.

Der Waffenstillstand mit Raseri galt nicht mehr, da der Jatte seine Kinder und er Vilken befreit hatten. So sah Fosull das jedenfalls. Wenn alle in dieser Gruppe im nächsten Augenblick tot umgefallen und in die tiefste Grüne Höllengrube gestürzt wären, hätte Fosull keine Sekunde lang getrauert. Falls sie den Kampf mit den Verfolgern überlebten, würde er schon dafür sorgen, daß so etwas geschah – natürlich mit dem geringsten Risiko für ihn und Vilken. Es war zwar schade, soviel Fleisch zu verschwenden; aber er und Vilken konnten unmöglich alle Opfer nach Hause schleppen. Es war schließlich besser, wenn Raseri und die anderen hier verrotteten, als daß sie lebten und später die Varg abschlachteten.

Man mußte vor allem für die Seinen sorgen!

Conan erreichte als erster die Felsen. Sofort sah er sich nach einer Möglichkeit um, die Verfolger aufzuhalten. Ein schmaler Pfad, wahrscheinlich von wilden Tieren gebahnt, schlängelte sich durch Felsbrocken zu einer Schlucht, die zwei Spannen breit war und zu beiden Seiten von hohen rötlichen Felswänden begrenzt wurde.

Als die Morgendämmerung die Sonne auf den Himmel schob, kletterte der Cimmerier an der rechten Felswand hinauf. Sie war ungefähr fünfmal so hoch wie er; aber er brauchte nur wenige Minuten, um sie zu erklimmen, da er in Cimmerien bereits als Kind wie eine Bergziege klettern gelernt hatte.

Im frühen Morgenlicht sah er die Reiter und die Soldaten in der Ferne. Sie waren ungefähr eine halbe Stunde weit entfernt.

»He, Conan, wo bist du?« Das war Penz.

Der Cimmerier beugte sich über die Felskante und sah die anderen unten in der Schlucht stehen.

»Ich plane eine Überraschung für unsere Freunde da hinten. Penz, kannst du hochklettern und dein Seil mitbringen?«

»Ja.«

Als Penz oben auftauchte, hatte Conan bereits mehrere Felsbrocken an die Kante geschoben. Jetzt türmte er sie zu einer Pyramide auf, die seitlich von kleineren Steinen gehalten wurde.

»Ist dein Seil lang genug, um von hier nach unten und auf die andere Seite zu reichen?«

»Ja, doppelt so weit.«

»Miß es aus!«

Penz tat es. Dann schnitt Conan das dünne Seil mit dem Schwert durch. Ein Ende befestigte er an mehreren Stützsteinen, das andere Ende ließ er nach unten gleiten. Dabei achtete er darauf, daß das Seil keinen Zug auf die Steine ausübte.

»Es wäre besser, wenn ihr alle jetzt ein Stück weitergeht!« rief er hinab.

Dann schafften der Cimmerier und Penz noch weitere Steine an die Pyramide. Zweimal rollte ein Stein über die Kante und drohte das Kunstwerk zum Einsturz zu bringen; aber in letzter Sekunde konnte Conan die Katastrophe verhindern.

»Sie werden in wenigen Minuten hier sein«, sagte Conan und blickte hinaus auf die Ebene. »Komm, wir klettern hinab und bereiten uns auf den Kampf vor.«

Schnell stiegen die beiden Männer hinab. Auf dem Boden der Schlucht wickelte Conan an einer dunklen Stelle das Ende des Seils um einen Felsbrocken und spannte den Rest eine Spanne hoch über den Weg. Wenn sie Glück hatten, übersah der erste Feind das Seil und stolperte darüber.

Vilken kam zurück, um Conan Meldung zu machen. Sein Vater hatte ihn als Späher vorgeschickt.

»Der Weg windet sich nach oben weiterhin durch Felsen«, sagte er. »Dann kommt eine flache Stelle, und danach beginnt das eigentliche Gebirge. Mein Vater sagt, wenn wir bis dahin gelangen, können die Pferde uns nicht mehr folgen.«

Conan nickte. »Gut. Wenn wir sie hier eine Zeitlang aufhalten können, schaffen wir es bis in die Berge. Zu Fuß können sie uns nie einholen.«

Penz rollte den Rest des Seils auf und schwang es

über Schulter und Brust. »Was geschieht, wenn sie merken, daß sie nur um diese Felsgruppe herumgehen müssen, um unsere Falle zu vermeiden?«

»Wir müssen dafür sorgen, daß sie es nicht tun«, antwortete der Cimmerier.

»Und wie schaffen wir das?«

»Du gehst zu den anderen voraus. Ich bleibe hier und biete ihnen etwas, worauf sie Jagd machen können.«

Penz nickte. Seine Wolfszüge waren ausdruckslos. »Paß auf dich auf, Conan. Dake will uns lebendig haben; aber dich sähe er mit Freuden tot. Da bin ich sicher.«

»Keine Angst, mein Freund. Cimmerier haben gelernt, blitzschnell zu laufen, wenn es nötig ist. Ich bin bald wieder bei euch.«

Nachdem Vilken und Penz gegangen waren, schlich Conan zurück zum Eingang der Schlucht. Dabei paßte er auf, das gespannte Seil nicht zu berühren.

Lange mußte er nicht warten.

Dake und Capeya ritten in der Mitte der Abteilung. Reiter und Fußsoldaten waren vor und hinter ihnen. Als es hell war, hielten sie vor einer großen Felsgruppe.

»Hm, der Weg sieht nicht sonderlich geeignet für die Pferde aus«, meinte der Kaufmann. »Wir sollten lieber einen Bogen außen herum schlagen. Wahrscheinlich sind sie auf dem Weg in die Berge.«

»Könnte es nicht sein, daß sie sich in den Felsen versteckt haben und hoffen, daß wir außen vorbeiziehen?«

»Glaube ich nicht. Unser Fährtenleser würde bemerken, wenn auf der anderen Seite keine Fußspuren mehr sind. Dann säßen sie in der Falle. Wir haben genug Männer dabei, um die Felsen zu umzingeln. Mit ein paar gutgezielten Pfeilen können wir dann jeden abschießen, der so töricht ist zu fliehen. Sie wären wirklich dumm, wenn sie sich dort versteckt hielten.«

»Nun, hoffentlich ist der Wunsch nicht der Vater deiner Gedanken«, sagte Dake.

Capeya wollte gerade einen Mann zu dem Anführer der Abteilung schicken und ihm befehlen, die Felsen zu umgehen, als Dake einen Schrei hörte.

»Dort sind sie!«

Dake erhob sich ein wenig im Sattel. Der Mann, der geschrien hatte, war der rothaarige Fährtenleser.

Ja, am Eingang zur Schlucht stand Conan. Offenbar hatte er soeben die Soldaten gesehen, denn er machte kehrt und lief zurück zwischen die Felswände.

»Hinterher!« brüllte Capeya.

Die vier Reiter an der Spitze nahmen die Verfolgung auf. Sie drückten den Pferden die Fersen in die Weichen und galoppierten los, so daß der Sand hoch aufwirbelte. Ihnen folgten die ersten Fußsoldaten. In ihrer leichten Rüstung waren sie außerordentlich schnell.

Auch Kreg trieb sein Pferd an und preschte hinter den Reitern her. Offenbar wollte er beim Töten unbedingt in erster Reihe dabeisein.

Dake schaute zu Capeya hinüber. Der Herr der Karawane lächelte zurück. Die beiden Männer waren nicht so töricht, die eigene Haut im Kampf zu riskieren, wenn sie dafür Söldner hatten.

Capeya wendete sein Roß und rief den Männern hinter ihm zu. »Los! Beeilt euch!«

Als der letzte Soldat vorbeimarschiert war, trieben Capeya und Dake ihre Pferde vorwärts, allerdings langsam. Die Soldaten hatten den Befehl, die Mißgeburten zu schonen, wenn sie nicht den Kopf verlieren wollten. Der Barbar jedoch war zur Jagd freigegeben. Ein pralle Börse mit Silber wartete als Belohnung auf den Mann, der Conans Kopf brachte. Dake und Capeya waren sicher, daß der Cimmerier schon bald seine Ahnen wiedersehen werde. So vielen Männern konnte er nicht entkommen.

Dake und Capeya erreichten den Eingang zur Schlucht, als die ersten Reiter schon bis zum mittleren Teil vorgedrungen waren. Von Conan war nichts zu sehen.

Für einen Augenblick hatte Dake ein flaues Gefühl in der Magengrube. Er blickte nach oben und sah, daß rechts auf einer Felskante zahlreiche Steine aufgetürmt waren. Ein Sonnenstrahl fiel auf eine helle Stelle. Der Zauberer schaute genauer hin. Was war das? Ein Seil hing dort über der Felswand. Was sollte das Seil dort?

Schlagartig erkannte Dake die Gefahr.

»Halt!« brüllte er. »Eine Falle!«

Zu spät! Vor seinen Augen straffte sich das Seil. Dann stürzten Steine und Felsbrocken über die Kante in die Schlucht herab. Jemand hatte durch den Ruck am Seil die Steinlawine ausgelöst.

Manche Steine waren kopfgroß, manche viermal oder fünfmal so groß. Männer schrien, Pferde wieherten und scheuten, als sie getroffen wurden. Da der Durchgang so eng war, konnten sie seitlich nicht ausweichen. Panik brach aus. Nur den Männern im hinteren Teil gelang die Flucht zurück.

Ein Reiter an der Spitze gab seinem Roß die Peitsche. Das Pferd machte einen großen Satz, doch da traf ein Stein den Reiter an der Stirn. Er stürzte aus dem Sattel, der nächste Felsbrocken zerschmetterte ihm den Kopf. Dem Pferd gelang die Flucht.

Dake beobachtete die Szene wie in Zeitlupe. Alles bewegte sich wie Sirup an einem Wintertag.

Zwei Fußsoldaten wurden von einem einzigen Felsen zermalmt. Es klang, als würde ein Hund Knochen knacken.

Nie hatte Dake Pferde so schreien hören wie jetzt, als mehrere samt Reitern von der Steinlawine zerschmettert wurden.

Der Rotschopf hatte sich gegen die Felswand gepreßt, aber ein Felssplitter prallte ab und durchbohrte ihm den Hals wie ein Dolch. Blut schoß wie eine Fontäne aus der Wunde, als er den Splitter herausriß. Doch dann sank er nieder und hauchte sein Leben in einer großen Blutlache aus.

Kreg war mit den anderen in die Schlucht hineingeritten. Er war vom Pferd gesprungen und eilte zurück. Die Götter, die eine schützende Hand über Schwachsinnige halten, hatten offenbar ihre Gunst vom Rotschopf auf Kreg übertragen; denn Dakes Schergen gelang es, ohne einen Kratzer aus der Schlucht zu entfliehen.

Als sich der Staub gelichtet hatte, zählten Capeya und Dake den Blutzoll: sechs Mann tot, zwei so schwer verletzt, daß sie bald sterben würden, und drei leichter Verwundete. Drei Pferde tot, eines so schwer getroffen, daß man ihm den Gnadenstoß mit dem Schwert geben mußte.

Mit einem Schlag war das kleine Heer Dakes und Capeyas um ein Drittel verringert.

»Mögen alle Götter dich verrecken lassen!« schrie Dake dem Cimmerier hinterher, obwohl dieser zweifellos längst außer Hörweite war. Dake schwor in ohnmächtigem Haß, daß er Conan – sobald er ihn erwischt hatte – bei lebendigem Leib die Haut abziehen und Salz in die Wunden reiben lassen würde. An den Schreien in Todesqual würde er sich weiden.

Aber erst mußten sie ihn erwischen!

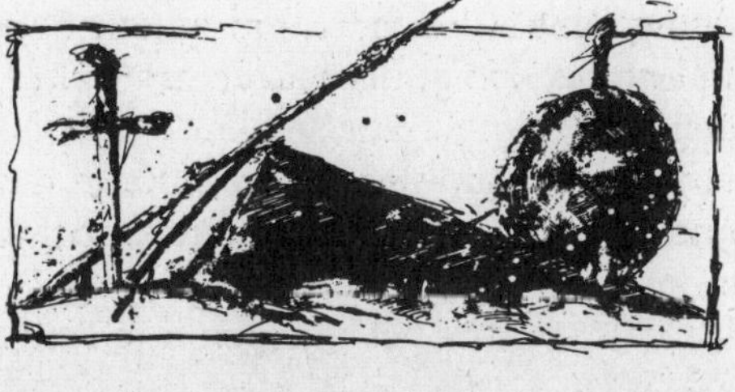

Dreiundzwanzig

Ist es gelungen?« fragte Teyle.

»Ja, wie geplant«, antwortete Conan.

»Wie viele hat es erwischt?« fragte Raseri.

»Ich bin nicht so lange geblieben, um sie zu zählen.«

Der Cimmerier hatte mit den Gefährten beinahe die Berge erreicht. Immer noch war kein Zeichen von den Verfolgern zu entdecken. »Vielleicht sind alle tot«, meinte Morja.

»Das halte ich für unwahrscheinlich«, erklärte Fosull.

»Vielleicht haben sie die Verfolgung aufgegeben«, mutmaßte Oren.

Penz, Tro und Sab blickten sich an. Dann sagte Penz: »Dake wird kommen – wenn nötig allein. Er muß nur auf einige Spannen an die Person herankommen, um sie in seinen Zauberbann zu schlagen.«

»Wir haben den Zauber schon einmal durchbrochen. Was könnte uns hindern, es ein zweites Mal zu tun?«

»Damals war Dake abgelenkt«, sagte Sab. »Wenn er uns wieder erwischt, wird er auf der Hut sein. Es nützt auch nicht, den Bann zu durchbrechen, wenn man gleich darauf einen Dolch in den Rücken bekommt. Außerdem hat er noch andere Zaubermittel.«

»Ich habe keine Angst vor seinem Krötenregen oder dem roten Dämon«, prahlte Vilken.

»Das sind nicht die einzigen magischen Hilfsmittel. Er hat andere, die keine Illusionen sind«, sagte Tro leise.

»Ja, das stimmt«, pflichtete Penz ihr bei. »Die meisten sind allerdings nur Tricks, um das Publikum zu verblüffen. Er hat ein grünes Pulver, mit dem er Wein oder irgendeine andere Flüssigkeit in reines Wasser verwandelt. Er kann auch grelle Lichtblitze heraufbeschwören, die alle blenden. Das haben wir alles selbst gesehen.«

»Wein in Wasser zu verwandeln, bringt ihm bestimmt nicht viel ein«, lachte Conan und schlug an den Schwertgriff.

»Er ist ein gefährlicher Feind«, gab Tro zu bedenken. »Er würde uns lieber bis ans Ende der Welt folgen als zugeben, daß er besiegt wurde. Wir kennen ihn.«

Der Cimmerier nickte. »Nun gut. Dann suchen wir uns jetzt eine Stelle, wo wir im Vorteil sind, und beenden diese Bedrohung für immer.«

Die Gefährten murmelten besorgt; aber Conan erklärte fest: »Ich habe nicht vor, den Rest meines Lebens ständig über die Schulter zu schauen, ob Dake oder sonst jemand mich verfolgt. Da Raseri und Fosull uns nicht zu ihren Leuten führen wollen, wo wir vielleicht Hilfe fänden, werden wir angreifen oder sterben.«

»Selbst wenn deine Falle die Hälfte der Männer getötet hat, sind sie uns zahlenmäßig immer noch überlegen«, meinte Penz.

Conan blickte jedem tief in die Augen. »Dake ist eine Bedrohung für uns alle. Diejenigen unter euch, die ihn am besten kennen, sagen, daß er uns ohne Unterlaß verfolgen wird. Er verfügt über Magie, die jedoch der starke Wille eines Mannes besiegen kann. Er weiß, wo die Jatte und die Varg leben. Wenn er unsere Spur verliert, wird er mit Sicherheit in den Sumpf zurückkehren und dort auf seine Opfer warten. Irgendwann müssen sechs von euch zurück in die Heimat. Habe ich recht?«

Niemand konnte der Logik des Cimmeriers widersprechen.

»Ja, Conan hat recht«, erklärte Raseri. »Wir müssen

Dake und seinen Schergen töten, wenn wir und unser Volk je wieder ruhig schlafen wollen.«

»Wir könnten aber alle sterben«, warf Sab ein.

Conan blickte den Vierarmigen an. »Ist nicht ein anständiger Tod besser als ein Sklavenleben, in dem du jeder Laune Dakes gehorchen mußt?«

Tro und Sab wechselten Blicke. Die Katzenfrau nickte.

»Ja«, sagte Sab. »Wir sind auf deiner Seite.«

»Ich auch«, erklärte Penz.

»Obwohl die Idee, die Verfolger in den Sumpf zu führen, damit meine Krieger sie dort töten können, mir gar nicht schlecht gefällt, muß ich Conan doch zustimmen«, meinte Fosull.

Raseri nickte. »Dake muß sterben. Je früher, desto besser.«

»Wenn sie uns in den Bergen verfolgen wollen, müssen sie die Pferde zurücklassen«, erklärte Conan. »Wir müssen einen Ort finden, den wir verteidigen können. Dann sind wir im Vorteil. Kommt, gehen wir weiter!«

Obwohl Conan nicht der älteste, wahrscheinlich auch nicht der weiseste von allen war, erkannten ihn alle als Führer an. Er war kampferprobt. Das wußten sie. Conan war keineswegs sicher, daß er die Verfolger besiegen konnte, aber er war entschlossen, die Entscheidung mit dem Schwert zu suchen. Die Wahl war einfach: Sieg oder Niederlage. Leben oder Tod. Im Kampf kam es auf Fähigkeiten an, welche Conan beherrschte. Ein Mann konnte wirklich keine bessere Probe seines Könnens verlangen, als in einem harten Kampf zu überleben.

Während sie weiter in die Berge marschierten, lächelte Raseri. Alles lief so gut, als hätte er das Kommando. Sein endgültiger Triumph kam jedoch erst, nachdem

Conan und die Mißgeburten tot waren. Wie sie starben, spielte im Grund keine Rolle. Ob im Kampf oder durch Gift – sie *würden* sterben, und zwar bald.

Fosull fand die Idee eines Kampfs keineswegs übel. Die Nichtsumpfbewohner waren stärker, aber sie boten größere Ziele für seinen Speer. Er mußte natürlich seinen Rücken schützen; aber kämpfen war besser, als ewig hier in der Mitte von Nirgendwo herumzuwandern. Alles lag in der Hand der Götter, wie er wußte; aber die Götter hatten immer eine gewisse Schwäche für ihn gezeigt. Leider waren seine Götter jetzt weit weg, ebenso wie die Varg und die Jatte, und die Nichtsumpfbewohner hatten ihre eigenen Götter in diesen Bergen, die sie anrufen konnten. Aber ein vergifteter Speer traf ein nahes Ziel, wenn ein Gott ihn nicht absichtlich fehllenkte. Wenn der Führer der Varg seine Waffe schleuderte, würde zumindest ein Feind sein Leben aushauchen.

Kreg ritt zurück zu Dake. Eine dicke rote Staubschicht bedeckte seinen Körper.

Dake betrachtete angewidert den Mann. »Ja, was ist?«

»Sie sind in die Berge gelaufen. Der Weg wird felsig und sehr steil. Schon am Anfang ist er schmal. Die Pferde können nicht hinauf.«

Dake warf einen Blick auf Capeya, der im Sattel döste. »He, Freund, was meinst du?«

Der Kaufmann fuhr hoch. »Was ist?«

»Wir müssen die Pferde zurücklassen und zu Fuß weitergehen«, sagte Dake.

Capeya winkte verächtlich ab. »Ich bin nicht im Sattel geboren worden und kann ebensogut marschieren wie jeder Soldat.«

»Das bezweifle ich nicht.«

»In wenigen Stunden ist es dunkel«, meinte Capeya. »Dann müssen sie kampieren. Meine Männer haben Fackeln. Wir können weitergehen und aufholen.«

»Du bist ein gerissener Jäger«, schmeichelte Dake.

»Ja, mir entkommt so leicht kein Wild.«

Dake wandte sich an Kreg. »Reite zurück! Dann sollen die Soldaten alle Tiere anbinden und ein Lager aufschlagen. Capeya, wenn du einverstanden bist, lassen wir ein paar Männer als Wache bei den Tieren, bis wir zurückkommen.«

Der Kaufmann nickte. Kreg preschte davon.

»Bald haben wie sie«, sagte Capeya. »Wie die quiekenden Eber werden sie in der Falle sitzen.«

»Stimmt. Aber wir müssen Vorsichtsmaßnahmen treffen. Eber werfen keine Steine auf die Jäger.«

»Da hast du recht.«

Die Nachmittagssonne stand schon tief, als Conan genau den richtigen Platz fand. Der enge Pfad führte steil bergauf. Oben ragte eine ziemlich große Felsplatte hervor. Für Bergziegen war es eine Kleinigkeit hinaufzuklettern, Menschen mußten sich mehr abmühen. Immer nur einer hinter dem anderen konnte hinaufsteigen. Ein guter Bogenschütze konnte zwar mit dem Pfeil die Felsplatte erreichen, aber ein Treffer war reine Glückssache.

Der Cimmerier kletterte zur Platte hinauf und sah sich gründlich um. Bis zum Kamm des Bergs mußte man noch mehrere hundert Spannen steil aufwärtsklimmen. Es gab offenbar keine Möglichkeit, von hinten zur Felsplatte zu gelangen. Nein, die Verfolger mußten denselben Weg wie Conan nehmen, es sei denn, sie hatten Flügel oder waren gewillt, einen zweitägigen Umweg über den Bergkamm zu machen. Sie mußten ebenfalls einzeln heraufklettern und ständig Angst haben, daß ein einziger Fehltritt sie in die

Tiefe beförderte. Ja, Conan war zufrieden. Einen besseren Platz fände er nicht so bald.

Schnell kletterte er wieder zu den anderen hinab.

»Es wird bald Nacht«, sagte er. »Wir werden dort oben unser Lager aufschlagen.« Er zeigte zur Felsplatte.

Alle waren einverstanden.

»Ich sehe zu, ob ich mit der Schlinge einen Hasen oder ein anderes Tier fangen kann«, fuhr der Cimmerier fort. »Ihr klettert inzwischen hinauf. Tragt ein paar große Steine zusammen, falls wir ungebetene Gäste bekommen.«

Dann machte er sich daran, etwas Eßbares aufzutreiben.

Das kleine Feuer reichte, um die beiden Hasen und die drei Erdhörnchen zu rösten, die der Cimmerier erlegt hatte. Obwohl man es kaum ein Festmahl nennen konnte, beseitigte das Essen das Knurren im leeren Magen. Besser ein kleines Stück Fleisch als gar nichts. Da sie beim Aufstieg an mehreren klaren Bergbächen vorbeigekommen waren, hatten sie mühelos ihren Durst stillen können.

Nach dem Essen trat Raseri zur Felskante, um der Natur ihren Lauf zu lassen. Fosull und Vilken saßen abseits und unterhielten sich leise. Penz zeigte den Jatte-Zwillingen Kunststücke mit dem Seil. Tro und Sab hatten sich ein Plätzchen am Felshang gesucht. Eng aneinandergeschmiegt warteten sie schweigend.

Teyle saugte das Mark aus einem Knochen und warf ihn dann ins Feuer. Conan saß neben ihr und kaute noch auf dem letzten Bissen des Hasen herum.

»Ich hatte noch gar nicht Zeit, dir für unsere Flucht zu danken und dafür, daß du die Ehre meiner Schwester gerettet hast«, sagte die Riesin.

»Ach, das war doch nichts.«

»O doch!« Sie zitterte. Die Nacht war kühl.

»Ist dir kalt?«

»Ein wenig.«

Conan legte den Arm um Teyle. Sie war eine Riesin, aber auch eine Frau. Außerdem hatte sie seine Schmerzen durch ihr Handauflegen gelindert. Als Dank konnte er sie wenigstens etwas wärmen.

»Mein Vater wünscht deinen Tod ebensosehr wie den von Dake«, sagte Teyle nach einiger Zeit.

»Ach ja?«

»Er ist völlig überzeugt davon, daß die Heimat der Jatte für immer verborgen bleiben muß.«

»Aber was ist mit dem Trank des Vergessens, von dem er geredet hat?«

Teyle schüttelte den Kopf. »Ich habe nie von diesem Trank gehört.«

Conan blickte zur Felskante hinüber, wo Raseri stand.

Jetzt schien Teyle die Tragweite ihrer Worte zu begreifen. »Er ist unser Schamane und weiß natürlich vieles, wovon ich nichts weiß. Außerdem hat er sein Wort gegeben.«

Ihre Treue dem Vater gegenüber war bewundernswert; aber Conan fühlte sich nach dieser Erklärung keineswegs erleichtert. Er konnte nicht vergessen, daß Raseri ihn im Namen seiner merkwürdigen ›Naturphilosophie‹ fröhlich zu Tode gefoltert hätte. Wie weit durfte man der Ehre dieses Manns trauen – auch wenn er ein Riese war? Nun weil er Teyle vertraut hatte, war er im Käfig gelandet. Gut, seitdem hatte sie ihm häufig bewiesen, daß er sich auf sie verlassen konnte; Raseri indessen war ihm den Beweis schuldig geblieben.

Conan hatte im Leben gelernt, daß Menschen, die ihre Pflicht allzu ernst nahmen, sehr gefährlich sein konnten.

Etwas störte den leichten Schlaf des Cimmeriers. Das Feuer war niedergebrannt. Aus der Glut stiegen nur ab und zu noch Rauchwölkchen. Nichts rührte sich auf der Felskante. Conan setzte sich auf. Er sah nichts.

Eine dicke Wolkenschicht am Nachthimmel verbarg die Sterne und den Mond. Kein Lufthauch regte sich.

Was hatte ihn geweckt?

Da er an der Felskante schlief, konnte er hinabschauen. Ja, richtig! Dort unten bewegte sich ein winziger Lichtpunkt. Dann noch mehr! Fackeln! Die Verfolger nahten. Noch waren sie über eine Stunde entfernt; aber sie kamen ständig näher.

Conan weckte Teyle.

»Was ...?«

»Unsere unliebsamen Gäste kommen. Schau!«

Nun rührten sich auch die anderen. Entweder waren sie durch Conans Worte oder von einem instinktiven Gefühl drohender Gefahr geweckt worden, das auch den Cimmerier aufgescheucht hatte.

Penz stand neben Conan. »Entweder sind sie besonders tapfer oder besonders dumm, wenn sie nachts im Gebirge weitermarschieren. Der Weg ist sehr gefährlich.«

Tro trat an den Rand der Kante und spähte angestrengt in die dunkle Nacht. »Genau sehe ich es nicht, aber ich glaube, daß mindestens fünfzehn Mann unterwegs sind. Vielleicht mehr.«

»Dann hat deine Falle doch einige Schurken aus dem Weg geräumt«, meinte Penz.

»Ich wünschte, es wären mehr gewesen.«

»Und was jetzt?« fragte Teyle.

»Wir warten.«

»Wenn wir Glück haben, marschieren sie in der Dunkelheit an uns vorbei, ohne uns zu sehen«, meinte Morja.

»Dann könnten wir zurücklaufen und ihre Pferde stehlen«, führte ihr Bruder den Gedanken fort.

»Nein«, erklärte Raseri. »Wir haben diesen Ort für den Kampf gewählt. Es wäre besser, wir machen dem Feind klar, daß wir hier sind. Richtig, Conan?«

Der Cimmerier mußte zustimmen. »In der Dunkelheit steigen sie trotz der Fackeln kaum zu uns herauf. Sie warten bis zum Morgen. Dann begrüßen wir sie mit einer Steinlawine.«

Aber auf der Platte lagen nur wenige Steine. Die meisten davon waren zu klein oder zu groß. Schließlich hatte aber jeder mehrere faustgroße Steine als Waffen gesammelt.

»Sollten sie in der Dunkelheit kommen, hört auf mein Kommando und werft die Steine so schnell wie möglich. Zielt einfach auf die Fackeln. Aber haltet ein paar Steine zurück, damit ihr noch Munition habt, wenn es hell ist«, sagte Conan.

Der Cimmerier hielt einen Stein, der etwas größer als seine Faust war, in der rechten Hand und einen kleineren in der linken. Mit Glück konnten sie mehrere Schädel spalten oder einige Männer in die Tiefe befördern. Jeder Feind weniger half ihnen.

Dann beobachteten alle gespannt, wie die Verfolger langsam heraufkletterten. Conan war klar, daß der Kampf kurz sein mußte, da sie weder Essen noch Wasser hatten. Eine längere Belagerung würde ihre Kräfte übersteigen. Spätestens nach ein oder zwei Tagen mußte alles vorbei sein.

So oder so.

Vierundzwanzig

Der Soldat, der unmittelbar vor Dake die Fackel trug, stöhnte und verschwand plötzlich kopfüber im Abgrund neben dem Pfad. Dabei schrie er laut. Die brennende Fackel lag auf dem Boden. Was …?

Im nächsten Augenblick prasselte es von oben herab. Steine! Verflucht!

»Sie sind über uns!« schrie Dake. »In Deckung!«

Doch war es leichter, diesen Befehl zu geben, als ihn zu befolgen. Der Weg war schmal und steil. Links gähnte der Abgrund, und ein Sturz bedeutete den sicheren Tod.

Hinter Dake fluchte ein Soldat laut, als ein Stein ihm das Bein zerschmetterte. Dake sah im Fackelschein den hellen Knochen aus dem blutigen Fleisch herausragen.

Jetzt hatten die Männer erkannt, daß ihre Fackeln als Zielscheiben dienten. Schnell schleuderten sie sie von sich. In der Dunkelheit wurde das Durcheinander noch größer.

»Narr!« brüllte Capeya und stieß einen Soldaten zurück, der fliehen wollte und gegen ihn gerannt war. »Ich lasse dich auspeitschen, vierteilen und …!« *Peng!*

Was der Kaufmann an weiterer Bestrafung plante, blieb ungesagt, da ihn ein Stein an der Stirn traf und den Schädel wie eine Eierschale zertrümmerte.

Dake hatte seinen reichen Gönner verloren.

»Set verfluche euch!« brüllte Dake in die Dunkelheit hinaus. Er holte aus dem Lederbeutel am Gürtel die Phiole mit dem Blitzpulver. »Haltet euch die Augen zu!«

Dann sprach er zwei der drei Zauberworte und entkorkte die Phiole. Mit aller Kraft schleuderte er sie in die Höhe und schrie das letzte Wort, mit dem der Zauber vollendet würde.

Conan war sehr zufrieden, als er sah, wie mehrere Fackeln in den Abgrund segelten. Ein Stein war doch eine recht brauchbare Waffe, wenn man ihn richtig einsetzte. Auf diese Entfernung war er besser als ein Schwert.

Da hörte er durch das Schreien und Stöhnen der Verwundeten eine Stimme, die er kannte.

»Haltet euch die Augen zu!«

Das war Dake! Hatten Tro und Sab nicht etwas von einem Blendungszauber erzählt?

Der Cimmerier drehte sich gerade noch rechtzeitig um und schloß die Augen, als das unvorstellbar grelle Licht aufleuchtete, das sogar durch die geschlossenen Lider noch blendete. Der ganze Berghang war taghell erleuchtet. Weiße Punkte tanzten vor Conans Augen.

So schnell, wie er gekommen war, verschwand der Blitz wieder. Trotz der Lichtpunkte erkannte Conan alles noch ziemlich gut.

Einige seiner Gefährten hatten weniger Glück gehabt.

»Beim Grünen Gott, ich kann nichts sehen!« schrie Fosull.

»Ich auch nicht!« beklagte sich Vilken.

Bis auf Conan waren fast alle in Mitleidenschaft gezogen. Einige hatten die Warnung nicht gehört oder nicht befolgt. Nur der Vierarmige sah ebensogut wie Conan, da er sich mit zwei Händen die Augen zugehalten hatte.

Conan und Sab schleuderten noch schnell ihre Steine, dann kümmerten sie sich um die Gefährten, damit diese nicht blindlings über die Felskante fielen.

»Bleibt alle stehen!« rief Conan. »Sab und ich bringen euch von der Felsplatte weg.«

Dake hörte noch zwei Steine aufschlagen, doch nicht in seiner Nähe. Dann herrschte Stille. Der Blitz hatte die Feinde geblendet. Allerdings war diese Blendung nur von kurzer Dauer. In den wenigen Minuten konnte er unmöglich die Soldaten zu einem geordneten Angriff sammeln. In der finsteren Nacht war es sowieso fast ausgeschlossen, seine Sklaven wieder einzufangen.

Jemand kroch auf dem Weg auf ihn zu.

»Dake?«

Kreg. Welche Götter auch immer diesen Schwachkopf schützten, sie hatten die Hand nicht von ihm genommen.

»Sind sie das?« fragte Kreg.

»Wer sonst? Ich glaube nicht, daß Hasen und Erdhörnchen Steine werfen.«

»Was tun wir jetzt?«

»Im Augenblick gar nichts. Sie haben den Angriff eingestellt. Bald wird es hell. Wenn wir sie sehen können, entscheiden wir, was wir tun.«

»Aha.«

Als es hell wurde, kroch Dake vorsichtig hinter dem Felsbrocken hervor, wo er Deckung gesucht hatte, und blickte nach oben.

Wie der Bug eines großen Schiffs ragte ein Felsvorsprung über ihm auf. Obwohl er dort niemanden sah, hätte er eine Goldmünze gegen einen Kupferling gewettet, daß sich die Gesuchten auf der Felsplatte befanden.

Leise fluchte er vor sich hin. Es war eine höllische Aufgabe, das Teufelspack dort oben einzufangen. Der Pfad dort hinauf war eng, steil und von Geröll übersät. Ein falscher Tritt – und man stürzte in den Abgrund.

Dake hatte keine Lust, da hinaufzusteigen, vor allem dann nicht, wenn er sich wieder der Gefahr eines Steinhagels aussetzen mußte, der unweigerlich kommen würde.

Die Lage gefiel ihm ganz und gar nicht. Er hatte noch eine Trumpfkarte auszuspielen; aber sie war ziemlich riskant. Er hatte diesen Zauber noch nie ausprobiert, den er von einem heruntergekommenen Magier aus Zingara beim Würfeln gewonnen hatte. Der Magier hatte behauptet, daß der Zauber selbst einen Ochsen so hoch hinaufschweben lasse, wie man wolle – ja, sogar bis zum Mond. Dake war diese Behauptung damals etwas überzogen vorgekommen; aber zwei weitere Zaubersprüche, die er dem im Spiel unglücklichen Magier abgenommen hatte, waren wie versprochen gelungen. Einer davon war der Bannzauber, mit dem Dake über seine Sklaven geherrscht hatte.

Doch selbst wenn der Zauber wirkte, gab es einen Haken bei der Sache. Er glückte nämlich nur ein einziges Mal. Man brauche dazu sehr viel Magie, hatte der Zauberer aus Zingara behauptet, und wenn die magische Energie einer bestimmten Gegend aufgesogen war, erlosch der Zauber wie eine Motte, die in eine Kerzenflamme flog.

Wenn Dake nur nahe genug an diese Schurken da oben herankäme, könnte er sie mit dem Bannzauber belegen. Er hatte keine Lust, nach oben zu schweben und als Zielscheibe für Steine und Speere zu dienen.

Er mußte sie irgendwie ablenken, damit sie ihn nicht bemerkten. Dann konnte er sich des Zaubers bedienen und nach oben gelangen. Vorausgesetzt, der Magier aus Zingara hatte ihn nicht belogen.

Dake kroch wieder hinter den schützenden Felsen und holte den Fokus des Schwebetricks aus dem Lederbeutel. Es war ein kleiner Vogel, aus schwerem schwarzen Holz geschnitzt. Auf der Brust trug er Runenzeichen, welche die magische Kraft bargen. Dake betrachtete die geheimnisvollen Zeichen. Ja, er kannte die Worte, für die sie standen. Wenn die Magie stark genug war, einen Ochsen zu heben, konnte sie auch ihn und seinen blöden Assistenten in die Lüfte befördern. Er mußte nur die Opfer ablenken, damit sie ihn nicht zu früh entdeckten.

Nun, das war keine große Schwierigkeit.

Dake grinste hämisch. Ehe die Sonne den Zenit erreichte, wäre es vollbracht!

»Was siehst du?« fragte Raseri.

Conan schob sich von der Felskante zurück. Ein Pfeil flog dicht vor ihm herauf, fiel jedoch wieder zurück. Auf diese Entfernung waren Pfeile weniger gefährlich als ein Insektenstich. Aber die Soldaten schossen weiter.

»Sie haben Deckung gesucht«, erklärte der Cimmerier. »Da sie unsere Steine hinabfallen sehen, ist es sinnlos, unsere Munition zu verschwenden.«

Die Blindheit nach dem Blitz war nur vorübergehend gewesen, wie Penz allen versichert hatte. Jetzt sahen alle wieder so gut wie vorher. Trotzdem hielt Conan sie von der Kante zurück, damit die Verfolger unten nicht sehen konnten, wie viele sich oben aufhielten.

»Glaubst du, daß sie uns angreifen werden?« fragte Oren. Anscheinend begeisterte ihn der Gedanke eines Kampfs.

»Wer weiß? Ich täte es in ihrer Lage nicht. Ich würde warten und uns aushungern. Sie wissen allerdings nicht, ob wir Essen und Wasser haben, und vielleicht haben sie selbst auch nichts dabei.«

»Dann warten wir also einfach ab?« fragte Fosull. »Das gefällt mir überhaupt nicht.«

»Mir auch nicht«, erklärte Conan. »Aber manchmal

ist Warten die beste Taktik. Der Feind wird dazu verlockt, einen dummen Fehler zu machen, und wir werden davon abgehalten, einen Fehler zu begehen.«

»Wie lange ...?« Teyle sprach nicht zu Ende. Ein klatschendes Geräusch unterbrach sie. Im nächsten Augenblick regnete es wieder Kröten.

Auch wenn es sich nur um eine Illusion handelte: Die Biester fühlten sich durchaus echt an, wenn sie trafen. Eine Kröte sprang Conan ins Genick. Wütend schlug er sie weg. Bei Crom, was versprach sich Dake von diesem Blödsinn?

Unten waren noch neun Soldaten kampffähig. Jetzt blickten sie Dake an, als hätte er den Verstand verloren.

»Du willst, daß wir zur Platte hinaufklettern, obwohl sie Steine auf uns werfen? Das ist doch eine selbstmörderische Idee!«

»Ja«, meinte ein zweiter Mann, »sie können nicht ewig dort oben bleiben. Warum warten wir nicht einfach, bis sie herunterkommen?«

Dake schüttelte den Kopf. »Nein, ich habe keine Lust zu warten. Ich habe bereits mit dem Angriff begonnen. Seht!«

Die neun Männer blickten zum Himmel hinauf. Dunkle Wolken verdüsterten ihn. Erdklumpen fielen auf die Felsplatte. Einer rollte den Abhang hinab.

»Du greifst sie mit Kröten an?«

»Ja, und ein Dämon wird euch hinaufführen. Seht her!«

Der Zauberer sprach die Formel, machte die entsprechenden Gesten, und der riesige rote Dämon erschien.

Erschrocken wichen die neun Männer zurück. Einige sprachen Gebete zu ihren Göttern.

»Wenn du *das* schicken kannst«, sagte einer, »wozu brauchst du dann uns?«

Dake entdeckte in der Logik dieser Frage keinen Fehler, hatte jedoch keine Zeit, näher darauf einzugehen. »Ich habe meine Gründe.«

»Möglich, mein Freund, aber unser Herr ist tot, und ich entsinne mich nicht, daß er dir das Kommando übertragen hätte. Auch mit deinem zahmen Dämon wäre ein derartiger Angriff glatter Selbstmord.«

Woher hatten diese Söldner plötzlich soviel Ahnung von militärischer Strategie? Dake wunderte sich. Vorher waren sie ihm sehr viel weniger gescheit vorgekommen. Doch, das spielte jetzt keine Rolle. Sie würden angreifen, ob sie es wollten oder nicht. Er hatte sie absichtlich dicht um sich geschart, damit alle in Reichweite seines Banns waren. Noch nie hatte er neun auf einmal verzaubert; aber es gab keinen Grund zur Annahme, daß sein Zauber nicht gelänge.

Dake sprach die Worte schnell, gab sich aber dabei große Mühe, sich nicht zu versprechen.

»He, was soll das?« rief einer der Männer ängstlich. »Was willst du mit uns ...?«

Weiter kam er nicht. Dakes Bann hatte die neun Soldaten gefangen. »Schweigt, ihr Tölpel!« fuhr er sie an.

Kreg stand etwas abseits, außerhalb des magischen Bereichs. Jetzt rief er: »Es fallen keine Kröten mehr.«

»Schon gut.« Mit einer Handbewegung schickte Dake den roten Dämon den Weg hinauf. Da er eine Illusion war, machte ihm die Steigung nichts aus. Der Dämon bot einen angsteinflößenden Anblick, aber er war nutzlos, denn die ehemaligen Sklaven wußten, daß er nicht echt war. Aber er lenkte die Aufmerksamkeit für kurze Zeit auf sich.

»So, jetzt marschiert ihr neun hinauf und fangt die Flüchtigen ein. Los!«

Gegen ihren Wunsch setzten sich die Soldaten in Bewegung.

»Der rote Dämon kommt«, sagte Penz.

»Müssen wir vor ihm Angst haben?« fragte Fosull.

»Nein, er ist eine Illusion.«

»Aber warum schickt Dake ihn herauf?« fragte sich Conan laut. »Er weiß doch, daß wir den Trick kennen.«

»Vielleicht um uns davon abzulenken, daß die Häscher hinterherkommen«, meinte Penz. »Schaut!«

Alle traten an die Kante. Die Soldaten kletterten den engen Pfad herauf.

»Nehmt die Steine!« befahl der Cimmerier.

»Komm her, schnell!« rief Dake seinem Assistenten zu.

»Was hast du vor?«

Die beiden eilten auf dem Pfad um die nächste Biegung.

»Bleib stehen, damit ich auf deinen Rücken steigen kann«, befahl Dake.

Kreg blickte ihn verwirrt an, gehorchte jedoch. Schnell kletterte Dake auf Kregs Rücken. Den geschnitzten Vogel hielt er in der rechten Hand. Dann legte er den linken Arm um Kregs Brust und preßte ihm die Knie in die Seiten.

»Ich verstehe nicht.«

»Wir begeben uns auf die Felsplatte hinauf.«

»Nein, ich kann dich unmöglich tragen.«

»Sei still, du Narr! Ich werde uns mit Hilfe meiner Magie hinaufschaffen. Wenn du fühlst, daß du leichter wirst, steuerst du uns mit den Händen den Berg hinauf. Bleib so dicht am Fels, daß sie uns nicht sehen. Wir wollen sie überraschen.«

»Aha.«

Dake sprach die Worte, welche die Runen symbolisierten, und lenkte die Energie auf Kreg. Einen Augenblick lang geschah gar nichts.

»Gelingt der Zauber?« fragte Kreg.

»Natürlich! Das habe ich dir doch gesagt!«

Trotz dieser überzeugenden Worte war Dake selbst überrascht, als Kregs Füße den Boden verließen und beide langsam nach oben schwebten, als wären sie zwei aneinanderklebende Luftblasen in einem Krug Ale.

»Bleib dicht am Fels!«

Kreg gehorchte und zog sich am Felsen hinauf. Seine Bewegungen glichen einem Schwimmer auf dem Grund eines Sees.

Hm, der alte Magier aus Zingara hatte die Wahrheit gesagt. Wunder über Wunder!

Vier Angreifer wurden abgeschlagen, als Steine sie trafen, die der Cimmerier mit aller Kraft geschleudert hatte. Auch seine Gefährten gaben sich große Mühe, so daß die Soldaten kaum vorwärtskamen.

»Sind das alle?« fragte Fosull und warf einen Stein, der allerdings weit vor dem Ziel aufschlug.

»Es sieht so aus«, antwortete Raseri.

»Ich sehe weder Dake noch Kreg«, bemerkte Conan.

»Vielleicht sind sie während der Nacht in die Schlucht gestürzt«, meinte Teyle.

»Das glaube ich kaum. Denk an die Kröten und den roten Dämon.«

»Die beiden setzen bestimmt nicht ihr Leben aufs Spiel«, sagte Penz verbittert.

»Diese Soldaten sind entweder ungemein tapfer oder verrückt«, erklärte Raseri. Sein Stein hatte einen Feind an der Brust getroffen und in den Abgrund geschickt.

»Oder verzaubert«, sagte Tro.

Dake hatte keine Ahnung, wie lange der Zauber sie in der Luft hielt. Er hoffte, lange genug, um Conan und die anderen zu überraschen. Ein wenig tröstete ihn das Bewußtsein, daß er nicht weit von der Felswand schwebte und ein Sturz durch Kregs Körper abgefangen würde.

Inzwischen waren sie schon höher als die Felsplatte auf der gegenüberliegenden Seite aufgestiegen, von der aus ihre Opfer Steine auf die willenlosen Soldaten warfen. Wenn sie jetzt horizontal hinüberschwebten, befänden sie sich unmittelbar über der Platte.

»Vorsichtig, vorsichtig!«

Unten hatte der rote Dämon die Platte erreicht und fauchte schrecklich. Die Mißgeburten und Conan achteten nicht auf das Trugbild und warfen weiter die Steine auf die Angreifer. Immer noch hüpften Kröten umher, die sich erst langsam auflösten.

»Steure den großen Stein hinten auf der Platte an!«

Kreg gehorchte. Als sie den Steinbrocken erreichten, klammerte er sich daran fest. Dake sprang von Kregs Rücken. Hätte Kreg sich nicht so festgehalten, wäre er durch den Stoß weggeflogen. So aber bewegten sich nur die Beine nach oben.

»Hilf mir!«

»Sei still, du Narr!« zischte Drake ihn an.

»Aber ich bin schwerelos!«

»Darum kümmere ich mich gleich. Bleib jetzt, wo du bist, bis ich die andren eingefangen habe.«

»Aber ...?«

»Ruhig, verdammt!«

Dake eilte auf die Mißgeburten und diesen verfluchten Barbaren zu. Alle standen an der Kante. Nur noch einige Schritte, dann waren sie in Reichweite des Bannzaubers ...

Ein unbestimmtes Gefühl warnte Conan plötzlich. Er fuhr herum und sah, wie Dake von hinten herbeilief.

»Hinter uns!« brüllte der Cimmerier. »Lauft auseinander!«

Er selbst hatte sich bereits durch einen mächtigen Sprung zur Seite in Sicherheit gebracht.

Dake lief weiter und murmelte unentwegt Worte in

einer Sprache, die Conan nicht verstand. In Panik schwärmten die anderen aus. Oren warf einen Stein auf Dake, aber in der Eile hatte er einen aufgehoben, der kaum größer als sein großer Zeh war.

Dake sprach das letzte Wort des Zauberspruchs, und damit fiel das unsichtbare magische Netz über die Mißgeburten. Nur Conan war außerhalb des Bannkreises. »Bewegt euch nicht!« befahl Dake den soeben wieder zu Sklaven gewordenen Unglücklichen. Gehorsam verwandelten sie sich in Statuen.

Pech für Dake war, daß er den kleinen Stein nicht hatte aufhalten können, den Oren noch geworfen hatte. Er traf Dake direkt auf den Mund. Zwei Vorderzähne splitterten, die Oberlippe platzte. Wütend spuckte der Zauberer Blut und Zahnteile aus.

Dann wischte er sich den Mund. Der Junge würde dafür büßen; aber später. Erst mußte er diesen verfluchten Barbaren verzaubern und über die Felskante in den Abgrund springen lassen!

Der Cimmerier hatte das Schwert gezückt und wich vor Dake zurück. Doch das würde ihm nicht helfen. Dake setzte wieder zum Zauberspruch an, der auch den Barbaren in seine Gewalt bringen sollte.

Beim vierten Wort stockte der Zauberer jedoch. Wegen der Verletzung konnte er es nicht richtig aussprechen. Wieder spuckte er Blut und Reste von Zähnen aus; aber die Lücke hinderte ihn, das Wort ordnungsgemäß zu sagen!

Conan war entschlossen, seinem Gott mit erhobenem Schwert gegenüberzutreten. Wenn er sich schnell genug bewegte, konnte er vielleicht Dake mit der Klinge noch verwunden, ehe ihn der Bann vollends lähmte. Der Cimmerier holte tief Luft, als sein Gegenüber Blut spuckte. Dann stürzte er mit erhobenem

Schwert und dem Kampfschrei auf den Lippen vorwärts.

Dake geriet in Panik. Er sprang beiseite und schrie seine Sklaven an: »Los! Tötet ihn!« Aber die Worte kamen verstümmelt heraus, ähnlich wie »O-o! Öhnnin!«

Keine der Mißgeburten bewegte sich.

Irgend etwas stimmte nicht. Das war Conan klar. Er hatte sich absichtlich viel zu weit vorwärtsgeworfen, damit er trotz Dakes Bann weiterkäme. Doch anstatt ihn zu lähmen, war der Zauberer nur beiseite gesprungen.

Jetzt war der Cimmerier bis an die Kante der Felsplatte geraten. Beinahe wäre er hinabgestürzt. Um das Gleichgewicht zu halten, mußte er das Schwert loslassen. Klirrend fiel die Waffe hinab.

Conan fuhr sofort herum, um sich dem Gegner zu stellen.

Dake hatte einen langen Dolch aus dem Gürtel gezogen und wich zurück.

Warum bin ich nicht unter Dakes Bann? fragte sich Conan. Er war mir nahe genug. Warum hatte der Mann den Dolch gezückt, während er doch über Magie verfügte?

Conan grinste, als ihm eine mögliche Antwort einfiel. Dakes Magie wirkte aus irgendeinem Grund nicht!

»So, Sklavenhändler, deine Zauberkraft hat dich wohl verlassen!«

Dake wich weiter zurück.

Mit ausgebreiteten Armen kam ihm der Cimmerier immer näher. Jetzt ging er in Kampfstellung.

Dake sprang vor und zielte mit der Klinge auf Conans Herz …

Doch da traf ihn der Handballen des Cimmeriers direkt gegen die Schulter. Dake wurde beiseite geschleudert. Dabei gelang es ihm noch, mit der Dolchklinge Conans Brust zu ritzen.

Der Cimmerier zuckte nicht mit der Wimper, sondern rammte mit aller Kraft die Faust in die Grube unter Dakes Brustbein.

Pfeifend entwich die Luft aus Dakes Brust. Blutiger Schaum trat ihm auf die verletzten Lippen. Er ließ den Dolch fallen.

Conan packte Dake und hob ihn über den Kopf. Dann machte er drei schnelle Schritte zum Rand und schleuderte den Zauberer mit kraftvollem Schwung in die Tiefe.

Ein Schrei entrang sich Dakes Kehle.

Der Zauberer fiel ziemlich tief, ehe er gegen einen flachen Felsen schmetterte. Der Schrei endete wie mit dem Messer abgeschnitten. Dann rollte der leblose Körper weiter den Abhang hinab und war bald nicht mehr zu sehen.

Die vier Soldaten, die sich noch auf dem steilen Weg befanden, standen da und rieben sich die Augen. Als sie Conan und seine Gefährten oben auf der Felsplatte sahen, machten sie kehrt und stürmten bergab. Offenbar hatten sie dringend woanders etwas zu erledigen.

Conan blickte die Gefährten an. Dakes Tod hatte sie vom Bann erlöst. Mehrere kamen zu ihm, um ihm zu gratulieren.

»Hilfe! Hilfe!«

Conan blickte nach oben. Da schwebte Kreg immer noch über dem Abgrund.

Penz griff zum Seil. Die Schlinge sauste durch die Luft.

Kreg trieb wie eine Feder über einem Feuer durch die Luft.

Jetzt glitt ihm die Schlinge des Wolfmanns über die Schultern. Kreg wollte das Seil greifen. Dabei schob er es aber hoch, so daß es sich um seinen Hals legte.

Wind war aufgekommen und trieb Kreg von der Felskante weg. Conan sah, daß Penz mitgeschleift wurde. Schnell lief der Cimmerier zum Wolfmann und hängte sich neben ihm ans Seil. Immer noch war der Zug nach oben sehr stark.

»Holt mich hinunter! Holt mich hinunter!« schrie Kreg.

Conan und Penz gaben sich größte Mühe, aber sie konnten den Schwebenden nur ein kleines Stück näher heranziehen. Immer noch schwebte er über dem Abgrund.

»Raseri, hilf uns!« brüllte Conan.

Doch noch ehe der Jatte bei ihnen war, ließ die Wirkung der Magie plötzlich nach. Kreg, der soeben noch wie ein Vogel an einer Schnur durch die Luft geflogen war, wurde jetzt zum Amboß. Mit aufgerissenen Augen stürzte er in die Tiefe. Hilflos ruderte er mit Armen und Beinen. Aber selbst wenn er sich am Seil festgehalten hätte, wäre jede Hilfe zu spät gekommen.

Conan und Penz ließen das Seil nicht los. Dann gab es einen heftigen Ruck. Kreg war am Ende des Seils angekommen. Als sie über die Kante nach unten blickten, sahen sie den feigen Schergen des Zauberers leblos in der Schlinge baumeln.

Penz grinste wie ein Wolf.

Fünfundzwanzig

Diejenigen, die am längsten Dakes Gefangene gewesen waren, überzeugten sich als erste davon, daß der Zauberer wirklich tot war. Conan kam dazu, als Penz der Leiche die wenigen persönlichen Gegenstände abgenommen hatte und sie untersuchte.

»Außer dem Wagen und den Münzen in der Eisenkiste haben ihm seine Schurkereien nicht viel eingebracht«, meinte Sab.

»Und jetzt hat er gar nichts mehr. Ich hoffe, daß einige seiner Opfer ihm auf dem Weg durch die Grauen Länder begegnen und ihn sofort in die Gehenna schikken«, fügte Tro hinzu.

»Und welche Pläne habt ihr jetzt, da ihr frei seid?« fragte Conan.

Tro, Sab und Penz schauten sich an. »Vielleicht kehren wir zurück und nehmen Dakes Wagen. Er braucht ihn nicht mehr. Niemand wird uns den Besitz streitig machen. Vielleicht können wir irgendwohin fahren, wo unsere Erscheinung für nicht so ungewöhnlich gehalten wird«, erklärte Penz. »Wir würden uns freuen, wenn du mit uns kommst, Freund. Ein Teil von Dakes Gewinn gehört rechtmäßig auch dir.«

»Nein, das ist nichts für mich. Ich habe eigene Ziele. Dakes Wagen und sein Geld könnt ihr haben. Meinen Segen habt ihr.« Conan schaute nach oben. Die vier Jatte und die beiden Varg stiegen herab. »Glaubt ihr, daß es wirklich einen solchen Ort gibt, wie ihr ihn sucht?«

Wolfmann, Katzenfrau und der Vierarmige zuckten gleichzeitig mit den Schultern.

Penz blickte dem Cimmerier in die Augen. »Wer weiß? Man erzählt sich von einer Insel im westlichen Meer, im Schwarzen Königreich, wo alle möglichen seltsamen Geschöpfe in vollendeter Harmonie leben. Vielleicht fahren wir dorthin und sehen, ob die Geschichten wahr sind. Dakes Geld ermöglicht uns die Reise. Wenn nötig können wir uns Bewaffnete als Schutz mieten. Mißgeburten, die von Männern mit Schwertern beschützt werden, werden sicherlich kaum belästigt.«

In diesem Augenblick waren die Jatte und die Varg da.

»Ist er wirklich tot?« fragte Vilken.

»Ja, toter geht's nicht.«

»Gut.«

»Und damit ist unsere gemeinsame Aufgabe erledigt«, sagte Conan.

»Nein, noch nicht ganz«, widersprach Raseri.

Conan blickte zum Riesen auf.

»Du und die anderen hier wissen immer noch, wo sie die Jatte finden können.«

»Und die Varg auch«, fügte Fosull hinzu.

»Wenn wir das flache Land wieder erreicht haben, werde ich den Trank des Vergessens bereiten«, sagte Raseri. »Nachdem ihr ihn getrunken habt, könnt ihr eurer Wege gehen.«

Conan blickte zu Penz, Tro und Sab. Er las Zustimmung in ihren Augen. Er war allerdings nicht besonders begeistert, seine Erinnerung aufzugeben.

»Na schön. Wir gehen mit euch bis zum Fuß der Berge zurück.«

Raseri lächelte zufrieden.

In der Nähe der Stelle, wo die Pferde des verblichenen Herrn der Karawane angebunden waren, sammelte Raseri *Chu*-Wurzeln, Blätter des *Hemin*-Buschs und die bitteren, milchigen Stengel des *Pok*-Krauts. Der Verzehr jeder dieser drei Zutaten war tödlich. Ein Trank, aus allen drei gebraut, bedeutete den sicheren Tod. Ein Schluck konnte einen ausgewachsenen Ochsen umbringen. Raseri plante, daß Conan und die drei Mißgeburten jeweils einen Becher davon trinken sollten.

Lächelnd kehrte der Jatte zu den anderen zurück. Sie rösteten gerade Hasen über dem Feuer. Raseri hielt sich für sehr viel gescheiter als alle diese Menschlein oder Varg.

Auch Conan lächelte, als er sah, wie Vilken und Oren einander die Geheimnisse ihrer Kriegskunst vorführten. Der Varg zeigte sein Können im Speerwurf, dann führte der junge Jatte vor, wie man einen Stein richtig warf. Seltsam, wie diese beiden Kampfhähne jetzt friedlich miteinander umgingen. Ohne die Führer würden die beiden Völker vielleicht lernen, in Frieden nebeneinander zu leben.

Als Raseri sich dem Feuer näherte, trat Conan zu Penz, der auf der Erde saß und ein gebratenes Hasenbein verzehrte.

»Weißt du, wie Dake einige seiner magischen Tricks bewirkt hat?« fragte er.

Penz wischte sich mit dem Handrücken den Mund. »Ja, ein paar kenne ich. Allerdings kann ich keine Kröten regnen oder den roten Dämon erscheinen lassen. Ich kann auch niemand bannen oder fliegen. Aber den Trick mit dem grünen Pulver kenne ich.«

Conan blickte den Wolfmann scharf an. Penz grinste. »Ja, Conan, ich traue dem Riesen auch nicht.«

Der Cimmerier schlug Penz auf die Schulter. »Gut.«

Raseri benutzte den Helm eines Soldaten als Topf. Darin kochte er seinen Trank. Nach einer knappen Stunde war er offenbar mit dem Ergebnis zufrieden. Sobald das Gebräu etwas abgekühlt war, füllte er es in vier Metallbecher, die er ebenfalls den toten Soldaten abgenommen hatte. Im Topf blieb noch die Hälfte des schwärzlichen Tranks zurück.

Penz holte die Becher, um sie den Gefährten zu bringen. Während er dem Riesen den Rücken zuwandte, streute er rasch grünes Pulver in jeden Becher.

Sobald Conan, Tro, Sab und Penz die Becher in der Hand hielten, sagte Raseri: »Trinkt aus und vergeßt!«

Der Cimmerier und die anderen schauten die Becher an, dann in die Runde. Conan blickte den Riesen finster an, der immer noch beim Feuer stand.

»Warum zögert ihr? Habe ich euch nicht mein Wort gegeben, daß der Trank harmlos ist und ihr nur vergeßt, wo die Jatte leben?«

»Ja, das hast du gesagt«, antwortete Conan und blickte auf das dunkle Gebräu im Metallbecher. Vor seinen Augen blitzte es kurz auf, dann war der Trank kristallklar wie Quellwasser.

Teyle bückte sich und hob einen Becher auf. Damit schöpfte sie vom Trank aus dem Topf. »Ich werde auch davon trinken, Vater, um ihnen zu beweisen, daß du die Wahrheit sagst.«

»Nein!« Raseri nahm der Tochter den Becher aus der Hand.

»Hast du Angst, weil deine Tochter von demselben Gebräu trinken will, das du uns gegeben hast?« fragte Conan.

Raseri funkelte ihn wütend an, dann die anderen.

»Conan spricht für uns alle«, sagte Tro.

Raseri sah aus, als wolle er sich im nächsten Augenblick auf den Cimmerier stürzen und ihn erwürgen. Doch sogleich wurde er wieder ruhig. »Nein, ich habe keine Angst. Obwohl ich gern meine eigenen Erinnerungen bewahrt hätte, werde ich es euch beweisen. Schaut her!«

Er setzte den Becher an die Lippen und leerte ihn mit einem langen Zug bis zur Neige.

Fosull lief zum Feuer, nahm einen Becher und tauchte ihn in den Topf. »Niemand beschämt einen Varg«, erklärte er prahlerisch und leerte den Becher ebenso schnell wie Raseri.

»Igitt, schmeckt das Zeug schlecht!« rief er. »Doch nun haltet auch euren Teil des Abkommens, Nichtsumpflinge!«

Conan nickte und blickte die Gefährten an. Die vier tranken die Becher aus.

Gleich darauf drehte sich Raseri um und übergab sich heftig.

»Was ist?« fragte Fosull. »Was ist los?«

Der Jatte leerte seinen Magen, dann drehte er sich wieder um und schaute die anderen an.

»Vater ...?«

»Der Trank war giftig«, erklärte Conan.

»Vater!«

»Ja, ich hatte erwartet, daß sie verlangen würden, auch ich solle davon trinken. Deshalb habe ich vorher das Öl der *Brill*-Rebe geschluckt, um den Magen zu schützen, damit er das Gift nicht aufnehmen kann. Aber für sie ist es zu spät. Schon jetzt strömt das Gift durch ihre Körper. In wenigen Herzschlägen sind sie tot. Dann ist das Geheimnis der Jatte wieder sicher.«

Fosulls grüngefleckte Haut wurde einige Schattierungen blasser als sonst. Er fiel auf die Knie und stieß einen gurgelnden Laut aus. Da er viel kleiner als der Jatte war, wirkte das Gift bei ihm natürlich viel schneller als bei Raseri.

»Du hast *mich* vergiftet! Wir sind doch Verbündete!«

»Stell dich nicht dümmer, als du bist, Varg!« fuhr Raseri ihn an. »Du bist nichts anderes als ein blödes Tier. Du hättest mich bei der ersten Gelegenheit getötet, gib's zu!«

»Stimmt, Jatte, hätte ich getan.« Er grinste schwach. »Aber ich werde nicht allein den langen Schlaf antreten.« Damit schleuderte er den Speer.

Raseri bückte sich, dadurch ritzte der Speer nur die Haut des Riesen am Arm. Schnell preßte er die Hand auf die Wunde, um das dünne Blutrinnsal zu stillen.

»Du hast dich wieder verrechnet, Varg. Du stirbst, aber nur diese kleinen Menschen werden dir Gesellschaft leisten.« Raseri lachte höhnisch.

Vilken hatte den Speer fallen lassen. Er klammerte sich an den Vater.

Da begann Fosull langsam zu zählen: »Drei ... vier ... fünf ...«

»Was tat er?« fragte Teyle.

»... acht ... neun ... zehn!«

»Das Gift wirkt auf seinen winzigen Verstand«, erklärte Raseri.

»O nein!« Fosull grinste und zeigte die spitzen Zähne. »Ich wollte nur sichergehen, daß du nicht *mein* Gift aus *deiner* Wunde drückst, ehe es wirken konnte.«

»Was?«

»Ja, schwarzes Bilsenkraut. Wir sehen uns in der Gehenna wieder, verfluchter Jatte!«

Raseri nahm die Hand von der winzigen Wunde. Die Ränder waren bereits schwarz verfärbt. Die Füße versagten ihm den Dienst. Er setzte sich auf den Boden. »Ich sterbe, aber es ist mir gelungen, das Geheimnis der Jatte zu bewahren! Ihr habt alle mein Gift getrunken und werdet mir schnell in den Tod folgen.«

Teyle kniete neben dem Vater nieder und schlang die Arme um ihn. »Vater!«

Conan schüttelte den Kopf. »Nein, Raseri. Dein Verrat war sinnlos. Wir haben nur Wasser getrunken. Penz hat dank Dakes Magie dein Gift aus unseren Bechern entfernt.«

Raseris Augen weiteten sich vor Entsetzen, als er das hörte.

Fosull fiel auf den Boden und starb.

Gleich darauf brach Raseri zusammen und trat gemeinsam mit dem Varg die Reise ins Totenreich an.

»Es tut mir leid, daß es so enden mußte«, sagte Conan zu Teyle. Sie hatten einen großen Scheiterhaufen gebaut, auf dem Raseris und Fosulls sterbliche Reste nebeneinander brannten und Flammen in den nächtlichen Himmel schickten.

»Es war allein seine Schuld«, sagte Teyle.

»Was wirst du jetzt tun?«

»Ich führe die Jatte an. Ich kehre zurück und sorge für mein Volk«, antwortete sie.

»Und was ist mit uns?«

»Ihr wollt uns nicht schaden. Geht, wohin ihr wollt.«

»Und was ist mit den Varg?«

»Vielleicht können Vilken und ich Frieden schließen. Zu viele unserer Leute sterben wegen der falschen Gründe. Es muß einen besseren Weg geben.«

Conan nickte.

»Und was ist mit dir, Conan?«

»Mein Ziel ist Shadizar. Nach einem langen und gewundenen Pfad werde ich die Stadt hoffentlich bald erreichen.«

»Ich wünsche dir viel Glück.«

»Danke.«

Während Teyle näher an den Scheiterhaufen ihres Vaters herantrat, dachte der Cimmerier an Shadizar. Nach den Abenteuern der letzten Monate… nein, Jahre… kam ihm ein Leben als Dieb eigentlich… langweilig vor.

CONAN-SAGA

Robert E. Howard / Lin Carter / Lyon Sprague de Camp ·
Conan · 06/3202
Andrew J. Offutt · Conan und der Zauberer · 06/4006
Andrew J. Offutt · Conan der Söldner · 06/4020
Andrew J. Offutt · Conan und das Schwert von Skelos · 06/3947
Lyon Sprague de Camp · Conan und der Spinnengott · 06/4029
Robert E. Howard / Lin Carter / Lyon Sprague de Camp ·
Conan von Cimmerien · 06/3206
Poul Anderson · Conan der Rebell · 06/4037
Robert E. Howard / Lyon Sprague de Camp ·
Conan der Pirat · 06/3210
Karl Edward Wagner · Conan und die Straße der Könige · 06/3968
Robert E. Howard / Lin Carter / Lyon Sprague de Camp ·
Conan der Wanderer · 06/3236
Robert E. Howard / Lyon Sprague de Camp ·
Conan der Abenteurer · 06/3245
Lyon Sprague de Camp / Lin Carter · Conan der Freibeuter · 06/3972
(urspr. 1972 erschienen als Conan der Bukanier
unter der Nummer 06/3303)
Robert E. Howard / Lyon Sprague de Camp ·
Conan der Krieger · 06/3258
Lyon Sprague de Camp / Lin Carter / Björn Nyberg ·
Conan der Schwertkämpfer · 06/3895
Robert E. Howard / Lyon Sprague de Camp ·
Conan der Thronräuber · 06/3263
(urspr. 1971 erschienen als Conan der Usurpator unter derselben Nummer)
Lin Carter / Lyon Sprague de Camp · Conan der Befreier · 06/3909
Robert E. Howard / Lyon Sprague de Camp ·
Conan der Eroberer · 06/3275
Robert E. Howard / Björn Nyberg / Lyon Sprague de Camp ·
Conan der Rächer · 06/3283
Lyon Sprague de Camp / Lin Carter · Conan von Aquilonien · 06/4113

CONAN-SAGA

Lyon Sprague de Camp / Lin Carter · Conan von den Inseln · 06/3295
Lyon Sprague de Camp / Lin Carter · Conan der Barbar · 06/3889
Robert Jordan · Conan der Verteidiger · 06/4163
Robert Jordan · Conan der Unbesiegbare · 06/4172
Robert Jordan · Conan der Zerstörer · 06/6281
Robert Jordan · Conan der Unüberwindliche · 06/4203
Robert Jordan · Conan der Siegreiche · 06/4232
Robert Jordan · Conan der Prächtige · 06/4344
Robert Jordan · Conan der Glorreiche · 06/4315
John Maddox Roberts · Conan der Tapfere · 06/4346
Steve Perry · Conan der Furchtlose · 06/4663
Leonard Carpenter · Conan der Renegat · 06/4664
John Maddox Roberts · Conan der Champion · 06/4701
Steve Perry · Conan der Herausforderer · 06/4745
John Maddox Roberts · Conan der Marodeur · 06/4781
Robert E. Howard · Conan und der Schatz des Tranicos · 06/4915
Robert E. Howard / Lyon Sprague de Camp ·
Conan und die Flammenklinge · 06/4930
John Maddox Roberts · Conan der Draufgänger · 06/4959
Roland Green · Conan der Wagemutige · 06/4988
Leonard Carpenter · Conan der Kriegsherr · 06/5044
Leonard Carpenter · Conan der Held · 06/5081
Steve Perry · Conan der Unbezähmbare · 06/5098
Leonard Carpenter · Conan der Angreifer · 06/5143
Steve Perry · Conan der Landsknecht · 06/5197
Steve Perry · Conan der Schreckliche · 06/5198
Leonard Carpenter · Conan der Große · 06/5345 (in Vorb.)
Roland J. Green · Conan der Beschützer · 06/5436 (in Vorb.)
John Maddox Roberts · Conan das Schlitzohr · (in Vorb.)
DAS CONAN UNIVERSUM von *Erhard Ringer* · 06/4908